# 僕は今すぐ前世の記憶を捨てたい。

## ～憧れの田舎は人外魔境でした～

# 5

星畑旭
Aschi Hoshihata

イラスト スズキイオリ
Iori Suzuki

TOブックス

# Boku wa Imasugu Zense no Kioku wo Sutetai

# 5

illust● スズキイオリ
design● BEE-PEE

Contents


6 ●プロローグ 嬉しい知らせ

12 ●一 夢の節分

34 ●二 空の誕生日

66 ●幕間 可愛い絵手紙

71 ●三 春の始まり

89 ●四 広がる世界

123 ●五 待ちわびた再会

201 ●六 こぼれた願い

232 ●七 迷うもの、導くもの

270 ●八 花が開く日

288 ●エピローグ いつかはすぐそこに

293 ●おまけ 伊山良夫の当番日誌

309 ●おまけ とある細工師の災難五

322 ●あとがき

324 ●コミカライズ第四話試し読み

# Character

•人物紹介•

## 杉山 空

前世の記憶を薄っすら持った三歳児。魔素欠乏症の療養のため魔砕村の祖父母のもとへやって来た。臆病な性格で田舎の魔境ぶりに翻弄されまくるが、美味しいもののためなら頑張れるかもと最近思っている。

## フクちゃん

身化石から孵った空の守護鳥。使う魔力に応じて大きくなったりできるが、見た目はごく普通の鳥に近い。実は飛ぶより走る方が得意だったりする。名前は見た目から空が命名。

## 米田幸生

空の祖父。怖そうな外見で表情があまり動かないが、空を家に迎えてからはすっかり孫バカになりつつある。空とまだ上手におしゃべり出来なくて、時々こっそり落ち込んでいる。

## 米田雪乃

空の祖母。上品な初老の女性といった雰囲気だが、孫が可愛くて仕方がないため空にとても甘い。氷や雪を操る魔法が得意。

## 杉山紗雪

空の母。田舎で理想通りに強くなれず挫折して東京に出てきた。(通称:田舎落ち)四人の子の良き母だが実はちょっとうっかりさん。意外と脳筋で中身的には幸生によく似ている。

## 矢田明良

5歳。元気で優しい男の子。空のことをよく気にかけている。

## 野沢結衣

5歳。元気な女の子。ツインテールがトレードマーク。

## ヤナ(ヤナリヒメ)

米田家の守り神。本性はヤモリ。300年ほど前に米田家の当主と契約し守り神になった。子供が好きで面倒見が良く、空のお姉さん的存在。よく天井や梁に張り付いている。

## 野沢武志

7歳。やんちゃそうな雰囲気の男の子。面倒見が良い。

# プロローグ　嬉しい知らせ

新年の空気もすっかり消え去り、村の雰囲気が少しずつ春への準備に移り変わろうとする、そんな頃。

ナリソコネ騒動も無事に終わって、またいつもの日常が魔砕《まさい》村に帰ってきた。

「空くん、本当にありがとうねぇ」

「ううん。ウメちゃんもアキちゃんも、げんきになってよかった！」

今日は矢田家もすっかり落ち着いたということで、空はヤナと一緒に招かれて遊びに来ていた。

頭を下げて礼を言うウメに、空は笑って首を横に振った。

明良は若返って復活したウメの隣に座り、嬉しそうに笑顔を浮かべている。膝の上には抱いてみたいという要望に応えたテルちゃんを乗せ、葉っぱの帽子を被った頭を優しく撫でていた。

ナリソコネに呑まれかけた明良だが、治療の甲斐あって記憶や魔力を大きく失うようなことはなかった。テルちゃんに思うところもないらしい。

明良は村の子供らしく元々の体力や魔力も多いのであっという間に元通り元気になり、今はまた保育所にも通い始めている。

「赤ちゃんが生まれる前に起きられてほんとに良かったよぅ……皆忙しくなるのに、明良に寂しい思いをさせるとこだったよ」

そう言ってウメは隣にいる明良に優しい笑顔を向けた。

その動きで緩やかに波打つ髪がゆらりと揺れる。ウメの髪は肩より少し長いくらいで、綺麗な鶯《うぐいす》色をしていた。瞳も同じ色合いだが、少し濃い色に見える。優しそうな顔立ちの美少女だ。

以前は年上の美人のお姉さん、という感じだったのだが、本体が若木になったらすっかり縮んでしまったらしい。ヤナによれば、その口調や性格も少し幼くなったという。

「まったく、ヤナが散々起こしたのに……やはり諦めてちゃんと眠っておけば良かったのだぞ。あのまま起きられなかったらどうするつもりだったのだ」

そう言ってブツブツと文句を言うヤナとは同じくらいの年頃に見えるのだが、背丈が少し高いせいか、それともおっとりしたその雰囲気のせいか、少しだけウメの方がお姉さんという印象があった。

「ごめんよぅ。ウメもこんなに力を落とすとは思わなかったんだよ……あの大雪さえなければねぇ」

雪によって大きな枝が折れたことで、姿を現すことが出来なくなるほど力を落とすとは思っていなかった、とウメはため息を吐いた。

「げんきになったんだからもういいよ、ウメちゃん！」

「よかったね、アキちゃん！」

「テル、ガンバッタ！　アキラゲンキ、ウレシイ！」

「あはは、テルちゃんもありがとな！」

明良はウメちゃんを起こしてくれたテルちゃんを持ち上げて笑う。テルちゃんも、自分の声に最初に応えてくれた明良のことが好きなようで、高く上げられてキャッキャと笑い声を上げた。

空はその姿をにこにこと眺めながら、おやつにと出された蒸かし立てのお饅頭に齧《かじ》りついた。

「空くん、遠慮せず食べてね。そのお饅頭、ウメの得意料理なんだよ」

「ありがとう！　このおまんじゅう、はじめてたべるあじで、おいしい！」

ふかふかした白い薄皮の中身は薄紅色の餡子だった。普通の餡子と違って少しばかり甘酸っぱいような、さっぱりと食べやすい不思議な風味だ。

「えへへ、梅干しを叩いて白餡に混ぜた、梅餡なんだよぅ。美味しいなら沢山お食べね」

「ウメちゃんのつくるうめぼし、すっぱいけどおいしいんだ！」

「そうなんだ……」

その梅はやはり自分の本体の木から採れたものなのだろうか、と空は疑問に思う。木にとってその実を使うというのはどういう気分なのか聞いてみたい気もしたが、とりあえず口をつぐんでお饅頭を頬張る。

お饅頭は柔らかくて温かく、空にとってはいくらでも食べられそうなくらい美味しかった。

「あ、そうだ。なぁ、そらはほいくじょ、まだいかないの？」

皿の上のお饅頭があらかた皆のお腹に収まった頃、不意に明良がそう問いかけた。

「ほいくじょ……」

そういえば、去年は結局体を治し村に馴染むので精一杯で、そういう場所に行くという話は出なかったなと空も気付く。

東京にいた頃は、体に問題がなければ三歳から陸と同じ保育園に行こうと母である紗雪は言っていたが、結局そのまま田舎に療養に来てしまったのだ。

「そういえばそろそろ通っても良い頃合いかの？　空はこちらに療養に来たから、去年はしばらく様子を見ようということになっておったのだぞ。うちにはヤナがいつもおるから留守番には困らぬしの」

「ほいくじょって、いかなくてもいいの？」

てっきり皆行くものかと思っていたので空がそう聞くと、ヤナもウメも頷いた。

「別に義務じゃないんだよぅ。うちはウメがちょっと調子悪かったから、その頃から明良も通ってたけど……」

「都会はどうか知らぬが、ここではそれぞれの家庭や子供の事情で色々なのだぞ」

面倒を見てくれる家守がいる、家業の都合で幼い頃から修行をする、まだ力の制御などに不安が残る、などの色々な理由で、不定期にしか来ないとかそもそも通わない子供もいるらしい。

地区や近所の結束が強く、年長の子供たちが年下の子供の面倒を見るのを嫌がらないので、社会性はそちらで養われるという風潮もある。

魔砕村にとって保育所とは農繁期《のうはんき》の託児所のようなもので、あまり必要とは思われていないようだ。

「まぁ地区を越えた友達が出来るから行く子供が多いのだが……空の好きにしてよいぞ」

「うん……どうしようかなぁ」

空としてはすっかり元気になったから行ってみてもいいのだが、何となく不安も残る。

「ゆっくり考えたら良いのだぞ。行きたいならキリが良いから春からになるだろうしの」

「うん、そうする！」

「もしいくなら、いっしょにいこうな！」

「うん！」

「ホピピホピッ！」

「テルモ！　テルモイク！」

「あはは、じゃあフクちゃんたちもいっしょね！」

空のフードの中で寝ていたフクちゃんが、聞いていたらしく顔を上げて自分も行くと主張する。テルちゃんもそれに乗って声を上げた。

明良や結衣がいるのなら行ってみるのも楽しそうだ、と空は思う。けれど二人は二つ年上なので、一緒に通える時間はそう長くはない。

それに空は、自分と同じ歳の子供を陸しか知らないのだ。

力の制御への不安や、同じ歳の子供たちと自分の精神年齢に差があるかもしれないことなど、気になることは幾つかある。

（僕が大人っぽすぎて、馴染めなかったら困るかなぁ……）

空は自分が幼い体に引っ張られて十分子供らしいということには気付かず、今からそんな心配をしたのだった。

そしてその日の夕方。

空が囲炉裏の傍《そば》で絵本を読んでいると、玄関が開く音と共にただいま、と声がした。

村の寄り合いに出かけていた幸生は居間の障子戸を開くなり、空、と声を掛けた。

「じぃじ、おかえりなさい！」

「うむ。空……村の指定が二級になったぞ」

「してい……ほんと⁉　じゃあ、ままたちこれる？」

「ああ、問題ない。紗雪が連れてくれば、家族全員で気軽に遊びに来れるようになった」

県からようやく危険地域度の指定変更手続きが終わった連絡があったと、幸生は空に教えてくれた。

喜ぶ空の声を聞いて、雪乃とヤナも台所から出てきた。

「あらあら、やっと決まったのね！」

「良かったのだぞ！　トンボが来たりナリソコネが出たりしたから遅れるかと思ったが……」

「うむ……空がナリソコネを御《ぎょ》した話が伝わったらしくて、それが逆に良かったようだ」

秋にトンボが襲来したりして変更を渋る動きがあったようなのだが、村の傍に出たナリソコネと三歳の子供が契約したという話が伝わってから雰囲気が変わったらしい。

そんな小さな子供でも何とかなる程度なら、意外と村の近辺の危険度も低いのではと判断されたのかもしれない。真相はどうあれ、空は気にせず喜んだ。

「ままたち、はるにくるかな？」

「ええ、すぐに知らせるわ。きっと春休みに合わせてきてくれると思うわよ」

「やったぁ！」

「良かったのだぞ、空。楽しみだな」

「うん！」

「ホピピピッ！」

「テルモタノシミ！」

大喜びしてピョンピョン跳びはねる空と一緒に、フクちゃんもパタパタ羽ばたき、テルちゃんも踊るようにくるくると回る。

まだ毎日寒いけれど、春を待ちわびる米田家は今日も暖かく賑やかだ。

再会の日は、きっともうすぐそこだ。

## 一　夢の節分

そんな嬉しい出来事があってからしばらくのこと。

暦は二月に入ったものの、まだまだ寒い日は続いている。

空は保育所のことは春まで保留として、相変わらずのんびりとした日々を送っていた。ウメを伴った明良や、結衣と武志が時々訪ねてきてくれ、皆と家の中でクマちゃんファイターをしたり、まだ残っている雪で遊んだりと楽しく過ごしていた。

「むむむ……」

今日の空は真剣な表情で積み木を高く積み上げていた。壁になるように工夫して詰んだ二列の積み木の上に絵本を一冊、屋根のように置こうと工夫しているのだが、どうしても高さを出すと壁が崩れやすくなってしまう。

手をプルプルさせながらそっと積み木を積む空の周りを、フクちゃんとテルちゃんがくるくる回って応援している。

「ホピッホピピッ！」

「ソラ！　ソラ、ガンバル！」

「うむむ……あっ！」

そっと置こうと思ったのに、余計な力が入ったせいか、積み木がカチャンと落っこちてしまった。その衝撃で壁がガラガラと崩れ、隣の壁にもぶつかって結局積み木は全部崩れてしまった。

「むぅ……」

「ピョル……」

「アー」

屋根を載せる前に崩れてしまった建造物を見て、空は残念そうにため息を吐いた。

大作になる予定だったのに、また崩れてしまった。今日はもう何度も挑戦しているのだが、これがなかなか成功しないのだ。

「おおきいのって、むずかしいね……テルちゃんがはいれるようなのって、なかなかできないなぁ」

「ムズカシイ！」

空が作ろうとしていたのはテルちゃんが入れるようなトンネルというか家というか、そんな感じのものだった。

積み木を使った空のお気に入りの遊びは、フクちゃんが入れるお家やトンネルを作ることなのだ。そこにテルちゃんという仲間が加わったので、今日はテルちゃんが入れるサイズの大作を、と思ったのだがこれがなかなか上手くいかない。

葉っぱの帽子の天辺まで含めるとテルちゃんは背丈が四十センチくらいはあるのだ。そのテルちゃんが入れる大きさまで小さな積み木を積み上げようとすると、まださほど器用ではない空には少々難易度が高かった。

「うーん、もうちょっとおっきいつみき、じぃじにおねがいしようかな？」

「空、ダメだぞ。そんなことを言うと、幸生が張り切りすぎてまたおかしなものを用意するのだぞ」

空が積み木を手に取って呟くと、台所からヤナが歩いてきた。手にはお盆を持っている。

「馬鹿みたいに大きな積み木を用意されても置き場に困るし、空が持ち上げられなくなるかもしれないのだぞ。それよりもほら、積み木はちょっと片付けて、十時のおやつにしよう」

「おやつ！」

空はパッと顔を上げると立ち上がり、いつもは見せない素早さで積み木を集めてひとまとめにした。次に積み木用の籠を手に取るとそれを横にして傍に置き、まとめた積み木をどんどんと押し込んでゆく。ガラガラガラと派手な音と共に積み木は高速で収納されていった。

幼児の見かけにそぐわずものすごく手際が良い。おやつやご飯を前にした時だけ、空のお片付けスキルは前世チートを発揮するのだ。

囲炉裏の脇が綺麗になると、空はタッと立ち上がって部屋の隅に置いてあった小さなテーブルを持ってきた。空のために用意されている、おやつ専用テーブルだ。

ヤナはその手際の良さに笑いながら、そのテーブルの上にお盆をそっと置いた。

「今日は芋汁粉だぞ」

お盆の上にはお椀が載り、黄色い液体がなみなみと注がれていた。真ん中にはパラパラと黒ごまが散らしてある。

温かな汁から漂う湯気の甘い香りに、空はスン、と鼻を動かし嬉しそうに微笑んだ。

「いいにおい……これ、おいも？」

「うむ。サツマイモの汁に芋や餅が入っておるぞ。さ、どうぞ」

「いただきまっす！」

差し出されたスプーンを満面の笑みで受け取り、さっそく汁を掬ってみる。とろりとした汁をまず一口啜《すす》ると、優しい芋の甘さがふわりと口に広がった。

「んん……おいひい！」

「良かったのだぞ。具も沢山入れてあるから、ゆっくり食べると良いぞ」

「ん！」

ヤナがそう言う前に、空の頬はもうぷっくりと膨れていた。

丁寧に裏ごしされた滑らかな汁は、サツマイモのポタージュスープのような味わいだった。そこにスプーンを入れると、やわらかく煮てあるがゴロゴロと形を保ったサツマイモや、小さめに切って焼いた香ばしい餅が次々に出てくるのだ。もちもちトロトロと、口の中が忙しくも幸せだ。

中の具が見えない黄色い汁を掬い、不意に大きな具が出てくると何だか嬉しい。

「たからさがしみたい！」

「ふふ、そうだな。大きい芋も餅も、空にとってはお宝だな？」

「うん！」

空の横ではフクちゃんとテルちゃんも、蒸した芋の欠片を貰って嬉しそうにしていた。

「ご……ヤナちゃん、おかわりってある？」

お椀に入った芋汁粉を残さず飲み干し、ごちそうさま、と言いかけてから空はヤナの顔を見上げた。

いつもなら空のおやつはどんぶりで出てくるし、それが空っぽになる前にヤナや雪乃がお代わりはいるかと聞いてくれるのだ。

今日は何故か普通のお椀に盛られていた上にお代わりの提案もなかった。お椀一杯では正直なところ全然足りていない。それで空は自分から聞いてみたのだが、しかしその問いにヤナは首を横に振った。

「今日はおやつのお代わりは無いのだぞ。ちょっとだけ、我慢だな」

「そ、そうなの……⁉」

だったらもっとゆっくり味わうべきだった、と空はがっかりしながら空っぽのお椀を見つめた。

その頭をヤナが優しく撫でる。

「そうがっかりするでないぞ。今日はこの後、空には重要なお役目があるのだ。だからうちではこれ以上おやつを出せぬのだぞ」

「おやくめ……？」

初めて聞く話に空は戸惑って首を傾げた。それとおやつのお代わりがないことがどう結びつくのか今ひとつわからない。

空が不思議そうにしていると、家の奥からドスドスと歩く音が聞こえ、廊下に面した障子戸がガラリと開いた。

「あ、じぃ……じ？」

幸生の足音だ、と気付いた空はさっと顔を上げ、そしてその姿を見て言葉に詰まった。

現れたのは幸生で間違いない。しかし、その姿がいつもと違う。空はぽかんと幸生を見上げ、そして声を上げた。

「……じぃじにつのがはえてる⁉」

「うむ」

何と、幸生の額の両端に十五センチくらいの白い角が一本ずつ生えている。

驚く空に、幸生は少し照れたように口を引き結んで頷く。それを見ていたヤナがクスクス笑い、空の頭を優しく撫でた。

「よく見るのだぞ、空。あれは幸生がしている鉢巻きにさしてあるだけだ」

「はちまき……あ、ほんとだ！」

確かに幸生は額に黒い鉢巻きを巻いている。額に長い角を当て、幅のある鉢巻きで留めるように巻いてあるだけらしい。幸生はその白い角を指さし、作り物だと教えてくれた。

「これは猪の牙から作ってある」

「そうなんだ……よかったぁ。じぃじがおにさんになっちゃったかとおもった！」

「あはは、それはこれからなのだぞ」

「……え？」

ヤナの言葉に空が顔を上げた時、幸生が入ってきた障子戸がすらりと開き、雪乃が顔を出した。

「空、ちょっと来てくれる？」

「あ、ばぁば。なぁに？」

手招きされて空が近づくと、雪乃は手にしていた細い布を空の額にそっと当てた。

「空の額だと、もう少し手ぬぐいを折った方が良いかしらね」

「てぬぐい？」

「ええ、ほら」

そう言って雪乃が見せてくれたのは、黒い手ぬぐいだった。幸生が頭に巻いているのと同じもので、それを縦にいくつかに折りたたんで細くしてあるらしい。

「これをこうして……こんなものかしら？」

折って幅を狭めた手ぬぐいをもう一度空の額に当て、雪乃が頷く。

それをどうするのかと空が見上げていると、雪乃は自分の着物の袂から白くて細い何かをサッと取り出した。

「あ、つの！」

「そうよー。空も、今日は鬼さんに変身ね」

「ぼくもなの⁉」

雪乃は魔法でその角をふわりと浮かせると、空の額の両端にピタリとつける。そしてそれを覆うように空色の手ぬぐいをくるりと巻き付け、後頭部できゅっと結んでくれた。その姿をヤナが覗き込む。

「うむ、可愛い小鬼なのだぞ。空、鏡を見るか？」

「うん！」

ヤナが用意してくれた鏡を覗き込むと、そこには角を生やした空の姿があった。

空に用意された角は幸生が付けている物より大分小さいようで、三センチくらいの先端が、鉢巻きからちょこんと出ている。

「それもじぃじのと同じ、猪の牙を削った物なんだけど……空、痛くない？」

「だいじょうぶ！」

滑らかに削られた角は、額に当たっても痛いということはない。少し邪魔かなと思うがその程度だ。それよりも空は、自分と幸生が何故角を付けられたのかということの方が気になった。

「ね、ばぁば。なんでつのをつけるの？」

空がそう言うと、雪乃が微笑んでカレンダーをちらりと見る。

「空は節分って知ってるかしら？　東京ではやったことない？」

「せつぶん……しってる！　え、じゃあぼくとじぃじ、せつぶんの、おにさんのやく？」

今の空は節分の行事をしたことはないが、前世の空はそれを知っている。

雪乃はそんな空の頭を撫で、ヤナが持ってきてくれた上着を小さな体に当てて微笑んだ。

「そうなのよ。毎年幸生さんが鬼の役をして、東地区を回ってくれてたんだけど……今年は、空と二人ね」

「米田家の男は、代々東地区で節分の鬼役を請け負っておるのだぞ。今年から空も参加したらどうかということになっての」

「えええ……じゃあぼく、おまめぶつけられるの⁉」

空はまさか自分が幸生と一緒に豆をぶつけられるのかと、不安そうに眉を下げた。

この村ではどんな行事も空の予想を超えたものが出てきそうなのに、大丈夫なのか。この村で投げられる豆は何だかすごく痛そうだ、と空は身を震わせたが、雪乃は笑って首を横に振った。

「そういえば余所の土地だと鬼は外ってお豆を投げる所もあるんですってね？　でも大丈夫よ、この村ではお豆は投げないし、鬼は外もしないのよ」

「そうなの？　よかったぁ……」

ホッと安堵したところで、空は今着ている服の上から黒い羽織を着せかけられた。赤い帯をきゅっと締めてもらい、空はその場でくるりと回って傍らの幸生を見上げた。

「じぃじとおそろい！」

「……うむ」

空の言葉に天を仰いで唸るように応えた幸生は、今日は黒い着物に赤い帯を締め、更に黒い羽織を着ている。頭の角も相まって、全くカタギに見えないというか、若干の人外味すら滲《にじ》む雰囲気だ。

「これでどうするの？　おでかけするの？」

「ええ、じぃじと一緒にね。はい、外は寒いからマフラーを巻いてね。その着物は防寒を付与してあるからそんなには感じないと思うけど……」

どうやら出かけるのは二人だけらしい。空は促されるままに玄関に向かい、草鞋《わらじ》を履かせてもらう。幸生も草履《ぞうり》を履き、玄関先に立てかけてあった長い杖を手に取った。

木で出来た真っ直ぐな杖に黒漆《くろうるし》を塗った物で、石突きや頭は金属で装飾されている。

「じぃじ、つえかっこいい！　でもおにさんなのに、かなぼうじゃないんだね」

「うむ……金棒だと、その辺を壊す」

金棒のように大きく重い物は、幸生が持って歩いてそこら辺にぶつけただけでも、ぶつかった方が危険ということらしい。確かに危なそうだと空は納得して頷いた。

「さて、行くか……む」

準備が出来た空と幸生に、フクちゃんとテルちゃんが急いで近づいてくる。

「あ、フクちゃんとテルちゃんは、今日は置いていってね」

「ホピッ!?　ホピピ!!」

しかし、空の肩に乗ろうと飛びかけたフクちゃんを雪乃がサッと捕まえた。フクちゃんはジタバタと暴れたが、雪乃の手からは逃げられなかった。

テルちゃんはといえばヤナがその丸い体を抱え上げて捕まえている。

「テルモイキタイ！」

「ダメだぞ。今日はフクもテルも留守番なのだぞ！　さ、二人共行ってこい」

「いってらっしゃい」

「うむ」

「いってきまーす！」

結局、この村の節分がどういう行事なのかよくわからないまま、空は玄関を出たところで幸生に抱っこをしてもらい、手を振って家を後にした。


現在の時刻は十時半くらい。空の十時のおやつが終わって、まだお昼には早いという時間だ。

今日は良い天気だが空気は冷たく、息を吐けば白く濁った。それでも防寒の付与がされた着物と足に履いた草鞋のお陰で寒さはほとんど感じない。

空は幸生の肩越しに村の風景を眺めながら、これから何をするのかとちょっとワクワクしていた。

「ねぇ、じぃじ。どこにいくの？」

「うむ……まずは、福井家に行く」

「ふくいけ？」

空が首を傾げると、近所の家だ、と幸生は教えてくれた。

すぐ隣の矢田家を通り過ぎ、そこから角を曲がって数件目の家が福井家らしい。

空の基準では全然近所ではない気がするのだが、幸生にとっては東地区なら大体近所の家になるようだ。

福井家に到着すると、幸生は空を下ろして玄関の戸をカラカラと開けておーい、と声を掛けた。

「はーい！」

「米田だ、邪魔をする」

家の中から返答があり、近くの部屋からおばさんがひょこりと顔を出した。

「ああ、米田さんいらっしゃい！　ちょっと待ってね、今うちの人を呼んでくるから」

「うむ」

おばさんはそう言うと奥に向かってアンター！　と叫ぶ。すると少し間を置いてドタドタと音がして、神主のような服を着たおじさんが慌てて走ってきた。

「米田さんおはよう。いやぁお待たせして」

「いや、待っていない」

ペコペコと頭を下げるその人は幸生よりは若いように見えるが、ふっくらと恰幅の良い体格をしていた。着ている服のせいもあってか、全体的に何となく丸く見える人だ。

「……ふくのかみさま？」

その姿をまじまじと見つめ、空が思わず呟くと幸生が頷いた。

「空、この人は東地区の福の神役、福井さんだ。福井さん、これは孫の空だ。今年から連れて行こうと思ってな」

「うんうん、空くんどうぞよろしく」

「えっと、はじめまして、そらです！」

幸生が双方を紹介すると、福井は垂れた目を細めて嬉しそうに頷き、しゃがみ込んで空ときちんと視線を合わせてよろしくと言ってくれた。

同じ地区なので田植えの時などに顔を合わせたことがあるかもしれないが、空は憶えていなかったのでとりあえず初めましてと挨拶を交わす。

福井は金色の生地に銀糸で模様が描かれた狩衣《かりぎぬ》に、白い袴を穿いていた。

丸顔でにこやかに垂れた目をしていて、如何にも優しそうな顔立ちで、そのうえ耳が見事な福耳だ。頭には狩衣と同じ生地の帽子を被っていて、その姿は見るからに福を呼びそうに見える。

その福井も、空の可愛い小鬼姿を見て満足そうに頷いた。

「いやぁ、君はよく食べるんだってね！　今年は楽できそうで、本当に助かるよ！」

「……たべる？」

「うむ……行けばわかる」

「そうそう。さ、行きましょう」

不思議そうな空を幸生が抱き上げ、玄関の外へと向かう。福井は置いてあった金色に塗られた草履を履いてその後に続いて外に出ようとした。するとそこに後ろから声が掛かった。

「アンタ、忘れ物！」

「お、そうだった。ありがとう」

そう言って奥さんが福井に手渡したのは、金色の小槌《こづち》と白い袋だった。服装に小物が揃うと、もう完全に福の神のコスプレだ。

謎のコスプレをした三人が連れだって玄関を出ると、奥さんが追って来て手を振ってくれた。

「お役目いってらっしゃい。気をつけてね！」

「ああ、行ってきます」

「うむ、どうも」

「いってきまーす！」

空はまたもよくわからないなりに手を振り、福井家の奥さんに見送られて出発することとなった。


「ねぇじぃじ、こんどはどこいくの？」

「うむ……今度は、近所を巡る」

「きんじょ？　そんで、なにするの？」

空が重ねて聞くと、横を歩く福井が空を見上げて教えてくれた。

「空くんは、ここの節分は初めてかな。うちの村ではね、鬼と福の神が一緒に地区の家を訪ねて回って、もてなしを受けるんだよ」

「もてなし……おにはそとじゃないって、ばぁばいってたの、それ？」

「そう、鬼っていうのは、強いだろ？　強いというのは、この田舎では何より重要だ。だから鬼にはその強さで災いを退けてくれるように、福の神には家々を豊かにしてくれるように、どちらも招き入れて、もてなしてお願いするんだよ」

「おにさんもかんげい？」

「そりゃもう大歓迎さ」

空はその言葉にちょっとホッとして、自分の額からちょこんと伸びる角を手で撫でた。豆をぶつけられるのではなくて良かった、と安心してへにゃりと笑う。

「うちの村には、大昔に村娘に惚れた鬼が住み着いて、住人を守ってくれたっていう伝説があってねぇ。だから鬼はお仲間みたいなものなんだよ」

「へ～！」

龍神が村を守っていたり、お地蔵様が動き出したり、鬼が住み着いたり……相変わらず、魔砕村には伝説が尽きないようだ。

「さ、まず一件目だよ」

そんな話をしながら一行は福井家のすぐ隣にある家の門を潜った。

その家の玄関の前で幸生は足を止め、空を腕から下ろす。そしてすぅっと大きく息を吸うと、口を開いた。

「うおぉぉいっ！」

「ぴっ⁉」

突然幸生が大声で叫び、空が驚いて小さな悲鳴を上げる。

幸生はちらりと空を見下ろしてその頭をそっと撫で、それからまた声を張り上げた。

「鬼はいらんかぁ！」

「福はいらんかねぇ」

幸生の大声の後に、福井の朗らかな声が続く。

すると家の中から、はぁい、と声が返った。

「いりますいります！　ようこそ鬼様、福様！」

ガラリと扉が開き、中からこの家の奥さんらしい人が顔を出した。

「さ、どうぞ中へ……あら、かわいい鬼さん！」

「こ、こんにちは！」

「はい、こんにちは。ささ、鬼も福も、うちへどうぞ！」

空が挨拶すると、奥さんは大喜びで三人を家に招き入れた。

「まぁまぁ、今年はかわいい鬼さんが一緒で、嬉しいねぇ」

家に入ると玄関近くの部屋からお婆さんが顔を出して空を手招いた。それぞれ草履や草鞋を脱いでお邪魔し、居間へと通される。居間には老夫婦に、その息子夫婦、そして中高生くらいの男の子が二人いた。

誰もが笑顔で鬼と福の神を歓迎し、暖かい部屋の上座へと案内してくれた。

「さぁさ、鬼様も福様も、ささやかですが我が家のもてなしをどうぞ」

「うむ、かたじけない」

「やぁ、ありがたや」

並んで座った空たち三人の前に、朱塗りの大皿に山盛りにされた豆大福が出された。空の目がたちまちきらりと輝く。

「どうぞお召し上がりくださいな。そして今年も、我が家の魔を祓《はら》い、福をお恵みくださいますよう」

空はそう言って大福を一つ渡され、満面の笑みで受け取った。

「いただきまっす！」

はぐ、と齧り付くと大福は出来たてなのかほどよい柔らかさで、豆がごろごろしていて食感が楽しい。中の餡子は雪乃が作ってくれるものより少し甘くて、味わいが何となく違っていた。

空はそれを面白く思いながらもあっという間にペロリと一つ食べてしまった。

「空くん、もっと頂くかい？」

まだ一つ目をむぐむぐと食べてお茶を飲んでいた福井が、空にそう聞いてくれる。

「いいの？」

「ご馳走になるといい」

幸生も勧めてくれたので空が頷くと、またお皿に大福が取り分けられた。

「遠慮せず沢山食べてね。鬼様と福様が沢山食べてくれると、良い年になるって言われてるのよ」

「甘いのに飽きたら、お新香もどうぞ」

お婆さんがそう言って沢庵漬けを出してくれたので、空はそれも美味しくいただいた。

甘い物としょっぱい物を交互に食べるのは永久機関だ。子供用にちょっと冷ましたお茶もいただいて、空は大福と沢庵とお茶を順番に幸せそうに口に運んだ。

「あまり長居しては他の家を回れないから、ほどほどにね」

福井にそう言われて空は大福を全部で三つ食べ、お土産に数個貰って、ここでのもてなしを終えたのだった。


「良きもてなしに感謝を。この家に魔は訪れまい」

幸生がそう言って手にした杖を軽く振り下ろし、石突きでカン、カン、と玄関の敷石を打ち鳴らす。

「福が沢山舞い降りるように」

次に福井が手にした金の小槌を大きく振るった。小槌に結ばれた紐には鈴が付いていて、振るう度にシャンシャンと景気の良い音を立てる。

「鬼様と福様に感謝を」

そう言って頭を下げる家の者に見送られて、三人は東地区の最後の家を後にした。もう外はすっかり夕暮れだ。

「はぁ……今年もどうにか終わったねぇ。もうお腹いっぱいだし、すっかり酔っ払ったよ」

「うむ、今年もよく役目を果たされた」

「米田さんもね。空くんもご苦労様。いやぁ、空くんがどの家でも沢山食べてくれて、ほんっとうに助かったよ」

「どのおうちも、おいしかったよ！」

空はあちこちの家で色々なものを沢山食べた。

大福や饅頭、おにぎりや炊き込みご飯、ぼたもちや肉まんなどなど、各家がそれぞれ得意な料理やふるまいやすい物を用意してくれていた。

酒と肴という家もあったが、空にもちゃんと何かしら出してもらえて、どれも全部美味しく頂いた。家ごとに色々な料理や味付けがあって、どこでも楽しめて、空は大満足だ。

途中からはお腹を空かせるために抱っこは止めて、せっせと自分で歩いたくらいお腹いっぱいになった。

福井はどの家でも全く食欲を衰えさせず存分にもてなされる空を、最後は拝むような眼差しで見つめていた。

「米田さんと違って僕はもともとあんまり沢山食べる方じゃないから、毎年このお役目が大変でねぇ」

出された物を全て食べる必要はなく形式として少し口を付ければよいのだが、東地区の家々全てでそれを繰り返せばどうしてもお腹いっぱいになってしまう。

幸生も沢山食べるので福井の負担は少ないのだが、それでも毎年大変だったのだ。

今年からは空という戦力が加わったので、福井は楽が出来て大変に助かったらしい。

「今年は腹回りをさほど心配しなくて済みそうだよ」

「えへへ、ぼくも、いっぱいたべれて、そんでアキちゃんたちにもかっこいいっていわれて、うれしかった！」

明良や結衣たちの家も訪ねたのだが、空の小鬼姿は皆に褒めてもらえた。黒い羽織がカッコいい、と武志や明良は何だか少し羨ましそうだった。男の子には福の神より鬼のコスプレの方が人気らしい。

幸生だけだと威圧感があって何となく怖いらしいが、今年は空が一緒だったので親しみやすさがぐっと増したようだ。

「来年も一緒に出来そうか？」

「うん！　らいねんもやる！」

「助かるなぁ……うちもそろそろ息子に譲りたいんだけどねぇ」

福井は自分の何倍もの量を食べても平然としている空を見下ろし、ため息を吐いた。

「……外の学校に行ってるんだったか？」

「そうなんですよ。都会や外つ国《と》の農業を学んでみたいって言い出して、農業系のとこにね。でも、無駄だと思うんだよねぇ……外の作物は、うちの村に来るとみーんな変わっちゃうし」

そう言って首を横に振る福井を見上げ、空はうんうんと頷いた。

姿を消すナスに、褒めないと赤くならないトマト、食べ頃になると空に飛んでいくオクラ……この村の作物はヘンテコなものばかりで、農作業も当然それに合わせて村人たちが工夫している。

外の農業を取り入れようにも難しいだろうというのは空でも想像が付いた。

「何事も経験だ。外の物に触れて、ここの良さを見出すかもしれん」

「時々連絡してくるけど、どの植物も信じられないほど大人しくて困惑してるみたいだよ」

どうやら福井の息子は、空とは逆の驚きに出会っているらしい。それを面白く聞いていると、福井がふと空に声を掛けた。

「空くんは外から来たけど……ここの村はどうだい？　もう慣れた？」

その質問に空は少し考え、首を横に振った。

「ううん、ぜんぜんなれないの。おどろいてばっかりだもん。でも、ぼく、ここすきだよ！」

そう言って空が胸を張ると、福井が声を上げて笑った。

「あはは、慣れないけど、好きかぁ」

「うん。ぼくねー、おっきくなったら、じぃじみたいになるんだ。おにさんのやくも、ずっとやって、ふくいさんのぶんもたべたげるね！」

「それは心から助かるよ。どうぞ来年もその先もよろしく……！」

行く先々で美味しい物を振舞われもてなされるお役目は、空にとっては天職だ。空は隣を歩く幸生を見上げ、にっこりと笑った。

黒い装束を身に纏う大きな体は、冬の夕闇の中では黒い影のように見える。空が見上げても顔がほとんど見えない。

けれど幸生が自分を見下ろし、優しい顔をしていることを空は知っている。

「じぃじみたいな、かっこよくて、やさしいおにさんになるね！」

「……うむ」

そう小さく唸った幸生が、感動して天を仰いだことも空にはお見通しなのだ。

「せつぶんは、てんごく！」

これ以降、空は毎年節分の日を心待ちにするようになったのだった。

## 二　空の誕生日

「空、誕生日おめでとう！」

「おめでとう」

「うむ、めでたいのだぞ！」

「ホピピピピッ！」

「ソラ、ソラ、オメデト！」

二月の、天気の良いとある日。

空は四歳の誕生日を迎え、昼食の席で家族みんなからお祝いの言葉をもらった。フクちゃんやテルちゃんまでもが、鳥語や辿々しい言葉で祝ってくれる。

「えへへ……ありがとう！」

空は幸生や雪乃、ヤナ、そして自分のすぐ脇にちょこんと並んで座るフクちゃんとテルちゃんを順番に見て、嬉しそうに、けれどちょっと照れくさそうに笑ってお礼を言った。

しかしその視線はすぐにスッと逸れ、目の前のテーブルに吸い付けられるように向かってしまう。

(黒毛魔牛のローストビーフおにぎり……あああ、美味しそう！)

テーブルの上には、誕生日のご馳走がずらりと並んでいる。

空が特に大好きな黒毛魔牛のおにぎりをメインとして、そのすじ肉を大根と煮た料理や、鮭をたっぷりの野菜と一緒に蒸した料理、保存してあった巨大カボチャで作った黄色いスープ、冬眠ニンジンのサラダ、凍みリンゴを甘く煮たデザートなどなど。

冬なので保存してあった食材や日持ちのする根菜、漬物などを使った料理が多いのだが、好き嫌いの少ない空にとっては並んでいるもの全てがご馳走だ。

ご馳走を前にしてそわそわし出した空を見て雪乃が取り皿を手に取った。

「空、食べていいわよ。どれからにする？」

取り分けてあげる、と言われた途端、空の瞳がキラリと輝いた。

「おにくのおにぎり！」

迷いのない言葉に微笑み、雪乃は大きな黒毛魔牛おにぎりを皿に取る。

「お代わりも沢山どうぞ」

「ありがとう！　いただきます！」

言うが早いか、空はおにぎりを両手で掴んで齧りついた。口をいっぱいに開いてがぶりと一口噛みしめると、途端に表面に塗られた濃いめの醤油だれの味と肉の旨味が押し寄せてくる。

「んまぁ……！」

うっとりと呟くその様は一年前と同じだが、空の見た目は大分違う。

弟の陸よりも低かった背は田舎に来てから随分と伸び、痩せていた頬も手足も健康な幼児らしくふっくらと柔らかそうになったし、顔色や髪の艶もずっと良くなった。

魔砕村に来てすっかり健康になった空の姿を、幸生も雪乃もヤナも、感慨深そうに見つめていた。

「空、こっちの煮染めやニンジンも美味いぞ。沢山食べると良いのだぞ！」

「うむ。今年の冬眠ニンジンはいつもより深く潜って掘るのが大変だったが、その分美味い」

「凍みリンゴも美味しいわよ。このリンゴは、実が凍り付くまで絶対木から離れないリンゴなんだけど、その分とっても甘いの」

次々に勧められて、おにぎりを頬張りながらも次はどれにしようかと空の視線がうろうろと迷う。

「んと……にものと、すーぷさきにする！」

まずはしょっぱい物から攻めよう、と空が決めると、雪乃とヤナが煮物やカボチャのスープを器に取り分けてくれた。

「ありがとー！」

空はどれも大喜びで受け取り、順番に次々口に運んだ。

すじ肉はとろりと柔らかく、大根にその旨味が染みている。鮭料理も、鮭の塩味と野菜から出た甘みが溶け合ってとても美味しい。

カボチャのスープは和風出汁と合わせてあったが、優しい甘さでいくらでも飲めそうだ。

ニンジンのサラダはシャキシャキして甘酸っぱく、歯ごたえが楽しくてお代わりしたくなる。

合間に夏に雪乃が沢山漬けた古漬けを挟むと、味が変わってまた最初から全部食べたくなった。

相変わらず、空の胃袋は底なしに近い。

料理を楽しんでいると、ふとヤナが顔を上げ雪乃に声を掛けた。

「そういえば、今朝がた紗雪から荷物が届いていたようだったが、何だったのだ？」

「空への誕生日の贈り物ですって。ね、空」

「うん！　あんね、ぱぱとままからくれよんもらったの！」

「くれよん……絵を描く道具だったかの？」

「そう！　りくとおそろいだって！」

紗雪が送ってくれたのは二十四色も入っているクレヨンと画用紙のセットだった。

貰ったそれらを見て、そういえば今世では絵を描くという遊びをまだほとんどしたことがなかったと空は初めて思い至った。

東京にいた頃は陸や小雪はたまにお絵かきして遊んでいた気がするが、空は日々のほとんどを寝て過ごしていたので参加した記憶も薄いのだ。

「おえかきして、ぼくもおてがみだすの！」

「それは良いな。きっと向こうの皆も喜ぶぞ」

「うん！」

空はにこにこと頷き、皿に補充された三つ目のおにぎりを手に取った。

やがてずらりと並んでいた料理も、あらかた皆のお腹に収まった。

空は心ゆくまで黒毛魔牛のおにぎりを食べ、最後に残ったデザートのリンゴの甘煮を美味しく食べ尽くして、ふはぁと満足そうに息を吐いた。それを見てヤナがくすくすと笑う。

「空、美味かったか？」

「うん！　どれもぜーんぶおいしかった！　ごちそうさま！」

空の返事に雪乃が嬉しそうに微笑み、そしてふと時計を見上げた。

時計は一時半を過ぎた頃を示している。

「ちょうど良い時間ね。片付けは後にして、そろそろ行きましょうか」

「うむ」

「お、ではヤナも見に行くのだぞ！」

雪乃の言葉に幸生とヤナが立ち上がる。三人は食卓の上の器を手早く集めると、水を張った流しに浸したり、残った料理に布巾を掛けたりと簡単に片付けを済ませた。

空はそれを見て不思議そうに首を傾げた。

「みんなで、どこかいくの？」

「ええ。さ、空も上着を着てちょうだい。お昼寝は帰ってからにしましょうね」

雪乃は頷いて空に上着を差し出した。

空は勧められるままに上着に袖を通し、靴下を穿いてマフラーを巻く。

上着のフードにフクちゃんがパタパタと飛び込み、足下に寄ってきたテルちゃんを胸に抱えて準備が出来る。

玄関に行くとヤナが草鞋を履かせてくれた。

「ヤナちゃん、どこいくの？」

「ああ、空が一つ年を取ったことを村の地蔵殿に報告に行くのだぞ」

「おじぞうさん？　おこもりさま？」

空が聞くと、しかし皆は首を横に振った。

「オコモリ様じゃないお地蔵様もあるのよ。百貫様って呼ばれてるお地蔵様ね」

「ひゃっかんさま？」

知らない名前を空が呟くと、幸生が空の頭を優しく撫でて頷いた。

「うむ……今日は、その百貫様を背負いに行くのだ」

「……なんて？」

言われたことの意味がわからず、空は思わず半眼になって聞き返した。

「そうだぞ！　空はどのくらい背負えるだろうな？　楽しみなのだぞ！」

しかし残念ながら、聞き返してもやっぱり全く意味がわからなかったのだった。

暖かな格好をして皆で外に出ると、ヒヤリと冷たい風が空の頬を撫でた。

空は一瞬首をすくめたが、身に着けている服や草鞋の効果ですぐにそれほど気にならなくなる。全く寒くないわけではないが、震えるようなことは無かった。

冬も終わりにさしかかり、気温は低いが視界を白く埋め尽くしていた雪は大分量を減らしている。雪乃の魔法によって米田家の庭にはまだカマクラが健在だが、それ以外の場所は日陰に積もった雪が残るくらいで、少しずつ春が近づいているのがわかる景色だ。

空がその景色の中に歩き出そうとすると幸生がその目の前に立ち塞がり、くるりと背を向けてしゃがみ込んだ。どうやらおんぶしてくれるつもりらしい。

空はテルちゃんをヤナに預け、少々広すぎる幸生の背中にぺたりとしがみ付く。後ろから雪乃が持ち上げて、座りが良いように調整してくれた。

そうして準備が出来ると、米田家の一行は全員でぞろぞろと門を出た。

「どこいくの？」

「村の真ん中よ。百貫様のお堂はアオギリ様の神社の近くにあるの」

村の真ん中は空の足ではまだ遠い。道の状態も良くないし、のんびりしていると空が眠くなるかもしれないので、幸生が負ぶって行くことになったようだ。

それに納得し、空は幸生の肩越しに周りの景色を眺めた。

相変わらず、村人達は普通に歩いているように見えるのに足がとても速い。空にはまだ到底出せないような速度で歩いているので、村の中心にある神社の林がぐんぐんと近づいてくる。

目的地が近くなると、空はそこにどんなものがあるのかがやはり気になった。

「ね、ヤナちゃん。ひゃっかんさまて、どんなかみさま?」

空が隣を歩くヤナに質問すると、彼女は少し考え込んだ。

「どんな……と聞かれると困るのだぞ。見た目は普通の地蔵でな……オコモリ殿と、外見や子供好きなところは似ているか? あとは……修行好き?」

「しゅぎょーずき……?」

修行好きのお地蔵様、という存在が想像できず、空の頭の中に疑問符が浮かぶ。

「そうねぇ。百貫様は子供を直接守るようなことはなさらないけれど、その成長を見守るのが大好きなお地蔵様なのよ。だから、強く大きくなりたい年頃の子供たちがよくお参りするわね」

「紗雪もよく通っておったはずだぞ」

「ままが?」

空は自分の知っている紗雪の姿を思い浮かべて首を傾げた。

紗雪の強さを具体的に見ていない空にとっては、その姿と強さが頭の中で上手く結びつかないのだ。

(田舎落ちしたって泣いてたから……強くなりたかったのかなぁ)

それが叶わず田舎落ちしたのなら何だか切ない、と空は思う。

「まま……もうすぐあえるかなぁ」

「もうすぐよ。紗雪に村の危険指定が下がったって連絡したら、子供たちが春休みに入ったら絶対来るって言ってたわ」

「ほんと? たのしみ!」

空は所々に雪を残す田んぼや遠い山並みを見渡し、笑みを浮かべた。

雪が消えるのを少しだけ寂しいと思っていたが、一転して急に春が待ち遠しくなる。

「はる、はやくこないかな！」

「ふふ、春はもうすぐそこなのだぞ！」

そう言って皆に微笑まれると、頬に当たる風も心なしか暖かく感じられる気がした。


そんなふうにお喋りをしている間に、一行は村の中心部に辿り着いた。

神社の前の広場に入ったところで、先頭を歩いていた雪乃がくるりと向きを変える。

足を向けた先は神社の脇に沿うように北へと続く道の方だった。

林を左に見ながらしばらく歩くと、神社の敷地と道の境目に小さなお堂が建っているのが見えた。

空は幸生の肩から乗り出すようにしてぐっと首を伸ばし、ペタペタとその厚い肩を叩いた。

「じぃじ、あれ？」

「うむ」

幸生は一つ頷き、やがてお堂の前で足を止めた。そしてしゃがみ込み、空を背中からそっと下ろす。

「ありがと、じぃじ！」

「うむ」

空がお礼を言うと幸生はゆっくり立ち上がり、それからお堂に向き合い頭を軽く下げた。雪乃やヤナもその隣に並び、同じようにお堂に向かって頭を下げる。

空もお堂に向き直って真似をして頭を下げ、それからその中を覗き込んだ。

百貫様のお堂は、一見するとオコモリ様のお堂よりも一回り小さいようだった。

お地蔵様自体も、オコモリ様よりかなり小さい。高い台に飾られているが、目測では三十センチ前後の大きさに見えた。

（お地蔵様が小さいから、お堂も小さいのかな？）

空はそんなことを考えながらぐるりと見回す。

お堂は小さいが綺麗に整備されており、周囲の除雪もされている。お堂の中にはお供えの台や花瓶がきちんと並べられていた。

冬なので花は生けていなかったが、台にはみかんや餅菓子が皿に載せて供えてある。

このお地蔵様もオコモリ様と同じく、村人に大事にされているのは間違いないようだ。

「おじぞうさま、ちいさいね？」

「そうね。そういうお地蔵様だから」

雪乃はそう言ってしゃがむと、お供えの台に乗っていたお皿を少し端に寄せ、場所を空けた。

そして家から持ってきた風呂敷包みを膝の上で開き、中から竹の皮に包まれたお饅頭を取りだす。

それからその竹の皮を縛る紐を解き、先ほど空けた場所に丁寧に供え、手を合わせた。

「百貫様。うちの孫が無事に四歳になりました。どうぞ、成長を言祝《ことほ》いでくださいな」

「自慢の孫だ」

「賢くて良い子なのだぞ！」

次いで、幸生とヤナがそう語りかける。

「さ、空もご挨拶してちょうだい」

雪乃に促され、空は二人の言葉にちょっと照れながらもう一度お地蔵様にぺこりと頭を下げた。

「はじめまして、そらです！」

空が挨拶をしても、お地蔵様は特に動いたり喋ったりはしなかった。その当たり前のことに少しホッとしながら、空は頭を上げ、雪乃を見上げる。

「ばぁば、これでいいの？」

「ちゃんとご挨拶出来て偉いわね。じゃあちょっと待ってね」

雪乃は空に微笑みかけると立ち上がって横に避け、お堂の前の場所を今度は幸生に譲った。

幸生は雪乃の視線を受けて頷くと、お堂の正面にしゃがみ込んでおもむろに手を伸ばす。

「え」

空は幸生がお堂の中に手を伸ばして、お地蔵様をむんずと掴むのを見て目を丸くした。本当に無造作に、片手で掴んだのだ。

しかし幸生は空の驚きには気付かず、何でもないことのようにお地蔵様をお堂から取り出し、そしてそれを空の方へとすっと差し出した。

「え、え？」

目の前に出されたそれを、空は戸惑いながらも思わずじっと観察してしまった。石で出来たお地蔵様は頭も体も柔らかな丸みを帯び、こぢんまりとしている。

にこやかな顔をしているが、よく見ればオコモリ様よりも鼻筋が通っていて眉がキリッと上がり、少しだけ男性的な雰囲気が感じられる気がした。

そんな造形の違いがわかるくらい間近にお地蔵様を差し出され、空が困惑していると雪乃が笑ってその頭を撫でた。

「さ、空。このお地蔵様を、空が背負うのよ」

「せおう……やっぱりせおうの？　ぼく？　そういうのいいの⁉」

鎮座しているお地蔵様を勝手に取り出したことにも驚いたのに、それを自分が背負うのだと言われて空はおろおろと周りを見回した。しかし雪乃もヤナもニコニコしながら空を見守っている。

どうやら本当にこのまま背負うことになるらしい。

（ええと……赤ちゃんに餅を背負わせるとか聞いたことあるけど、そういう風習と同じような感じとか？）

空はそう考えて自分を納得させ、一つ頷くと地蔵を差し出す幸生にくるりと背を向けた。

「えっと……せおうって、こう？」

空は軽く上半身を丸めて両手を後ろに回し、低い位置で構えた。

「うむ。フク、危ないから出ておけ」

「ホピッ！」

幸生はそれを見て頷き、フクちゃんを呼ぶ。フクちゃんは慌てて空の上着のフードからぴょこりと飛び出し、パタパタ羽ばたいて幸生の頭に飛び乗った。

幸生はそれを気にせず、手にしたお地蔵様をそっと空の背に乗せた。

空は一生懸命後ろを見ながら、乗せられた石像の下に手を添え、両手で支える。

「あ、かるいんだね」

石像を持っていた幸生の手が離れた直後、空はその軽さに少し驚いた。

三十センチほどの大きさとはいえ石で出来た物だ。その重みを事前に覚悟していたのだが、背負ったお地蔵様は拍子抜けするほど軽かったのだ。軽い木か何かで出来ているかと思うくらいの重さだ。身構えていた空はホッとして、肩から力を抜いた。

「持てそうかしら?」

「うん!」

「うむ、じゃあ空、そのままもう少しじっとしているのだぞ」

「このままなの?」

歩いたりとか屈伸したりとか、何かしなくていいのかと考えながら空がそのまま立っていると、不意にじわりと背に掛かる負荷が増した気がした。

「うん?」

空は思わず振り向いたが、お地蔵様の見かけには特に変化は感じられない。気のせいか、と思い直した次の瞬間、またじわりと背中の重みが増えた。

「きのせい……じゃない! じぃじ、ばぁば、なんかおもくなった!」

「うむ」

「うむじゃなくて！」

幸生は空と地蔵を眺めながら頷くだけだ。雪乃は空の正面にしゃがみ込んで、顔を覗き込んだ。

「空、重くて我慢出来なくなったら教えてちょうだいな。もうだめって言ったら、軽くなるからね」

「もっとおもくなるの⁉」

「危険は無いから安心するのだぞ。百貫殿は重さの加減はよう心得ておるからの。もうちょっと頑張るのだぞ」

「ソラ、ソラ、ガンバル！」

「ホピピッ！　ホピッ！」

ヤナに抱かれたテルちゃんが手足をパタパタ揺らし、フクちゃんが幸生の頭の上で羽ばたいて応援してくれるが、空はそれを見て和むどころじゃない。

何せ背に乗せたお地蔵様がジリジリと重みを増してのしかかってくるのだ。

(なんかこういう妖怪の話なかったっけ⁉　これ、ホントに大丈夫なの⁉)

不安と焦りで空はあわあわと周りを見回す。

「空、足をもう少し開いて、腰を落とせ。そして全身に魔力が巡り力が強くなるよう願え」

「ま、まりょく……」

空はふらふらしかけていた足をぐっと開き、強く踏ん張る。

そして戸惑いから少しばかり持ち上がっていた上半身をまた傾けて背負いやすい角度に調整し、重さに負けないよう腰を落とした。

「うむ、それでいい」

力強く頷く幸生に励まされ、空はぐっと歯を食いしばって気合いを入れた。

（えっと、魔力が体を巡って、僕の力が、強くなりますように……！）

そう強く念じると、少しずつ体に力が巡っていくような気がする。

背に感じていた重さが少しばかり軽くなり、もう少し頑張れそうな気がしてきた。

「よいぞ、空！　頑張れ頑張れ！」

「ガンバレー！」

「ホピホピッ！」

可愛い声に応援されて、空は一生懸命重みに耐えた。

「んぎぎぎぎ……！」

しかし無情にも背中のお地蔵様はどんどん重さを増していく。

空は呻きながらしばらく必死で踏ん張ったが、不意に足元がふらつき、膝がかくりと折れて倒れそうになった。

「あっ、わわ……！」

しかし空が地面に膝をつく前に、背中からフッと重みが消えた。さらに幸生がすかさず手を伸ばし、空の体を掬い上げる。

「よし、もういいぞ」

幸生は左手で空の体を抱え、右手でその背のお地蔵様をひょいと取り上げた。空はホッとして幸生の腕にしがみ付き、深いため息を一つ吐いた。

「空、頑張ったわね」

「よく頑張ったのだぞ、空！」

「う、うん……」

皆は口々に空を褒め、頭を撫でてくれたが、この儀式に一体どんな意味があったのかわからない。

空が困惑しながら幸生の腕から離れると、幸生は片手に持ったお地蔵様をお堂の中にまたそっと戻した。そして空を隣に立たせ、お堂に声を掛けた。

「百貫様。我が孫の成長はいかがでしたでしょうか」

幸生がそう問いかけると、次の瞬間お地蔵様がパッと白い光を帯びた。

「わっ⁉」

その光に空が思わず声を上げる。

お地蔵様はその体全体に白い光を纏い、そしてそれがピカピカと明滅する。

空が驚いて見つめていると、次に変化があったのはお地蔵様が掛けている赤い前掛けだった。

村の人が作って掛けたのであろう素朴な前掛けの真ん中に、じわりと何か白い模様が浮かぶ。

じっと見ているとその白い模様は徐々に形を成し、やがて一つの文字となった。

「……四、か。うむ、なかなか良いな」

「よん？　よんって、なにがよん？　よんさい？」

空は前掛けに浮かび上がった漢数字と、幸生の横顔、それから後ろに立つ雪乃たちの顔を順番に見やった。四歳の四かと思ってそう聞いたが、雪乃もヤナも笑いながら首を横に振った。

「四は、四貫ってことね。空が背負えた、お地蔵様の重さのことなのよ。すごいわ空、四貫も背負えたのね！」

「うむ、その年で、自分の体重と同じくらい背負えるなんて、なかなかの力持ちだぞ！　将来有望なのだぞ！」

「よん……かん？」

それらの言葉から、貫というのが重さの単位だろうことは空にもわかった。一応その単位の名は空の前世の知識にもある。

しかし具体的にそれがどのくらいの重さなのかは、空にはよくわからなかった。前世で日常的に使うような単位ではなかったからだ。

(僕と同じ重さっていうことは……どのくらいだろ。うーん……今、多分十五キロくらい？　そういえば、体重ってこっちに来てから量ったことないや)

東京で頻繁に寝込んでいた頃は、紗雪が時々空の身長や体重を確かめていた記憶がある。空は弟の陸より大分軽く小さくて、なかなか身長や体重が増えないことを空も紗雪も気にしていたからだ。

今の自分と同じくらいの体重と言われて、空は自分より一回り大きかった陸の体を背負うところを想像してみた。そう考えてみると、確かに何となくすごいような気がしてくる。

「ぼく、ぼくとおなじくらいもてたの？　すごいの？」

「ええ、すごいわ。とっても力持ちよ。よく頑張ったわね！」

雪乃がそう言って頷くと、その言葉を肯定するかのようにお地蔵様が一際強く光り輝いた。

「わ、まぶし……」

空は目が眩んで思わず手で視界を覆う。するとその手の平の向こうで、どすん、と重たそうな音が響いた。そしてゆっくりと光もおさまる。

空は眩しい光が消えたことを薄目で確かめてから手を下ろし、先ほどの音の出所を探して視線を彷徨わせた。

するとお地蔵様の前の地面に、薄らと積もった雪に埋もれるようにして何か落ちている。先ほどまではなかった物だ。

空はそれを見て目を見開いた。それは空の知識にあるものとよく似た姿をしていたのだ。手で握るのにちょうど良さそうな細い棒の両端に、球状の重りのような物が二つくっついている。色は灰色なので、材質は石か金属かもしれない。見るからに重たそうだ。

空はしゃがみ込み、それをつんと指で突いた。思った通り、触ると硬くて冷たかった。

「これ……だんべる？」

それはどう見ても、ダンベルや鉄アレイといわれる物にそっくりだった。しかしその形を見た幸生とヤナが首を傾げる。

「なんぞ面妖な形だの。昔はもっと漬け物石のような物ではなかったか？」

「うむ……紗雪の時もそうだったが。空、これを知っているか？」

「うん。えっと……うでとか、きたえるどうぐ？　ぼく、みたことあるよ」

前世でだけど、と心の中で付け加えつつ、空がとりあえずそう答えるとそれに頷いたのは雪乃だった。

「これ、百貫様の最近お気に入りの形らしいわ。何でも、都会にはこういう体を鍛える道具があったって言って誰かが持ち込んで、百貫様にお供えしたんですって」

「それで気に入ったのか。では最近の子供らはこれを貰っておるのか？」

「ええ、そうらしいわ」

「え……これ、ぼくがもらったの？」

空が驚いて聞き返すと、雪乃がまた頷く。

「ええ。ほら、ここに四って書いてあるでしょう？」

細い指がダンベルの球状の部分を指し示す。確かにそこには漢数字で四と書かれていた。

「よん……ぼくが、せおったのと、いっしょ……」

「そうよ。百貫様は、子供が背負えたのと同じ重さのものを、また一年しっかりと体を鍛えるようにって下さるのよ」

（えええ……全力でいらない！）

ダンベルはさほど大きいわけではないが、空の小さな手にはまだ当然余ってしまう。

それに四貫を背負うことが出来たとはいえ、手で同じ重さを持てるわけではないのだ。

「でもこれ、てでもつのだよね？　ぼく、まだもてないよ……」

だからいらないです、と空は言おうとしたのだが、しかしそれを言う前にヤナがそれをひょいと片手で持ち上げた。

「大丈夫だぞ空。百貫殿の贈り物は、重さも大きさも使う子供が望むように変えられるのだぞ」

「ええ。空が貰ったこれなら、大体一貫から四貫の間で好きな重さや大きさに出来るわね」

何その無駄な高機能……と空は思わず遠い目になる。

「これを使って鍛えるといい。よく鍛え、よく育て、が百貫様の信条だ」

「はぁい……」

幸生にもそう言われ、空は渋々と頷いた。ヤナからダンベルを恐る恐る受け取ると、それは拍子抜けするくらい軽い。

どうやら、重たいなら持ちたくないなぁという空の気持ちを反映して勝手に軽くなったらしい。

空はその高機能にまた呆れつつホッと息を吐いた。

「さ、そろそろ帰りましょうか。百貫様、贈り物をありがとうございました」

「言祝ぎを頂き、感謝致します」

「感謝するのだぞ！」

「ありがとうございました……」

皆それぞれに頭を下げ、空は軽いが邪魔なダンベルを雪乃に持ってもらい、またフクちゃんと共に幸生の背に乗せてもらう。

背に揺られて家路を辿りながら、空はふと幸生に問いかけた。

「ね、じぃじ。じぃじはぼくくらいのとき、どのくらいせおえたの？」

「む……どのくらいだったか……忘れたな」

覚えていない、と幸生が唸ると前を歩いていたヤナがくるりと振り向いた。

「それなら廊下の端の柱に書いてあるぞ。毎年、子供の背を刻んで、その横に背負えた重さを書くのが、大体どの家でも伝統だからの！」

「帰ったら見てみましょうか」

「うん！　みてみたい！」

空が元気良く頷くと、ヤナがくふふと嬉しそうに笑みを零した。

「空のも今年から新しく刻もうな！　久しぶりだから、楽しみなのだぞ！」

米田家を長く見守ってきたヤナは、紗雪の幼い頃にも同じように柱に成長を刻んできた。

それを久しぶりに出来る、と嬉しそうに弾むように歩いてゆく。

「ヤナちゃん、うれしそう？」

「うむ！　ヤナは嬉しいのだぞ！　空、ゆっくり大きくなると良いぞ！」

「ふふ、そうね、久しぶりで、私も嬉しいわ」

「うむ」

ゆっくり大きくなれ、と皆に笑顔で言われ、空も何だか嬉しくなって同じように笑う。

それはきっと、とても幸運なことなのだと空には思えた。


その後。

家に帰り、さっそく幸生の成長を刻んだ柱を見た空は愕然とした。

「えーと、幸生が四歳の頃は……十二貫だな。紗雪は……七貫か」

ヤナが柱の数字を読んで教えてくれた。

幸生、四歳、十二と横に書かれた傷は、何と空より頭一つ分くらい高い場所にある。

紗雪、四歳、七は空よりわずかに背が高いだけだが、それでも書かれた数字は空よりずっと大きい。

この年で自分と同じだけ持てたなんてかなりすごいのでは？　などという思い上がりが木っ端微塵だ。

「じぃじもままも、すごい……ぼく、ちょろよわ……？」

「あら、ダメよ比べちゃ。じぃじがおかしいのよ。紗雪もじぃじによく似た子だったし。大丈夫、空は普通よ」

「そうなのだぞ！　それに、悔しかったら百貫殿の贈り物で鍛えるとよいのだぞ！」

その言葉に空は床に置かれたダンベルを見下ろす。

「うん……がんばる」

「うむ。百貫様も夜な夜な体を鍛えているという話だ。空も頑張れ」

「どういうこと⁉」


その夜、空はお地蔵様がせっせと筋トレをする夢を見てうなされたのだが……それが真実かどうかは、確かめないことにしたのだった。

謎多き誕生日から更に日が過ぎ、日当たりの良い場所からほとんど雪が消える頃。

今日の空は暖かな囲炉裏の傍で絵を描いていた。

誕生日に実家から送られてきた画用紙を広げ、小さな手にクレヨンを持って一生懸命動かす。

しかし先ほどから空は少し線を引いては手を離し、首を捻って悩んでいた。

「むぅ……むずかしい」

空が悩んでいるのは絵を描くときの力加減だ。

力を抜くと線がひょろひょろになるし、力を入れて手を動かすとクレヨンをぐしゃりと潰してしまうので、力加減が難しい。

「くれよん、だいじにしたいし……」

先日、空は貰ったクレヨンでさっそく絵を描こうとした。

しかし一本手に取って紙に先をつけた途端に力加減を誤ってぐしゃりと握りつぶしてしまい、思わず少し泣いてしまったのだ。

潰れて崩れたクレヨンは雪乃が魔法で一度溶かし、綺麗に元通りの形にまた固めてくれたのだが、それでもクレヨンを包む紙が破れてしまったのが残念だった。

コケモリ様のお陰で色々な物に対する力加減がすっかり上手くなったと思っていただけに、空にとってはショックな出来事だったのだ。

しょんぼりと肩を落とす空を家族は口々に慰めてくれたのだが。

「仕方ないわ、東京の物は全体的に柔らかいから……」

という雪乃の言葉もまた、空にとっては衝撃だった。

（東京から家族が来て……僕が、皆の物壊しちゃったり、怪我させちゃったりしたらどうしよう……）

その一件以来、空にはそんな悩みが新たに生まれてしまったのだ。

涙を見せた可愛い孫の為に幸生がさっそく善三に無理を言って、クレヨンをはめて使うホルダーのような物を竹細工で作ってもらったので、今はこうして握っても潰したり折ったりする心配は無くなった。

しかし描くときに力を入れすぎるとやはりクレヨンの先端が潰れてしまう。

そこで空は力加減の訓練も兼ねて、せっせと紙に線を走らせているのだ。

「ぐいぐいするとだめだから……むいむいくらい？」

そう呟きながらそっと手を動かす。

しかし力加減に意識を向けすぎると、どうも思ったように線が引けずに直線になりすぎたり、おかしなところで曲がったりしてしまう。

「うーん……フクちゃん、もっとまるいよね？」

紡錘形《ぼうすいけい》でふくっとした可愛い姿を描きたいのに、何だかカチカチの白い石を描いたみたいになってしまった。その端っこに水色の三角が刺さっているが、それはフクちゃんの飾り羽のつもりだ。

モデルになってじっとしてくれているフクちゃんはそれを見てくるりと首を傾げた。

空は出来上がった絵をじっと見つめて、我ながら謎の絵を描いてしまったと首を横に振った。

「えごころ……ぜんせちーと、ないっぽい？」

普通の幼児より認識力が高いので何となく上手く描けるような気がしていたが、どうやらそれは気のせいだったらしい。

おぼろげな記憶を辿って考えてみると、どうも前世の空にも絵の才能は無かったような気がしてくる。残念ながら絵に関しては、前世の記憶があって良かった、とはならないようだった。

「できた！」

それでもどうにかできるだけ丁寧に色を塗り、空は一枚の絵を完成させた。

描かれているのはフクちゃんとテルちゃんだ。横にカタカナでフク、テル、と書き添える。カタカナはカクカクしているので、力加減に慣れていない空でも書きやすいのが良い。

それを横から覗きこんだヤナが、おお、と感心したような声を上げた。

「空、もうカタカナが書けるのか！　いつ憶えたのだ？　すごいな！」

何故か絵に関しては触れられなかったが、褒められたのは一応嬉しいので、空はヤナに笑顔を向けた。

「えほん、いっぱいよんだもん。ぼく、じはとくいなの！」

何と言ってもそこだけは前世チートがあるのだし。

そんなわけで、空は今後の成長に期待して絵に関してはほどほどで諦め、文字を練習して東京の家族に自分で手紙を書くことにした。

しかしまだ力加減がうまく出来ず、平仮名は曲線が難しいし小さい文字も苦手だ。カタカナも混ぜて、画用紙をいっぱいに使っても、沢山のことは伝えられそうにない。

そうなるとやはり、書く内容を厳選しなくてはならない、と空は結論づけた。

「なにかこうかな」

まずは伝えたい材料を探さねば、と空は周囲を見回した。

空の周りではフクちゃんがピチピチ鳴きながらちょろちょろとうろつき、暖かい場所が好きなテルちゃんは囲炉裏の傍にちょこんと座ってゆらゆら左右に揺れている。

この可愛さはぜひ伝えておきたい、と空は二人を眺めた。

『フクチャン、カワいい　テルチャンモ、カワいい』

むいむいと加減しつつクレヨンを走らせたが、こう書くだけで画用紙がいっぱいになってしまった。これで伝わるだろうかと少し不安になる。しかも楽なところだけ平仮名なので何だか変だ。

「えもあるから、だいじょぶかな……？」

「……多分大丈夫なのだぞ！　それより空、ヤナのことは書かぬのか？」

「ヤナちゃん？　ヤナちゃんもかわいいよね！」

空はそう言って頷くとお絵かき帳をめくり、新しいページに赤いクレヨンで文字を書いた。

『ヤナチャンモ、カワいい　キンいロノメガキレい』

平仮名が難しくて、いの字以外カタカナになってしまったが、ヤナはそれを見て喜んでくれた。

「お、嬉しいことを書いてくれたのだな。ふふ、ヤナは鱗と同じくらい、この瞳の色が自慢なのだぞ！」

そう言って瞳を輝かせるヤナを見上げて、空はうん、と頷く。初めて会った時はその縦長の瞳孔に驚いたのだが、今はすっかり見慣れて金色の瞳を綺麗だと思う。

「ヤナちゃんのふくも、かわいいよね。つばき、すきなの？」

ヤナはいつも黒地に赤い椿柄の着物姿だ。素敵な柄だが、そういえばその上に上着を着ていることはあっても、違う着物を着ている姿は見たことがなかった。

「うむ、ヤナはこの柄が好きなのだぞ。これはヤナの魔力で出来ているようなものだから、他の柄にも出来るのだが……」

「そうなの？　ほかのもみてみたい！」

空がそう言うとヤナは少し考え、自分の着物の椿柄を指先でちょんと突いた。

するとそこからすうっと色柄が変化してゆく。

黒い色の地が空色に、赤い椿は白い雲に……ヤナの着物は、空の好きな青空と雲の模様にあっという間に染め変えられた。

「わぁ、すごい！　おそらのもよう、ぼくのすきなのだ！」

爽やかな色柄になった着物とヤナの顔とを空は交互に見て、そしてふと首を傾げた。

「なんか……あんまり、にあってない？」

「だろう？　何となくどんな色柄にしても、この通りしっくりこないのだぞ。だからいつも椿柄なのだ。まぁ、単に好きだからというのもあるのだがな」

ヤナはそう言って笑い、胸の辺りを漂う白い雲模様にまた指で触れる。

すると今度はそこから、白地に灰色の小さな三角がびっちり並んだ柄に変わった。

「さんかくもよう？」

「これは鱗柄だの。ヤナの鱗は本来こんな色なのだが……こうして着物にすると少々地味なのだ」

確かに、青空の模様よりはヤナに似合っている気がするが、地味と言えばその通りだと空も思う。黒地に大ぶりな椿の模様ほどの華やかさはない。

「だからヤナちゃんは、いつもつばきがらなのかぁ」

「ふふ、実のところな、ヤナはちょっとだけ池にいるイモリに憧れておったのだ。色も柄も、ヤモリより大分派手だからの」

「いもり……」

イモリという生き物の実物を空は見たことはないが、かろうじて前世の知識にその姿がある。黒い背中に、お腹だけ赤い斑模様だったはずだ。確かに、その色合いはヤナが普段来ている黒地に椿模様とよく似ている。

「ヤナちゃんにも、あこがれるものがあるんだね」

「ふふ、沢山あるぞ。この姿は気に入っておるが、ずっと同じ格好だとたまに少し毛色の違うものに心惹かれることもある。それから見た目にではないが、アオギリ様のような強い龍にも憧れるしの」

「ほかのすがたに、かえたりできるの？　しないの？」

「一応出来るが、今の姿が馴染んでいるから変えるには少し苦労があるのだぞ。それにこの姿も随分長いから、結局どんな格好になってもしっくりこないのだ。だから、これがヤナだ。それで良いのだぞ」

そう言うとヤナは自分の着物の胸にまた触れ、いつもの模様に戻した。

袖を持ち上げて黒地に赤い椿の柄の着物を見下ろし、満足そうに頷く。空もそれを見て、やはりヤナにはこの柄が一番似合うと頷いた。

「ぼくもおそらのふくがすきだけど……おっきくなってにあわなくなったりするのかなぁ」

空は何となく青空や水に似た、薄青の服が好きだ。紗雪も雪乃もそれを知っているので、二人が空にと選んでくれる服はその色が多い。そこに白い雲が描かれていると、更に楽しい気分になる気がした。

しかし、いつかはそれを子供っぽいと選ばなくなる日が来るのだろうか。そんなことをふと考えた空の頭を、ヤナは優しく撫でて微笑んだ。

「似合わなくなったらその時に考えればよいぞ。それに似合わずとも着ていても構わぬのだ。自分が心地良い姿でいればよいのだぞ」

「そうなの？　へんじゃない？」

「格好くらい好きにすればよいのだ。誰に迷惑を掛けるわけでもなし……この村の者はそれぞれ和装も洋装も個人の好きで着ておるのだぞ」

そう言われて見れば、雪乃の普段着は大体和装だ。雪輪模様の寒色系の着物を着ていることが多い。どこかに遠出するとか、何か作業をするとかの時は洋装のこともあるが、基本的に雪乃は和装が好きなのだ。

「ばぁばもじぃじも、きものきてるの、すきなんだね」

「うむ。身に馴染んでおるしな。だが空は自分で選びたいものがあれば、好きにしたらよいのだからの。適当に身綺麗にさえしておれば、誰も文句など言わぬのだぞ」

「うん！」

空は頷いてまた紙に向かい、水色のクレヨンを手に取った。

慎重に力加減をしつつ、真っ直ぐな線でTシャツのようなものを描き、それを水色に塗り潰す。そしてそこに、白いクレヨンで雲の模様を描き足した。

「これは……服かの？」

「うん。ままやばぁばがかってくれる、ぼくのすきなふく！」

「空が好きなものか……うむ。良い題材だの」

空の周りにはいつだって空が好きなものが溢れている。一つ一つ、絵や文字でそれらを書き、手紙にするのは楽しそうだ。

何だかよくわからない絵に家族は首を傾げるかもしれないが、空が楽しそうなことはきっと伝わるだろう。空はそう思いながら、また新しい色のクレヨンを手に取った。

さて、そんな楽しい手紙を書き上げた次の日の朝。

空はいつものようにヤナに起こされ、顔を洗って着替えてから、完成した画用紙を持って台所にやってきた。

「ばぁば、おはよー！　ね、ね、このかみ、あとでままにおくってほ……」

「おはよう空。お手紙書けたの？」

空は画用紙を差し出した姿のまま、雪乃を見てぽかんと口を開けた。

「空？」

「ば、ばぁば！　ばぁばがもとにもどった！」

昨日まで妙齢の美女だった雪乃が、冬になる前と同じ、美しい老女の姿に変わって、いや、戻っている。雪乃は空の反応にクスクス笑って頷いた。

「そうよ。雪がほとんど消えたから、ばぁばも元に戻ったの。もう春が来るのよ」

「はる……はるがくるんだ！　やったぁ！」

ずっと待ち望んでいた春がもうすぐ近くまで来ている証拠を見せられて、空は跳び上がって喜んだ。嬉しそうな空の姿に、雪乃も見慣れた笑顔で微笑む。

それを見ていたヤナがちらりと居間の方に視線を向け、そしてこっそりと教えてくれた。

「幸生も安心していたのだぞ」

「じぃじも？」

幸生は結婚してから何十年経っても、未だに毎年雪乃が若返る度にしばらく挙動不審になるのだ。

そして、元に戻った時には。

「幸生はな、雪乃が元に戻る度、一緒に年をとった今の雪乃が一番好きだとこっそり伝えておるのだぞ」

「あらやだ、また聞いてたのね、ヤナったら」

「ヤナは耳が良いゆえな！」

頬に手を当てて照れたように微笑む雪乃は、確かに年をとっていてもとても可愛い。

「じぃじ、やるぅ！」

空は普段は寡黙な幸生を大いに見直した。

新しい春が訪れた日は、そんな幸生の盛大なくしゃみで始まったのだった。

# 幕間　可愛い絵手紙

「陸、手紙が来たよ！」

「てがみ！　そらから？」

「そうよ。ちょっと待ってね」

東京のマンションの部屋で、夕飯の支度をしていた紗雪は窓を叩く鳥の姿に気付き、陸を呼んでから窓を開けた。

田舎から雪乃が定期的に送ってくる魔送文は、今日はハヤブサの姿をしている。ワクワクと足元で待っている陸を可愛く思いつつも、紗雪はハヤブサから荷物を受け取った。

受け取ってみると今日は箱ではなく、分厚いが一応封筒に入った手紙だった。大きな茶封筒はパツンと膨らみ、何やら分厚い紙が入っている気配だ。

紗雪はそれを持って窓を閉めると、台所に行って鍋の火を一旦消し、それからカッターを探した。

「よっと」

中身を傷つけないように気をつけつつ、封筒の口を切る。

開いた口を陸が身を乗り出すようにして覗き込むので取り出しづらい。紗雪は困ったように笑いながら、中から折りたたまれた白い紙の束を取り出した。

「あら、紙がいっぱい」

まとめて半分に折られた紙は、厚い画用紙のようだ。何となく中身を予想しつつ、紗雪はそれをぱらりと開いた。

「わぁ……」

開いた紙の中身を見て、陸が声を上げ、そして首を傾げる。画用紙には、色とりどりのクレヨンで何か不思議な絵が描かれていた。

紗雪はまずその画用紙の間に挟まっている綺麗な便せんを開き、中身を読む。

「これ、なぁに？」

「えっとねー、あ、やっぱり。これはね、空がクレヨンで描いた絵とお手紙だって。ほら、この前の誕生日に陸とお揃いの二十四色のクレヨン、空にも送ったでしょ？」

「くれよん！　これそらがかいたの⁉」

陸は大喜びで紙を広げて眺めた。

紙には、水色の線で描かれたカクカクした石の様なものと、緑色のキノコのようなものが描かれている。そしてその横にはそれぞれ、フク、テル、という文字が。

紗雪は雪乃の手紙を読み、それが何であるかを知った。

「これね、空が描いた、フクちゃんとテルちゃんだって」

「テルちゃん……そらの、あたらしいともだち？」

「そうね」

夏の終わりに届いた雪乃からの手紙にはフクちゃんのことが書かれており、これの前に届いた手紙には、空に新しい精霊の友達ができたことが書かれていた。その話を陸はちゃんと憶えていたらしい。陸は絵をじっと見て、うん、と一つ頷く。

「テルちゃんって、みどりの、きのこのようせい？」

「さぁ……どうかしら。向こうに行ったら、見せてもらいましょうね」

紗雪は首を傾げ、陸の予想を断定せず誤魔化した。

フクちゃんは小鳥だと聞いていたが、絵を見る限り到底小鳥には見えない。ならば恐らく、テルちゃんもこの絵の通りの姿ではない気がしたからだ。

クレヨンを扱い慣れていない空の絵はなかなか独創的で、字があるのが助かるとつい思ってしまう。

「空はもうこんなに字が書けるのね。母さんたちに習ったのかしらね？」

「そら、すごいねぇ！」

二枚目、三枚目の紙をめくると、そちらは絵ではなく文字だけだった。平仮名と片仮名が交じった手紙には、空が思ったことが辿々しく書いてある。

「まま、なんてかいてあるの？」

「うん。フクちゃんもテルちゃんも、可愛いんですって」

「かわいいんだ！　えー、みてみたい！」

「そうね、楽しみね」

もう一ヶ月ほどもすれば、子供たちの学校が春休みになる。

その時に合わせて隆之も休みを取り、皆で魔砕村を訪ねて、何日か泊まってくる予定なのだ。

「こっちは？」

次の紙を開き、陸が問う。

「これはえーと、ヤナちゃんも可愛いって。金色の目が綺麗なんだって」

「ヤナちゃんは、おめめがきんいろ？」

「そうよ。キラッとして、綺麗で可愛いわ」

紗雪は懐かしいヤナの姿を思い出しながら、そう言って頷いた。

「はやくあいたいなぁ」

「会いたいわね」

二人は今からそれが、とても待ち遠しい。


空が描いた紙は、もう一枚あった。

最後の紙には、水色の服のようなものが描かれている。

「これは何かな？　Tシャツ？」

「みずいろに、くもがかいてある！　きっと、そらがすきなのだ！」

雪乃の手紙には陸の予想通り、空が好きな服だと書かれていた。確かに、紗雪は空と陸の服を買うとき、何となくその名前から、空には空色や空模様の、陸には緑色や木や葉っぱの模様の服を選ぶことが多かった。

そのほうがお揃い感がありつつ、見分けが付きやすいからだ。

しかし赤ちゃんの頃はそういう服を着せることが出来たが、いつの間にか二人の成長には少しずつ差が付いていった。空は成長が遅く、気付けば陸のお下がりばかり着せるようになっていた。

けれど空は、紗雪が買った空の名前が似合う服を、好きだと思っていてくれたのだ。

「……今ならきっと、空も陸と同じ大きさの服が着られるわね」

「ほんと？　じゃあぼく、そらといろがちがう、おんなじふくきたい！」

陸のそんな可愛い要望に、紗雪は思わず微笑み頷いた。その提案はきっと空も喜ぶような気がする。

「じゃあ今度二人の服を探しに行こうか。お揃いの形と大きさで、色や模様がちょっとだけ違うのを」

「うん！　やったぁ！」

「良いのがあるといいね」

春休みにそれを持って帰ったら、空は同じように喜ぶだろうか？

そんなことを考えたけれど、その答えは多分想像するまでもないことのように思えた。

「はやくおやすみになーれ！」

# 三　春の始まり

空は縁側から外を見ていた。

窓から見えるわずかな常緑樹以外の木々はまだ裸で、色の少ない景色は寂しい。

けれどじっと見ていると、冬枯れた木々の枝の先にわずかな膨らみがぽつりぽつりとあることに気がつく。

空はこのところ、その膨らみが少しずつ大きくなっていくのを毎日楽しみにしているのだ。

「空、また外を見ておるのか？　何か楽しいものでもあるのかの？」

「ヤナちゃん」

廊下はまだ寒いというのに、時々こうして足を運ぶ空をヤナが見に来る。

空はヤナを見上げて、それから窓の外を指さした。

「あんね、きの、えっと、め？　あれがちょっとずつ、だんだんおっきくなるのみてるの」

「木の芽か？　そういえば大分膨らんだかの」

「うん！　あれがこう、ぱってなったら、もっとはるになるかなって」

雪がほとんど消えたことで、景色はまた茶色になってしまった。白い色は目に眩しかったけれど、やはり美しかったと空は思う。

もう三月に入り暦の上ではとっくに春なのだが、魔砕村は山奥の土地なせいかまだ気温が低い。そのため春が遅いのだ。緑をはじめとした様々な色彩が戻ってくる日が空には待ち遠しい。

「ぱっとなったら、か……そういえばそろそろ啓蟄《けいちつ》だし、もっと散歩や外遊びも出来るようになるかの」

「けいちつ？」

「うむ。そういう日が暦にあるのだぞ。土の下で冬眠していた虫なんかが這い出てくる、という日だな」

言われてみれば、空は前世でもそんな日の話を聞いたことがある気がした。とはいえ都会暮らしで季節の移り変わりとは疎遠だった身では、朝のニュースでそんな話をしていたな、程度の記憶だ。正直なところ実感は薄い。

「むし……ここでもでてくるの？」

「この辺でも一応そういうことになっておるぞ。丈夫なやつなら冬眠もせずそこらにおるが」

魔砕村の周辺では、冬の間でも巨大なカブトムシやクワガタがうろうろしている。

流石に真冬は常緑樹の葉陰などでじっとしていることが多いらしいが、天気が良い日に空が散歩に出かけると、遠くを飛んでいる姿を見かけることがあった。

体が大きいものは強いし土に潜るにも不便なので、あまり冬眠はしないとヤナは空に教えてくれた。

「ねむってるこもいるの？」

「うむ。寒いのが嫌いなのは結構いるのだぞ。ヤナのようなトカゲっぽいのは大体眠るしの」

流石に爬虫類は冬眠するのか、と空は納得すると同時にちょっとホッとする。

「アオギリさまもねむっちゃうもんね！」

「あはは、確かにな。ヤナと一緒だの」

「はやくみんな、おきるといいね」

眠っている皆が起きたなら、賑やかで暖かな春がまた巡ってくるのだろう。

そんな話をし、そんな感想をその時の空は抱いたのだが。


数日後に訪れた啓蟄の日は、天気が良く暖かった。

空は朝起きてすぐに天気が良いことに気がつき、そわそわしながら朝食を食べた。

前日も前々日も、天気が悪くて外には行かなかったのだ。そんな空の様子を見たヤナが、朝食の片付けが済んだところで声を掛けてくれた。

「空、今日は天気が良いが、どうする？　外でも行くか？」

「うん！　おにわいく！」

ヤナの提案に空は手をパッと上げて答える。そして急いで自分の上着とマフラーを手に玄関へと向かった。その空の後をトテトとフクちゃんが追って行く。

テルちゃんは依り代の中で眠っているので姿を現していない。まだテルちゃんは完全に存在が安定したとはいえないらしく、午前中は寝ていることが多いのだ。

「庭でよいのかの？」

「いいよ！　ゆきなくなったから、いしとかさがすの！」

庭にあった雪はすっかり消え失せ、今はカマクラの残骸がわずかに残るのみだ。冬の間雪の下に隠れていた身化石《みけいし》を探したり、芽吹いたばかりの草花を探したりしたい。

空のそんな希望にヤナは頷き、支度をした二人はさっそく庭に出た。フクちゃんは空の上着のフードに入ってついて行く。

空は玄関の外に出て眩しい日差しに目を細め、それから外の空気を胸いっぱいに吸い込んだ。

「きょう、ちょっとあったかい！」

「そうか？　まぁ天気が良いから、日差しは暖かいかの」

庭の景色もまだ寒々しいが、少しだけ木々の新芽が膨らんだ気がした。

「きのめ、おっきくなったかな？」

「すこしばかりかな。そんなにすぐは変わらぬのだぞ」

そんな話をしながら池の側を通り過ぎ、その傍らに生えている緑色の草をヤナがちょんとつつく。

「これは水仙なのだぞ。もうすぐ咲くな」

「すいせん、しってる！　たのしみ！」

何の変哲もない大人しそうな姿に安心しながら空が近づくと、その草がひょこんと引っ込んで消え失せた。

「……なくなった⁉」

慌てて周囲を見回してみるが、去年採ったツクシのように引っ込んだ芽がどこかで出てくるという動きをする草は見当たらない。空はどこへ行ったのかと問うように隣にいるヤナを見上げた。

「ああ、水仙は空のことを知らんかったか。これはちと人見知りなのだぞ。知らぬ子が来たから地面に引っ込んで隠れたのだな」

「ひとみしり……」

引っ込んだ理由はわかったが、見ようと近づいただけで逃げられたことに空はちょっと肩を落とす。

「見慣れれば引っ込まなくなるから大丈夫なのだぞ。空はうちの子だと、ヤナがよく言い聞かせておくゆえな」

空は大丈夫だと言うヤナの顔を見上げて頷いた。植物に言い聞かせて顔を覚えてもらうなど、ここに来る前の空ならきっと信じなかっただろうが、今はそういうものかと思うだけだ。

空も段々田舎のヘンテコ植物に馴染んできている。

「うん……あ、じゃあぼく、ちょっとはなれてるね！」

「ホピ、ピピッ⁉」

「あ、空！　急いだら転ぶのだぞ！」

せっかく出てきた芽が隠れてしまっては、綺麗な花が咲かないかもしれない。そう思った空は池の側を離れて裏庭の方へと駆け出した。ぴょこぴょこと揺れ動くフードの中でフクちゃんが驚いて声を上げたが、空は気にせず真っ直ぐ裏庭へ向かう。

空にとって米田家の裏庭は、一年近くの間にすっかり馴染んだ大好きな場所だ。季節ごとの違う姿を見るのを、日々の楽しみにしている。

そんな庭にもまだ空の知らない草花がいるのだ。人見知りで引っ込まれたのは残念だが、探せば他にも知らない子がいるかもしれない。

そう思った空はヤナの声を背にして裏庭に走り込み、中心部の畑の辺りまでやって来た。

裏庭の畑はまだ雪が溶けたばかりで、幸生もあまり手を付けていないらしい。日当たりの良い場所に去年の秋に植えたタマネギの畑があるが、それ以外はわずかな葉物野菜が植えてあるだけだった。

空は足を止めてキョロキョロと見回したが、特に見慣れない植物は無いように見える。

ならばもう少し庭の端に行ってみようかと空は足を踏み出したのだが。

「わっ⁉」

「ホビッ⁉」

空は一歩踏み出した途端何かに躓いてバランスを崩し、ステンとその場に転んでしまった。その勢いでフードからフクちゃんが転がり出たが、パタパタと慌てて羽ばたいて無事着地する。

空も厚着をしているので転んでも痛くはなかったが、地面は半乾きの状態だ。

慌てて立ち上がると、地面についた体の前面は所々泥で汚れてしまった。

「あう……おこられるかな」

「ピ……」

ヤナも雪乃も多分そのくらいでは怒らないだろうと思うが、急いだら転ぶと言われたばかりなので少々バツが悪い。パタパタと泥を叩いたが、あまり落ちたようには見えなかった。

後で謝ろう、と思いながら空はふと足元を見た。

足を止めたところから一歩踏み出しただけなのに、何故転んだのか。一体何に躓いたのかと下を見て、空はピタリと動きを止めた。

そこにあった、空が躓いた原因となったものは。

ぱっと見はまるで大根のように太く、そして肌色で、なかなかにムキッとご立派な――

「っ、ひ、ひ、ひきゃあぁぁぁぁぁっ⁉　う、うでぇっー⁉」

――どう見ても、人間の片腕、だったのだ。

「ホビビッ⁉」

「空っ！　どうしたのだっ⁉」

フクちゃんが驚いて駆け寄ってきたが、空は驚きすぎてそれどころではない。尻餅をつき、あわあわと腕から後退ろうとしていると悲鳴を聞きつけたヤナが駆けつけた。

「ややっ、ヤナちゃ、ううぅで、うでがっ……！」

ヤナの顔を見た途端に空の涙腺がぶわりと決壊し、驚きと恐怖でボロボロと涙が零れる。

それを見たヤナは慌てて空の体を抱き上げると、何が起きたかと確かめる前にまずその場から大きく跳び退いて距離を取った。

自分が張っている結界の中に害意があるものや脅威になるものがいないことは、ヤナにはわかっている。けれど空を泣くほど驚かせたものがいるのは間違い無い。

ヤナはまず空を宥めようと青ざめて泣きじゃくる顔を覗き込み、その背を優しく撫でた。

「空、落ち着け。息を吸って、吐いて。大丈夫だぞ、空。ヤナがおるからな！」

「うぇ、ひ、ひっく、うぅ」

ポンポンと背中を叩かれ、空は一生懸命息をする。

「空ーっ!!」

空がなんとか泣き止もうとしゃくり上げていると、ガラガラバンッと音がして、玄関の方から幸生がすごい勢いで駆けてきた。どうやら空の悲鳴が聞こえたらしい。

「じ、じぃじぃ……ふぇ」

「空、何があった！　敵襲か⁉」

「これ幸生、落ち着け。大丈夫だ。危ないものが入った気配はないのだぞ。空を脅かしたなんぞがおるようだが……」

何度か息を吸ったり吐いたりしていると少しずつ呼吸が落ち着いてきた。

幸生は袂《たもと》から手ぬぐいを出してぐしゃぐしゃになった顔を優しく拭ってくれた。

「もう大丈夫かの？　空、何があったのだ？」

「んと……う、うで、うでが、じめんからでてたの！　だれか、うまってるから、た、たすけないと……」

腕、と聞いてヤナと幸生が顔を見合わせる。二人は一瞬沈黙し、次いでヤナがカッと目を見開いた。

「もしや今日は啓蟄か!? さては、またアイツか!!」

ヤナはそう叫ぶと抱えていた空を幸生に向かってサッと差し出した。幸生も心得たように素早く受け取る。ヤナはその勢いに目を丸くする空の頭を優しく撫でると、くるりと向きを変えて畑の方に走り出した。

「くぉらぁっ！ この馬鹿蛙！ ヤナの縄張りで冬越しするなといつも言っているのだぞ！」

「ホビッ!?」

ヤナは先ほど空が躓いた場所まで素早く駆け寄ると、見たこともないような剣幕で畑から出ていた腕を蹴り飛ばした。その腕を訝しげにツンツンと突いていたフクちゃんが、その勢いに慌てて飛んで逃げ出す。

「ぴぇっ!?」

空は幸生の腕に抱えられて視界が高くなったせいでそれがよく見え、驚いて思わずビクリと跳ねた。目の前の逞しい胸にギュッと縋り付くと、背中がポンポンと叩かれる。

「空、大丈夫だ。アレは……何というか、丈夫だからな」

「じょ、じょうぶ……？」

幸生の言葉に空は再び恐る恐るヤナの方を見る。すると次の瞬間、地面がぼこりと盛り上がり、にょきりともう一本腕が現れた。それだけで空はまたビクッとしてしまう。

幸生にしがみ付き息を殺して見ていると、二本の腕は辺りを確かめるようにもぞもぞと左右にうごめいた。

「気色悪い動きをするな！　さっさと出てくるのだぞ！」

その腕をヤナがまた軽く蹴ると、腕はビクリと震えて動きを止めた。

やがて、その腕の間の地面がぐぐぐっと大きく盛り上がり、何かが姿を現した。

「あ、あわ……」

空はそれに似たものを、前世のテレビの画面で見たことがあった。

生白い腕が体を持ち上げるように折りたたまれ、その根元からズ、ズズズ、と黒い頭が現れる。長く伸びた黒髪が地面にバサリと広がり、それを纏わせた肩や胴体も、地を割るようにゆっくりと這い出てきた。

井戸やテレビ画面から出てきたわけではないが、見た目は完全にアレなソレだ。

空が恐怖で青ざめた顔で、けれど逆に視線を外せず見つめていると……不意にどこかから明るい声が上がった。

「んもぅ、いったぁい！　ひどいじゃない、ヤナちゃぁん」

ちょっとハスキーさが残るその裏声に、空は思わず耳を疑いキョロキョロと周囲を見回した。どこか違う場所から聞こえたのかと思ったのだ。

「やかましいわ！　気安く呼ぶな！　貴様、一体どうやって忍び込んだのだぞ!?」

憤懣《ふんまん》やるかたない様子のヤナは一切気にせず、どう見てもホラー映画界の大御所に見えるその人（？）に対して更に怒鳴りつけた。

「え～、そりゃあほら、ちょっとこう……バレないようにうんと小さくなって？」

「つかー！　もとの図体はでかいくせに、そんなことばっかり小器用にこなしよってからに！」

未だに顔が見えない頭をヤナがパシンと平手で叩くと、黒髪がバサリと揺れた。

「うふ、褒められちゃった！」

「褒めとらんのだぞ！」

怒鳴られても叩かれても悪びれもせず、黒い頭がどことなく嬉しそうに小刻みに揺れる。

上半身だけが出ていた体が少し前に屈み、ぐっと力が入って今度は足が出てきた。

「よいっしょっと」

軽い掛け声と共に、ようやく全身が土の中から現れる。現れた体は、袖なしのぴっちりとしたツナギのような服を纏っていた。映画などに出てきそうな、女性用の色っぽいライダースーツといった雰囲気の服装で、どことなくコスプレめいている。

空がじっと見ていると、肩からむき出しの二本の腕が持ち上がり、パタパタと体に付いた土を叩き落とした。

それから顔の下に手が差し入れられたと思うと、重く垂れていた黒い髪の毛がバサリと持ち上がって後ろに流される。

「はー、よく寝た。ううん、もう春ねぇ！」

長い黒髪を手で梳《す》きながらそう言って笑った白い顔は、空でも思わず目を見張ってしまうほどの美しさを持っていた。

「春ねじゃないわこの曲者《くせもの》め！　我の結界をどこから抜けたのだぞ⁉」

「うふふ、それは内緒！」

先ほどの恐ろしげな姿とは一転、にこやかに笑う淑《しと》やかな美人がそこに立っている。

ただし、すごく背が高くて、首から下は何だかかなり逞しい。

紺色の革のような質感のライダースーツは、前面にあるファスナーが大胆にも胸の下まで開いている。そこから盛り上がった胸筋で作られた谷間が覗いていて、その筋肉質な体つきがよくわかった。空はその姿を見て目を見開き、ぽかんと口を開けた。

「お前がおかしな姿で這い出てくるから、空が驚いて泣いてしまっただろうが！　毎年毎年、うちで寝るなと何度言えばわかるのだぞ！」

「えー、だって幸生ちゃんの魔力がたっぷり染み込んだ土って寝心地良いんだもの。いいじゃない、ちょっとぐらい。減るものじゃなし」

「その魔力が減っておるわ！」

二人のそんな言い合いの最中、バサバサバサ、と羽音がしてフクちゃんが飛び立った。フクちゃんは黒髪美人の頭の上に降り立つと、ビシ、ビシ、とその頭を突く。

どうやらフクちゃんなりに空を驚かせたことを怒っているらしい。

「あら、なぁに？　小鳥ちゃん？　何だか美味しそうだけど食べていいの？」

「ホビビッ!?」

「食うな！　それは守護鳥なのだぞ！　主を驚かせた不審者に怒っておるのだ！」

「えー、何それ健気で可愛い。主って誰……あら」

突然白い顔がくるりとこちらを向き、不思議な色の瞳がきょろりと動いて幸生と幸生に抱かれた空を捉えた。空は思わず身を固くしたが、幸生は特に動じなかった。

「あらやだ、可愛い！　誰？　この子が小鳥ちゃんのご主人？」

「ビッ！　ビビビッ！」

ツカツカと近寄ってくる彼（？）の頭の上で、フクちゃんが空に近づくなと威嚇《いかく》して髪の毛を引っ張る。

「うむ……わしの孫だ」

幸生はそう言って怯える空の体を高く持ち上げ、そのまま自分の首をまたがせて肩車をしてくれた。寄ってくる正体不明の相手よりも視線がうんと高くなったことで、空は思わずホッと息を吐く。

フクちゃんはそんな空を見るとバサバサと飛び立ち、幸生の頭の上に着地して、宥めるように空に頬ずりをした。

「えー、可愛ーい！　幸生ちゃん、もっとよく見せてよ！」

「ダメだ。減る」

「そうだぞ！　減るから見るな！」

ヤナが下の方でライダースーツに包まれた長い足をガシガシと蹴っているが、本人は気にせずうろうろと幸生と空を左右から眺め回している。

空は幸生の頭にしがみ付きながら、自分を見上げるその顔を見下ろした。物珍しそうに空に向かう瞳は、近くで見ると金とも銅とも言えるような色合いで、どことなく金属質な光を宿しているように見えた。

さらに、よく見れば瞳の中心の黒い瞳孔が少しばかり横に長いことに気がつく。やはりどう考えても普通の人間ではないようだ。

まぁそもそも、普通の人間が地面から這い出てくるわけはないのだが。

「あの……お、おね？　おに？　いさん、だぁれ？」

顔を見るとお姉さんだが、体を見るとお兄さんだ。口調はオネエさんで、声は少しハスキーだがどちらとも取れる気がした。

空が悩みつつそう問いかけると、物珍しそうに空を見ていた顔にパッと笑みが浮かんだ。

「うふふ、お姉さんでいいわよ！　私はねぇ、山に住む蛙の化生《けしょう》……ってわかるかしら？　綺麗で強い蛙さんってことなんだけど！」

「か、かえるさん……？」

「何がお姉さんだ！　オスだろうが！」

「あらやぁだ、どっちでもいいじゃないそんなの。どうせ両生類なんだし！」

空はその言葉に大きく目を見開き、相手の姿を頭から足先まで見下ろした。

長い黒髪に美しく整った顔、そして均整の取れた逞しい体。顔と体のバランスがちょっとおかしいが、一見すれば人間に見え、その姿には蛙らしいところは微塵も感じられない。

強いて言えば、着ているライダースーツの光沢が少しぬめっとして両生類っぽさが感じられるだろうか。

それと両生類という言葉は、どう考えても性別に対して使うものではないはずだ。

空がそんなことを考えながら困惑していると、縋り付いていた幸生の頭がうむ、と頷いて揺れた。

「これはクルミノオモトという名のある大王アマガエルで、うちの裏山の更に奥にある山を根城にするヌシだ」

「あまがえる……ぬしさん……ええと、ぼく、そらです」

「空ちゃんね！　私のことはルミちゃんって呼んでねぇ！」

「ル……ルミちゃん……？」

あまり接したことのないノリにどんな返事をしたら良いのか、空にはよくわからない。それでもその名を呼ぶと、ルミは嬉しそうな笑顔を見せた。

「元は、山中の谷間に生えるクルミの大木の下に住み着く青蛙なのだが……まぁこの通り、少々変わっている」

「幸生、それで済ますな！　こやつはヤナの縄張りを狙うけしからん侵入者なのだぞ！」

ヤナが手を振り上げて抗議するが、幸生は宥めるようにその頭を撫でた。

「これがいるから、奥の山が落ち着いているのは事実だ」

「幸生は甘い！　お主の魔力を狙ってうろうろしておる相手など、雨合羽にでもしてやれば良いのだぞ！」

「ビッ！　ビビッ！」

ヤナの言葉にフクちゃんも同意を示し、羽をふわりと膨らませて威嚇している。

しかしルミは気にせず、小さいものを可愛いと眺めるような眼差しで怒るヤナやフクちゃん、そして空を順番に眺めた。

「うふふ、やっぱり里には可愛い子がいっぱいいて楽しいわねぇ」

しかしその視線には嫌なものを感じなかったので、空は少し肩の力を抜くことが出来た。単純に可愛いものを眺めるのが好きなようだと少し安心する。

「ルミちゃん、かわいいの、すき？」

「そうなのよ！　私は綺麗系でしょ？　自分と違うものってやっぱり魅力的よねぇ」

空はもう一度ルミを頭から見下ろして、その言葉に頷いた。

顔は綺麗だし、体も均整が取れて綺麗だ。綺麗系、という言葉は間違っていない……とそっと内心で自分に言い聞かせる。

「うちの山って可愛い子があんまりいなくって残念だわ」

「そうなの？」

「そう、全体的にちょっと大きい子が多いのよね。化けられるようになる頃には、どうしても大きくなっちゃうし」

その言葉に空は以前落とされたコケモリ様の山を思い出し、ぶるっと体を震わせ頷いた。

「だからもっと村に遊びに来たいんだけど、私も春夏は縄張りの維持で忙しいし……ここには結界もあるから、来れるのは龍殿が眠ってからで、それもこんなに小さな分体がやっとなのよね」

「ちいさい……」

幸生より少し背が低いだけのこの体で小さいということは、本体は一体……と想像しかけ、空はそっと天を仰いでそれ以上考えるのを止めた。

「幸生ちゃんが私と契約してくれれば、もっと気軽に来れるんだけど？」

「いらん」

ルミは幸生にチラチラと上目遣いで視線を投げたが、幸生の返答はにべもない。

「ふふん、幸生にはヤナがおるからな！」

ヤナが勝ち誇ると、ルミは艶やかな唇をきゅっと尖らせ、ちぇっと可愛く拗ねるポーズを取った。顔から下を見なければ可愛い、と空は思う。


ルミはしばらく幸生に纏わり付いていたが、結局色よい返事はもらえなかった。

やがて空のお腹がくぅ、と可愛い音を立てた頃、そろそろ帰ると言いだした。

「さて、じゃあそろそろお暇するわね。今年の冬も幸生ちゃんの畑でよく眠れたし。毎年ありがとね！　また冬が来たら、こっそり訪ねてくるわね！」

「来るなというのに！　次は絶対絶対、ちんけな蛙になったところを見つけて踏み潰してやるのだぞ！」

「あらあら、楽しみにしてるわぁ。あ、空ちゃん、良かったら私の山にも遊びに来てね？」

「ううん、いかない！」

空はそのお誘いに笑顔を浮かべ、全力で首を横に振った。

「やだつれないわ！　幸生ちゃん似なの⁉」

巨大な蛙たちが住む山など、空は全然行きたくないのだ。ここはきっぱりお断りするに限る。

それを見たヤナが、ざまあみろ、と言ってイーッと口を横に引っ張り舌を出す。

それにブツブツと文句を言いつつ空たちに手を振って、大蛙だという謎のおねにいさんは米田家の門から外に出て山へと帰っていったのだった。


空はその夜、今日の出来事について画用紙にクレヨンで手紙を書いた。誕生日に貰ったクレヨンで家族に短い手紙を書くことに、最近空はハマっているのだ。

絵はあまり上手くないが文字には多少前世チートが発揮できるので、クレヨンを持つ力加減に苦労しながら、紙をいっぱいに使って手紙を書く。

『ルミチャンはびじんで、ムキムキで、じぃじはもてもて』

それから、空が雪乃に、じぃじがルミちゃんにモテるのは良いのか、と聞いたところ。

「あら、どうせルミちゃんはばぁばには勝てないから大丈夫よ」

という返事だったので。

『バァバ、ルミチャンヨリツヨイ、じぃじがもててもダイジョブ』

その手紙を読んだ東京の家族が一体ルミちゃんとは誰なのかと不思議がり、紗雪が説明に悩むのだが、それは空のあずかり知らぬところだ。

「けいちつは、なんかへんなのがおにわからでてくる！　おぼえた！」

来年はきっと、ホラーでも怯えたりしないのだ。多分。

# 四　広がる世界

「いってきまーす！」

「ホピッ！」

「いってらっしゃい。楽しんでくるのだぞ」

「うむ、気をつけて」

ルミちゃんを見送った啓蟄の日から数日後の、三月のある朝。

空はヤナと幸生に元気良く手を振って、雪乃とフクちゃんと一緒に家を出た。テルちゃんも一緒だが、今はお守り袋に入れた依り代の中で眠っている。

二人が玄関を閉めて振り返ると、敷地の門の前にはバスが来て待ってくれていた。空はそのバスを見た途端、パッと顔を輝かせて走り寄った。

「キヨちゃんだ！　キヨちゃんもう起きたの？　おはよー！」

空の声に、バスの前にいた巨大な亀が首を持ち上げ振り返る。

「やあ空くん、米田さんおはよう。キヨはこの前冬眠から起きたばっかりだよ」

「おはよーございます！」

「おはよう田亀さん。今日は朝からどうもありがとう」

雪乃がそう言うと、田亀は笑って首を横に振った。

「いやぁ、キヨも起き抜けで、軽い運動をさせたかったからちょうど良いさ」

「いぬさんたちのそりは、もうおわっちゃったの？」

田亀が動かす村のバスは、冬の間は出稼ぎの犬たちが牽《ひ》く犬ぞりだった。それはどうしたのかと空は首を傾げた。

「雪が消えたらソリは終わりなんだよ。でも犬たちはまだ村に残って、村の警備を手伝ったりしてるよ」

「そっか、ゆき、なくなっちゃったもんね」

キヨが頭を下げてくれたので、その目元を撫でながら空は少し残念に思った。

しかしキヨが牽くバスに乗るのも好きなので、また乗れるのは嬉しく思う。

「犬たちはもうすぐ山に帰るから、気になるなら今度遊びに来たら良いよ。さ、乗ってくれ」

田亀に促されて、空と雪乃はバスに乗り込む。

座席に腰を下ろすと、上着のフードの中に入っていたフクちゃんが、空の耳元でピチピチ囀《さえず》って懸命に自己主張をした。

「フクちゃんがいちばん、かわいいよ」

「ホピピッ！」

耳元に身をすり寄せるフクちゃんを撫でて、空はそのご機嫌を取る。

フクちゃんは空が他の生き物を気にすることに厳しいのだ。テルちゃんとはもうかなり馴染んでいるのだが。

空はその小さなぬくもりに和みながら、少し緊張した顔で窓の外を眺めた。

「空、大丈夫？」

「うん……だいじょぶ」

硬い顔を浮かべている空に気がついた雪乃が、そっとその顔を覗き込む。空はうん、と一つ頷いてどうにか笑顔を見せた。

「ここの保育所は、多分空が思うより気軽な場所だと思うのよ。そんなに緊張しなくても大丈夫だからね」

「うん」

そう、今日は空の保育所体験日なのだ。

とりあえず今日は半日だけだが、朝から保育所に行って雰囲気を見て帰ってくる、ということになっている。

空もすっかり元気になったことだし、明良や結衣たち以外の村の子供にもっと馴染むためにもやはり行ったほうが良いだろうかという話がまた誰からともなく出て、試しに一回行って様子を見てきたらどうかと雪乃が申し込んでくれたのだ。

保育所の先生たちは歓迎すると言ってくれたらしいが、こうして実際に向かってみると、空の心は楽しみ半分、不安半分、といった気分だった。

「何か心配なことでもあるの？」

「んと……みんなと、なかよくなれるかなぁって」

「空なら大丈夫よ。それに明良くんや結衣ちゃんもいるしね」

そう言って頭を撫でてくれる雪乃に、空は首を傾げる。

「アキちゃんたちおっきいのに、いっしょなの？」

年齢ごとにクラスが違うのではないかと疑問に思う空に、今度は雪乃が首を傾げる。

「都会は別々なの？　こっちでは、大体皆一緒の部屋だと思うわよ」

「そうなの？　なんで？」

「何でって言っても、昔からそうなのよ。ひとまとめだといざという時に避難がしやすいし……まぁ、最近では村の危険度が下がってそんなことも無くなったと思うけど」

雪乃によれば、村の保育所では年齢によるクラス分けなどもほぼなく、子供たちは大体一緒くたにされているらしい。

村に何か危険が迫った時には、年上の子供たちが年下の子供を連れて逃げる必要があるため、部屋も大部屋だという。

服装も動きやすい格好という指定があるだけで、特に制服などもないようだ。

「だからそんなに堅苦しく考えなくていいのよ。皆で遊びに行くんだって思えば……去年の狩りの時、神社で知らない子と一緒に遊んでたでしょ？　あんな感じよ」

「そっかぁ、じゃあいいかも！」

同じ歳の子供の中で過ごすことに少し緊張していたが、皆一緒だとなれば困ったときに頼る相手も沢山いそうで、空はホッと息を吐いた。

そんな話をしている間にもバスはドスドスと走り、村の中心部に近づいている。

保育所は小学校と隣接していて、村役場の裏手にあった。いざ何かあったときに怪異当番がすぐさま駆けつけられるという配慮ゆえだ。

入り口の前でバスは止まり、空と雪乃は客車から下りて保育所の建物を眺めた。

建物は思ったより大きめの平屋で、遊具のある広場が隣接している。子供たちが来る時間からは少しずらしているので外は静かだが、中からはキャアキャアと賑やかな子供たちの声が響いていた。

「じゃあ、またお昼頃に迎えに来るから！」

「ええ、お願いします」

「キヨちゃん、またね！」

今日は昼までの体験なので迎えの約束をして、空は手を振ってキヨと田亀を見送った。

それから、雪乃と手を繋いで保育所の入り口を潜る。

「ごめんください」

「はーい、あ、米田さん」

雪乃が声を掛けると、すぐ近くの部屋からエプロン姿の女性が顔を出した。そして雪乃と手を繋いだ空を見ると笑顔を浮かべる。

「空くんだね！　いらっしゃい！」

「は、はじめまして……そらです！」

ちょっとドキドキしながら挨拶すると、女性はしゃがみ込んで空と視線を近くしてくれた。

「初めまして！　私はここの所長の忍野幸江よ。皆はさちえ先生って呼んでくれるわ。よろしくね」

「さちえせんせい……」

空もそう呼んでみると、幸江はにこりと微笑んだ。

「おしのって、たうえのときにいた？」

聞き覚えのある名前に空がそう口にすると、幸江はアハハと笑って頷いた。

「よく憶えてるねぇ！　去年の田植えにでた忍野は、全部うちの家族よ。旦那に、息子と娘！　やあねえ、皆途中棄権で恥ずかしいわぁ」

「あら、皆優秀じゃない。旦那さんは腰の具合どう？」

「たまにぶり返すけど、大体元気よ。さて、空くん、一緒に教室行ってみようか！」

幸江は声も笑顔も明るく、子供が好きそうな雰囲気を醸し出している。何となくその笑顔に勇気をもらい、空も笑顔で頷いた。

空は草鞋を脱いで板張りの廊下に上がり、幸江に手招きされて近くの扉に近づいた。雪乃はすぐ後ろについている。

幸江はガラリと木戸を開き中に入って行く。空も恐る恐るその後に続き教室の中に入った。

「わ、ひろい……」

扉の向こうは思ったより広い空間になっていた。壁や仕切りがほぼない広間で、あちこちに子供たちが小さな班を作って何かしている。体の大きさが同じような子供が集まっているところもあれば、バラバラに混じっているところもあって、一つ一つの班でやっていることも別々のようだ。

物珍しそうに空がキョロキョロしていると、近くにいた子供たちの中から声が掛かった。

「あ、そらだ！　そら、おはよー！」

「アキちゃん！」

声を掛けてくれたのは明良だった。明良は自分がいた班から抜け出して空の元に駆けてくる。

「そら、ほいくじょきたの？」

「うん、きょうだけ、みにきたの」

「えー、まいにちきたらいいのに！　なぁ、いっしょにあそぼ！」

明良はそう言って空の手を取って引っ張った。空が傍らの幸江と雪乃の顔を見上げると、二人はにっこり笑って頷いた。

「知ってる子がいるなら、まず一緒に遊んでみていいんだよ」

「ええ、私は傍で見てるから、いってらっしゃい」

「うん！」

二人に促され、空は明良と一緒に駆け出した。

「あ、そらだ！」

明良がいた班には久しぶりに会う勇馬もいて、空の顔を見て手を振った。それを見て、先生らしき人が立ち上がって空を迎え入れてくれた。

「体験の子かな？　よろしくね！」

「えっと、そらです！」

「空くんね。皆、空くんだよ。よろしくね！」

先生がそう言ってその場にいた子供たちに空を紹介してくれる。すると子供たちは顔を上げて、おはよーとかよろしく、と声を掛けてくれた。空は緊張しつつもそんな皆ににっこり笑って手を振り、よろしくと挨拶をする。

「そら、こっちでいっしょにやろ！」

明良が手招きしてくれたので、空は頷いて皆が囲んでいる低いテーブルの一角に腰を下ろした。

「みんなで、なにしてたの？」

「んっと、かざぐるまつくってたよ！　ほら、ああいうの！」

明良が指さしたのは、見本として瓶にさしてある色鮮やかな風車だった。折り紙と木の棒で作った普通の風車なのだが、その飛び出た四隅に何か模様が描いてある。

「じゃあ空くんも明良くんたちと一緒に、自分用の風車作ってみようか！」

「うん！」

空が元気良く頷くと、先生が大きめの折り紙を何枚か手に持って見せてくれた。

「空くんは何色が好きかな？」

「えっと、みずいろ！」

一番好きなその色を選ぶと、先生が水色の紙を一枚、空の目の前に置いた。

「まずこの紙のこの辺に、この模様を四つ描いてみようね」

用意された大きな紙に模様が描かれたものを先生が手に持って皆に見せる。

「指でいいからね。でも、墨を付けた指で、他の場所を触っちゃダメだよ。終わったらちゃんと手を拭いてね」

先生は黒い墨を入れた小皿を二、三人に一枚当たるように配り、濡れ布巾を傍に置く。

子供たちは見本の紙を見ながら指に墨を付け、同じ模様をそれぞれの紙に描いた。

「空くんもやってみて。紙の、ここのところにね」

「う、うん……」

風車を作るだけなのに何故同じ模様ではないといけないのか、空は少し疑問に思った。

しかしとりあえず先生にここと示された場所を確かめ、それから指に墨を付けて、見本を見ながら真似して模様を描いた。

（あ、指だと、クレヨンより書きやすい……）

クレヨンと違って折る心配をしなくていいせいか、いつもよりずっと描きやすい。力加減の心配がないので、曲線のある少し複雑な模様でも見本にそこそこ近く描けた気がする。

「描けたかな？　じゃあ、ちょっと貸してね」

四隅に模様を描き終わると先生がそれを受け取り、切り込みを入れて風車の形に曲げ、細い棒にピンで留めてくれた。

「じゃあ次はこの棒に魔力を込めるんだけど……空くんは、物に魔力を込めるってしたことある？」

「へ？　まりょく……？」

完成した風車を受け取ろうと手を伸ばした空は、その唐突な言葉にピタリと固まった。

それから少し考え、若干ぎこちなく頷く。

「えっと……おもちゃに、まりょくいれたことなら」

以前東京から紗雪が送ってくれた、紙相撲のような微妙な玩具に魔力を込めた経験が空にはある。そしてその玩具はその後善三によって魔改造され、今ではクマちゃんファイター（空命名）として村のあちこちで遊ばれているのだが。

「うんうん、じゃあ大丈夫かな。ちょっと試してみようか？」

「えと……はい」

空は先生から受け取った風車の棒を手で持ち、その手から魔力が流れるところをイメージした。

指先から魔力を流すのは結構上手く出来るようになっている。

それと同じような感覚で握った手から魔力を少し流すと木の棒が薄らと光を帯び、ゆっくりと風車が時計回りに回り始めた。

「わ、まわった！」

「うん、ちゃんと出来たね。上手上手！」

先生はそう言ってくれたが、風車の動きはゆっくりだしぎこちない。面白いとは思いつつ、息を吹きかけたほうがよく回りそうだと空が考えていると、もう少し魔力を増やしてはどうかと先生が教えてくれた。

「流す魔力を増やすと回るのが速くなって、逆に回したいと思うとそうなるわよ」

言われるままに少し量を増やすと、確かに回転が速くなる。今度はくるくると風車らしい軽快な動きになってくれた。

段々楽しくなってきて、空は魔力を強くしたり弱くしたりして色々な動きを試してみる。

「そら、ほら！　にとーりゅー！」

不意に名を呼ばれて空が顔を上げると、明良は両手に風車を持ってぐるぐると回していた。

「わぁ！」

「へへん、オレはこーそくかいてんだぞ！」

その隣では勇馬がギュンギュンとすごい勢いで風車を回転させている。子供たちは皆思い思いに風車を作っては回して大はしゃぎだ。棒に二つ付けてほしいと先生に強請る子や、もっと大きいのを作りたいと提案する子もいた。

「かざぐるまって、おもしろいんだね！」

「ホピピッ！」

空が零した感想に、ずっとフードの中で大人しくしていたフクちゃんが合いの手を入れた。どうやらフクちゃんも静かに皆を眺めていたらしい。

「あー！　それなに⁉」

すると突然空の正面にいた子が大声で叫んだ。

「えっ⁉」

「ホピッ⁉」

空とフクちゃんが驚いてそちらを向くと、正面の子が空の方を指さしている。その子の声と動きに釣られて、周りの子供たちが全員空の方を見た。

「あっ、とりさんだ！」

「え、どこどこ？」

「すごいかわいーい！」

「みせてみせて！」

たちまち周囲は大騒ぎになってしまった。空に駆け寄って覗き込もうとする子もいれば、その肩のフクちゃんに無遠慮に手を伸ばそうとする子もいる。

空は慌ててフクちゃんを自分の手で包み、精一杯高く上げてくるりと振り向き逃げ出した。

「ホピピピッ、ホピッ！」

「だ、だめっ！　ばぁば、ばぁば！」

「あらあら、ダメよ皆！」

「空、フクちゃんをこっちに」

空は急いでフクちゃんを雪乃の手に渡して避難させた。

周りから騒ぎが気になった他の班の子供たちも駆けてきて、見たい見たいと押し合いへし合いしてもみくちゃだ。

「はいはい、皆静かに！　ほら鳥さんがビックリしてるよ！」

幸江や他の先生も一緒になって子供たちを宥めてくれて、どうにか騒動は収まった。しかし子供たちは興味津々なので、とりあえず皆の前でフクちゃんを子供たちに紹介することになった。

空は雪乃の手の平に乗ったフクちゃんを指さし、自分の守護鳥だと皆に説明した。

「えっと、みけいしからかえった、ぼくのしゅごちょーで、なまえはフクちゃんです！」

そう言うと、あちこちから可愛いとか、いいなーという声が上がる。

雪乃はフクちゃんを見て困ったように笑い、隣に立つ幸江に頭を下げた。

「ごめんなさいね、子供が沢山いたらこうなって当然なのに、思い至らず連れてきてしまって……」

「あはは、帽子の中で大人しくしてたから、私もこんな可愛いオマケ付きだったなんて、気付かなかったわね」

空が大人びた幼児だし、空の周りの子供たちもフクちゃんが生まれた頃から知っているので、誰も騒ぎ立てはしなかった。雪乃はこの年齢の子供たちの好奇心や賑やかさをすっかり忘れていた。

「見慣れれば皆気にしなくなるから大丈夫よ。子供はすぐ興味が他所に移るし……しばらくまた身化石人気に火が付くかもだけどね」

幸江は子供たちの様子を見て、少し落ち着いたところで空の手の平にフクちゃんを戻し、無闇に手を出さないようにと言い含めて、子供たちによく見せる。子供たちは小さな鳥に興味津々で、空を質問攻めにした。

「どうやってかえしたの？」

「このこのみけいいし、どんないろのだった？」

「いいなー、わたしもあたらしいのさがす！」

「おれも！」

「オレ、とりじゃなくてトカゲがいい！」

空は色々な質問に戸惑いながらも、わかることとわからないことを辿々しく答えた。

やがて子供たちの気が済むとやっと解放され、空とフクちゃんはホッと胸を撫で下ろしたのだった。


「そら、たいへんだったなー」

「みんなみけいいしすきだもんな！　オレもあたらしいのさがそうかなー」

子供たちから空が解放されると、明良と勇馬が寄ってきて労ってくれた。二人の顔を見て空はようやく安心できた。

「フクちゃん、つれてきちゃだめだったかな」

「えー、べつにいいんじゃないかな。ユウマもにわとりつれてきたことあったよな？」

「うん。もっとちいさいころだけどな！」

「そうなの？　なんで？」

勇馬の家は鶏を飼っている農家だ。鶏を連れてきても不思議ではないが、しかし何故だろうと空は首を傾げる。

「……アキラとすごいけんかしたとき、ほいくじょいきたくないっていったら、ボスにおこられてさぁ」

勇馬は保育所に行きたくないと泣き喚いて駄々をこね、家族をかなり困らせたことがあったらしい。すると鶏の群れを守るボスが、喚く声がうるさいし自分たちの世話が行き届いていないと腹を立て、勇馬を無理矢理背中に乗せて引っ立てるようにして保育所に連れて行ったのだという。

「あんときのボス、すっげーおっかなかったんだぜ！　オレがアキラやみんなにあやまるまで、すごいそばでみてるし……」

その時のことを思い出したのか、勇馬がぶるりと小さく震える。

空はボスはなんて賢い鶏なのだと感心すると同時に、それは本当に鶏なのか？　と少し疑いを抱いた。

さて、空たちがそんな話をしている間に、風車作りも一段落し、子供たちもすっかり落ち着きを取り戻した。

先生は子供たちの手を拭いたり使わなかった材料を片付けたりと忙しくしていたが、それが終わると皆の顔を見回した。

「じゃあ、風車作りはこれでおしまいね。皆、自分の風車はお家に持って帰って、魔力を込める練習に使ってね」

「はーい！」

元気な返事に先生は頷き、それから周りを見回す。

「まだお昼には時間があるし、次は何しようか……したいことあるかな？」

「おにごっこ！」

「もじあて！」

「かくれんぼー」

いくつかの案が子供たちから次々飛び出す。先生はそれらを聞き取ってうんうんと頷いた。

「今日はお外は別の子達が使ってるから、おにごっこはまたね。かくれんぼも、あっちの半の子達がしてるから……先生のとこはもじ当てかな？」

先生の提案に子供たちは隣の子と顔を見合わせ、納得した子はその場に座り直した。

体を動かしたい気分だった子や、どうしてもかくれんぼがしたいと言う子が別れて、別の班の方に駆けて行く。

どうやらこの保育所は、子供たちが自分がしたいことを自分で選んで参加する方式らしい。空はその自由さに少し目を見開き、そして何だか楽しい気持ちになった。

（これなら、僕も楽しく通えるかも……）

そんなことを考えていると、明良がどうする？　と空に聞いてくれた。

「そら、もじあてしてみる？」

「オレおにごっこがいいけど、もじあてもちょっとやってこうかな」

「もじあて……どんなことするの？」

その名前の遊びに空は心当たりがなかった。どんなことをするのかと問うと、明良は先生が何か二十センチ四方ほどのカードのような物を用意している姿を指さした。

「せんせいがあのかみを、サッてやるから、かいてあるもじをあてるんだ」

「みてればわかるって！」

空の疑問を他所に、先生の前に子供たちが横に四列になって並んでいく。

小さい子たちが前に座り、年かさの子がその後ろに少しずつずれて前が見えるように腰を下ろした。

「そらはここな。いれてあげて」

「いいよー」

明良が小柄な空でも前が見える場所を探し、その近くの子に入れてくれるよう頼んでくれた。

「アキちゃん、ありがと！」

「うん。おれはこっちな」

明良と勇馬は連れだって後ろの方に並ぶ。子供たちが全員座ると、先生が椅子に座って皆に手にしたカードを見せた。

「じゃあ、今日は空くんがいるからゆっくりめからね。行くよー」

「はーい！」

子供たちが返事をすると先生が手にしたカードから一枚取り、そしてサッと一瞬裏返した。

「わかった、い！」

「いだった！」

「えっ……？」

子供たちが口々に正解を答える中で、空だけが呆気にとられて周りを見回す。

先生がカードを裏返したのは本当にほんの一瞬で、空にはそこに書いてあるものが何も見えなかったからだ。

「はーい、いが正解！　空くん、見えた？」

「み、みえなかった、です」

空が正直にそう言うと、先生が少し首を傾げる。

「ちょっと速かったかな？　じゃあ、もう一回やってみるね。行くよー」

先生の合図と共に、新しく手に取られた紙がまた一瞬だけ裏返る。

「み！」

周りの子供たちはちゃんと見えているようで、口々に正解を言う。

しかしやはり空には何も見えなかった。

「どうかな空くん？」

「えと……ちょっと、むずかしいみたい……」

空はそう言って首を横に振った。先生のほうが逆に首を捻って考えている。するとそれを見ていた雪乃が先生に声を掛けた。

「先生、空はまだ速いものがあまり見えないみたいなのよ。そのうち慣れるだろうから、他の子に合わせて普通にしててくださいな」

「そうなんですか？　空くん、大丈夫？」

「だ、だいじょぶ！」

空がうんうんと頷くと、先生も納得したように頷いた。

「じゃあ、今日は空くんは見学しててね。もしわかったら皆と同じように言ってみてね！」

「はぁい……」

絶対わからないと思う、という言葉は呑み込み、空は笑顔で頷いた。空には紙が裏返ったことすら、確認するのが怪しいくらいなのだ。

しかも、見学しているとほんの少しずつだが、段々と先生の動きが速くなっていくのが何となくわかる。子供たちも年下の子は間違いが徐々に増え、年上の子たちが競うように当てていく。

（これってひょっとして……動体視力の訓練をしてるの？）

空はふとそれに思い至ってハッと周りを見回した。

かくれんぼをしている子が隠れ場所を探すために傍を駆けていったが、走っているのに足音を立てていない。

外に目をやれば、鬼ごっこをしている子供たちは皆異常に素早く、時にジャンプをしたりして逃げ回っている。

隣でお絵かきをしていると思っていた班は、半紙のような紙に赤い文字で何か描き、お札のようなものを作っていた。

（ここは……実は訓練所⁉）

保育所とは名ばかりで、実は村の子供たちに遊びながら様々な技術や戦闘術を教える場所なのでは、ということに空は気がついてしまった。

慌てて自分の周りの子供たちを見れば、一番前に座っている小さい子たちは恐らく二歳くらいのような気がする。そんな子たちでも先生がめくったカードのうち、何割かは確実に当てている。

空は自分が四歳になったことを思い出し、急に焦りを憶えた。

（僕……確実に出遅れてる⁉）

明良を始めとして、空の周りには年上の子供たちか大人しかいなかった。だから自分の身体能力が劣っているのは仕方のないことだと、今まではそう思っていたのだが。

空は慌てて、先生の持つカードが裏返る瞬間に必死で目を凝らした。

（頑張って、ちょっとでも追いつかないと……！）

空は一生懸命先生の動きを見続けたが、残念ながらその後も書いてある文字が見えるようにはならなかったのだった。

「はぁ……」

　バスに揺られながら、空はため息を吐いた。

　お昼ご飯の前には見学を終えて帰ることになっていたので、迎えに来てくれたバスに乗っているのだが、行きと違って空の心は重く沈んでいる。

　そんな空を心配そうにフクちゃんが見ては、首元にふわふわの体をすり寄せてくれるのだが、今はあまり慰められたい気分ではなかった。

「空、どうしたの？　保育所、楽しくなかった？」

「ううん……」

　雪乃も心配そうに空の顔を覗き込む。空は雪乃を見上げ、ゆるゆると首を横に振った。

「たのしかった……たのしかったけど、ぼく、ぜんぜんもじがみえなかったの」

「ああ、文字当ての……それで落ち込んでるの？」

「だって、ぼくよりちっちゃいこも、ちゃんとあててたもん……ぜんぶじゃなくても、みんなぼくよりみえてたから」

　雪乃は空の頭を撫で、大丈夫だと優しく言った。

「あれはねぇ、手や足に魔力を込めて力を入れるみたいに、目も魔力で強化することが出来るのよ」

「そうなの⁉」

「ええ。でもそれは一度にやると危ないから、いきなりはしちゃダメよ。ああやって遊んでいるうちに、もっと見たいって思っていれば、少しずつ自然と見えるようになるわ」

焦っちゃダメよ、という雪乃の言葉に空は息を吐き、ようやく少し肩の力を抜くことが出来た。

「小さい子と比べて気になるかもしれないけど、空はまだここに来てやっと一年だもの。ゆっくり慣れていけばいいのよ」

「うん……でもなんか、ここのみんなって、おっきくなるの、はやくない？」

それは空が何となく以前から感じていたことだ。前世で子供を育てた記憶はないので正確なところは知らないのだが、空の感覚ではこの世界の子供たちはどうも成長が少しばかり早い気がするのだ。自分に関しては前世の記憶があるからわかるが、東京の兄弟たちも皆かなり賢かった気がするし、魔砕村の子供たちはそれよりさらに早熟に思える。

空の疑問に雪乃は少し考え、その通りだと頷いた。

「多分それは、魔素や魔力が関係してるんだと思うわ。以前読んだ外の医学論文で、魔素が多い地域の子供や、生まれつき魔力量が多い子供は体も精神も成長が早いってあったのよ……つまり、この子供たちは、早く強くなるために、大きくなるのが少し早いのよ」

空はやはり、と納得して頷き、そして少しばかり肩を落とした。

「そうなんだ……ぼくもおいつけるかなぁ」

「そうねぇ……空は村の子になってまだ一歳だって思ったらどうかしら？」

「ホピピホピ！」

フクちゃんが、自分もいるから心配するなとでも言うように可愛く主張する。

空はその声を聞き、うん、と頷き微笑んだ。空にはフクちゃんやテルちゃんのような助けてくれる友達もいる。それは確かに空が自分の力で引き寄せた縁だ。

それに雪乃の言う通り、村の子になってまだ一歳だと考えれば、二歳くらいの子に負けても仕方ないのかもしれない。

「もうすぐ紗雪たちが空に会いに来るわ。保育所に通うのはその後にしましょうね」

「うん！」

そう、もうすぐ家族が空に会いに来てくれるのだ。空は今から指折り数えて、その日を心待ちにしている。

保育所への心配ごとはその後にまた考えよう、と空は決め、窓の外に視線を向けた。

村の周りの山々は少しずつ淡い緑を纏いつつある。木々の芽が日一日と伸びるごとに待ちかねた再会の日が近づいているようで、空はその色を眩しそうに眺めたのだった。


初めての保育所を体験した日から二日後。

空はゴロや他の犬たちが山に帰る前に会いたいと、田亀家を訪ねた。

田亀家は南地区の山裾にあり、勇馬の家と近い場所にあった。

村を囲む南側の山には山裾がなだらかな場所があり、木々を切って放牧地のようにしている場所があるのだ。

空は雪乃に連れられて田亀家を訪ね、その広い敷地と立ち並ぶ大きな建物に目を見開いた。

「ここが田亀さんちよ。こんにちはー」

雪乃は空と手をつないだまま入り口の門を潜り、母屋には向かわず家の横の方に進んで大きな声を上げた。

「はいよー」

すると母屋の横にある小屋から声がして、田亀が顔を覗かせる。田亀はいつもと同じ、作業用のジャンパーに作業帽という格好だ。

「ああ、米田さん。いらっしゃい！」

「こんにちは田亀さん。お言葉に甘えて犬たちに会いにお邪魔したわ」

「お、じゃあちょうど良かったよ。犬たちはさっき帰ってきたところだから、今一休みしてるはずだ」

田亀はそう言って二人を敷地の奥にある大きな建物に誘った。

平屋のその建物は、勇馬の家で見た鶏小屋とよく似た作りで、動物たちが過ごす場所であるらしい。近づくとワンワンキャンキャンと犬たちの元気な声が聞こえてくる。

「いぬさん、いるね！」

声を聞いただけで嬉しくなったのか、空の足取りが少し速くなる。

獣舎の入り口は開けっぱなしで、田亀はそこにスタスタと入っていった。空と雪乃もその後を追って広い入り口を潜った。

「うわぁ……」

空は窓からの薄明かりが照らす獣舎の中を見て思わず声を上げた。

何となく、前世のテレビで見た馬小屋のような場所を想像していたのだが、それとはまた違った空間だった。

馬房のようにきちんと同じサイズに区切られた場所があるわけではなく、広さがまちまちな仕切りが通路の両脇に大雑把に配置されている様な作りだ。

通路は広く、天井も高い。真っ正面の一番奥には、小山のようなシルエットのキヨがドンと座っていた。キヨは寝ているのか、首を少し縮めてじっと動かない。

「空くんは、ゴロとよく話してたっけ？　おーい、ゴロ！」

田亀が奥に声を掛けると、中程の仕切りの中から柴犬がぴょんと飛び出す。

ゴロは田亀に連れられた空を見つけてワン、と一声吠えて駆けてきた。

「空だ！　空、久しぶりだなー！」

「ゴロだ！　ひさしぶり！」

空が大喜びで駆け寄ると、ゴロの後を追って他の犬たちもぞろぞろと出てくる。

犬たちは尻尾を振って空たちの周りをぐるぐると駆け回った。

「子供だ！」

「空だよ、空！」

「散歩か？」

「遊ぼうぜ！」

喋ることが出来る犬たちが口々にお喋りし、まだ喋れない若い犬たちはキュンキュンと可愛い声で何か言っている。

空は沢山の犬に囲まれ、大喜びでその背や顔を撫でさせてもらった。

「空、今日はどうしたんだー？」

「あんね、みんながそろそろやまにかえっちゃうってきいて、そのまえにあいにきたんだよ！」

そう言うとゴロはきゅっと口角を上げ、笑顔のような表情を作った。

「そっかー、ありがとな！　確かにもう春だしなー！」

「いつかえるの？」

空が聞くと犬たちはお互いの顔を見合わせて首を捻る。

「わかんないな！　いつだっけ？」

「長なら知ってる？」

「親分は寝てるぞー」

犬たちが首を傾げていると、田亀がそれを見て面白そうに笑い声を上げた。

「動物には暦なんて関係ないからなぁ。毎年、冬の終わりはこうしてごろごろしているんだ。そして帰る時が来たらふっと立ち上がって、皆してぞろぞろ出立するのさ」

「そうなの？　じゃあきまってないの？」

「風が吹くんだ。俺たちに帰っておいでって呼びかける風が、ある日不意に吹くのさ」

奥からそう言って声が掛かり、空はそちらに顔を向けた。するとそこには一際大きく立派な白い犬が立っていた。

「あ、親分」

「お頭！」

親分とかお頭と呼ばれた犬は、空が想像するところの狼の様な立派な姿をしていた。毛足の長い白い毛並みは美しく、洋犬のように鼻の長い精悍な顔立ちをしている。脚も長く逞しく、体高だけでも田亀の腰よりずっと高い。空など襲われたらひとたまりもないような大きさだ。

しかしその姿はどこか神々しく、不思議と恐怖を感じさせなかった。

「おやぶんさん？」

空がそう言うと親分はわふっと口から息を漏らした。どうやら笑ったらしい。

「んな呼び方はよしとくれよ。俺はハチってんだ」

「ハチ……」

「こいつらは長だの親分だのお頭だの、気分で好きに呼びやがるがな」

思わず公と付けたくなったが、それはどうにか堪えてその名を呼ぶ。

田亀がハチの頭を撫でると、ハチはふふんと嬉しそうに鼻を鳴らしてその手に頭をすり寄せた。

「たがめさんと、けーやくしてるの？」

「いや、俺とはしてないんだよ。ハチは俺のご先祖と契約していて、力を付けて長生きして犬神にまで昇格した犬なのさ」

「おう。そのよしみで、今でも冬はここに厄介になってるのさ。寅治《とらじ》も良い魔獣使いだが、俺の主人はアイツだけだからな」

「いぬがみ……」

寅治というのは田亀の名前らしい。田亀はそれで納得しているようで、気にせずハチの頭を撫でている。契約していなくても仲が良さそうだと、空はその姿を見て感じた。

すると空のフードの中からホピピ、と小さな声が聞こえ、フクちゃんがスタッと出てきて空の肩に乗った。フクちゃんは犬たちの姿にライバル心を抱いているらしい。

ふわりと羽を膨らませて自己主張するフクちゃんの姿を目に留め、珍しいなとハチが呟いた。

「小さいが守りが付いてるのか。綺麗な、良い姿だな」

「ホピッ!?　ピルルルル！」

褒められたのが嬉しかったのか、フクちゃんが機嫌の良さそうな声を上げる。

田亀もハチもその姿を見てくすりと笑った。

「ぼくのしゅごちょーの、フクちゃんだよ！」

空がフクちゃんを手に移してそう紹介すると、ハチが鼻先を近づけてフン、と匂いを嗅いだ。

「精霊の匂いがするな。元は身化石か」

「わかるの？」

「そりゃあな。相手が何から成ったものかを知っておくのは、山では大事なことだ。由来が違えばその命の在り方も生き方も……色々違うからな」

狩り方も違うのだ、とはハチは言わなかったが、雪乃も田亀もそれに気付いて黙って聞いていた。

空は手に載っているフクちゃんに顔を近づけ、スン、と匂いを嗅いでみる。

けれどわずかに穀物のような匂いがするだけで、精霊の匂いというのはよくわからなかった。

「においい、わかんない……ふしぎ。むらのひとってみんな、みただけでフクちゃんのことも、ぼくのことも、わかっちゃうみたい。ぼく、なんにもわかんないよ」

空がそう言うと、ハチは器用に口角をギュッと上げて、はっきりとした笑みを作った。

「まだ小さいんだ、そんなもんさ。わかってないってことがわかってるなら上等だ」

「そんなもんなの？」

「ああ。そんなもんだと思ってゆっくり育ちな。その鳥みたいに、お前の傍にいるものを大事にするといい」

「フクちゃんは空から離れてどこかに帰ることも無いしね」

「うん……ぼく、フクちゃんもテルちゃんも、だいじだよ」

空はそう言って頷いてフクちゃんを肩の上に戻し、テルちゃんが眠る首に提げたお守り袋にそっと手を当てた。

「ハチたちは元は普通に犬だから、確かにその子とは大分違うなぁ。皆、犬としての本能に従い、群れを作って生きている。旅立ちの日取りもその本能が決めるんだよ」

田亀はハチを撫でながら、空が先ほど抱いた疑問に答えてくれた。

この村の大人たちは、子供が理解しているかどうかは気にせず色々なことをきちんと説明してくれる。解っても解らなくても誤魔化したりはせず教えてくれることを、空は有り難く思いながら頷いた。

「いつかって、まだわからないの？」

「わからねぇなぁ。何か呼ばれた気がするっていう日がその日なのさ。山の準備が出来たら、山が呼んでくれるんだろうよ」

「そうなんだ……なんか、かっこいいね！」

空がそう言うとハチはくふんと鼻を鳴らした。

「かっこいいかどうかは知らねぇが、そういう予感はお前さんも大事にしな。人間はすぐそういうのを忘れちまうが、いざって時、それがオレらを生かすんだ」

「うん！」

空は自分が明良を助けに行った日のことを思い出して頷いた。あの日明良を助けたものは、間違いなく空が感じた予感だった。この魔境で生きるには、きっとそういう本能のようなものも大事なのだろうと納得できる。

空はゴロの首元をもう一度撫でさせてもらいながら、凛々しいハチの姿を眺め、それから肩の上の小さなフクちゃんをちらりと見た。

（フクちゃんもテルちゃんも、僕が望んだ通りの可愛くて怖くない姿だけど……もうちょっとぐわっと強そうなほうが良かったのかなぁ）

かっこいいとか強そうとかよりも先に、怖くない、を選択してしまったのは多分空自身なのだろうと思う。

いつか空にもこんなふうにかっこいい仲間が出来るのか、それとも空自身がかっこよく育つのか……そんなことを想像してみたけれど、残念ながらまだあまり上手く形にはならなかった。

その後、空は田亀と犬たちに案内され、獣舎にいる他の動物を紹介してもらった。

「これが、おかっぱ羊。良い毛糸がとれるんだ」

「あ、しってる！　ぼくのまふらーになったの！」

初めて見た羊は想像以上に見事なおかっぱだった。

頭の上から伸びる毛は前髪のように垂れ下がり、目の少し上でパツンと切り揃えたようになっている。耳を覆って垂れた毛も首のあたりで綺麗に揃っていた。

体も長く真っ直ぐな毛に綺麗に覆われ、下は足首のあたりで計って切ったように同じ長さだった。

その綺麗に揃った白いストレートの毛の合間から黒い顔と手足がちょこんと出ていて、何だか可笑しくも可愛らしい。

「これって、たがめさんがきったの？」

「いや、何でか絶対このくらいの長さで毛が揃って、それっきり伸びなくなるのさ……」

それは田亀にも謎であるらしい。

羊の隣には少し広い囲いがあり、大きな牛が四頭いて思い思いに寛いでいた。

「こっちは美食牛。食べる物にはめちゃくちゃうるさいが、良い乳を出す」

「……おいしいぎゅうにゅう、すきだなぁ」

どことなく気難しそうな顔をした牛は、何故か全て白とピンクの斑模様だった。

見慣れなさすぎて空の脳内は大混乱だが、可愛いと言えなくもない、と無理矢理納得して見ないフリをしておいた。

「これは縞狐。隠密行動が得意で、俺が山に狩りに行くときの相棒だな」

「しましま……ええと、しましまも、かわいいね」

狐はちょうど体をくるりと丸めて眠っていた。黄色と白の縞柄の靴下を丸めて地面に置いてあるようなその姿に、空は目をぱちくりさせた。田亀がコタ、と呼びかけるが狐は起きず、代わりに縞々の尻尾が三本、ふわりと上を向いた。

「しっぽ、いっぱいある⁉」

「ああ、いっぱいあるな。強くなると増えるんだぞ」

「そ、そうなんだ……」

やはり魔砕村の動物は、模様も生態も空の知っているものとは違うらしい。何だか変な生き物ばかりだが、一見普通に見える犬や猫だって喋るのがこの村なのだ。

空は自分の中に残る前世の常識を振り切るように、何度も頭を横に振った。

「空くんは随分とキヨやゴロが気に入っているみたいだけど、やっぱりこういう動物とか興味あるかい？」

不意に、田亀が空にそんなことを問いかけた。空はその問いに首を傾げて考えた。

興味があるかと聞かれれば確かにある。空は前世を含めて動物は憧れるだけで飼ったことがなかった。だから見ているだけで楽しいのだ。

しかし、空には既にフクちゃんやテルちゃんがいる。

「あるけど……フクちゃんたちがいるから、だいじょうぶ！」

「ホピピピピッ！」

空の言葉にフクちゃんが嬉しそうに囀る。

田亀はそんな姿をどこか眩しそうな、懐かしむような視線で見つめた。

空はそんな田亀を見上げていたが、ふとその背にゆらりと何か白いものが見えた気がして目を見張る。

しかしよく見ようとすると、その白いもやのようなものは途端にふっと消えてしまった。

「……？」

空は目を軽く擦り、もう一度田亀の背を見た。けれどそこにはやはりもう何もなく、気のせいだったかと思い直した。


「じゃあ、またね、ゴロ！」

「空、またな！　また秋が来たら遊びに行くからな！」

「うん！」

空はゴロやハチ、他の犬たちと別れの挨拶を交わし、手を振って田亀家を後にした。

パタパタと何度も手を振って雪乃と一緒に門を出る。

少し歩いてから最後にもう一度振り返ると、門の向こうで走り回る犬たちと、それを宥める田亀の姿が見えた。

その時不意に強い風がひゅうと吹き、田亀が被っているいつもの作業帽がふわりと浮いて飛ばされかけ、それを田亀がひょいと跳び上がってつかまえた。

「えっ⁉」

空は今見たものが信じられず、思わず振り向いたまま立ち止まって声を上げた。

「空、どうかした?」

手を引く雪乃が問いかけたが、空は止まったままだ。

その視線の先では田亀が掴んだ帽子を何事もなかったかのようにまた被り直し、そして獣舎の方へ去って行った。

「空?」

「あ、うん……ええと、いまね、たがめさんのぼうしがふわって、そんで、みみが……」

「耳?」

「ううん、みまちがいかも……」

空は首を横に振って、また歩き出す。

おじさんの頭に三角の犬耳がついていた気がするなんて……そんな夢のない話を、空はまだちょっと認めたくなかった。

# 五　待ちわびた再会

春もそろそろ半ばを過ぎた頃。

空は開け放した縁側で、ぽかぽかと暖かい春の日差しを浴びながら外を眺めていた。

空の右隣にはヤナ、左隣にはフクちゃんとテルちゃんと……そして何故かその可愛い二匹（？）を挟んで、先日山に帰っていったはずのルミが座っている。

「今日は良い天気ねぇ」

「う、うん……」

「良い天気ねじゃないわ！　貴様、何をしに来たのだぞ！」

今日は天気が良いし風も暖かいから縁側でおやつにしようと、窓を開け放って皆で腰を下ろした途端、この珍客がふらりと現れたのだ。

空は突然のお客に困惑しつつも、今日のおやつの芋餅にフォークを刺して口に運んだ。焼いた芋餅にみたらし餡がかけてあるもので、とろりとした餡が甘じょっぱくてとても美味しい。

当の本人はニコニコと楽しそうに、フクちゃんとテルちゃんを指先でそっと撫で、それから頬を膨らませてもちもちと口を動かしている空を眺めている。小さくて可愛いものを見られたのが嬉しいらしい。

「うふふ、かーわいい！　やっぱり遊びに来て良かったわぁ」

「だから、うちに遊びにくるなと言うのだ！　山の縄張りはどうしたのだ！」

ヤナが噛みつくようにそう言うと、ルミはどこからともなく大きな緑色の包みを取り出した。

「今日は遊びじゃなくって、冬の間のお礼を持って来たのよぅ。かわいい子ちゃんたちに食べてもらおうと思って。縄張りには本体を置いてあるし、春先はまだ動きが鈍い子ばっかりだから心配しなくてもちょっとくらい空けたって平気よ」

「心配をしとるんじゃないのだぞ！」

ヤナは怒っているが、空は食べてもらおうと思って、という言葉を耳に留めて顔を上げた。

「おれいって、もしかしてたべもの？」

「そうよ、美味しい物！」

ルミが手に持つ荷物は大きく、しかも緑色の外側はどうやら葉っぱで出来ているようで、細かい葉脈が見える。

「これはっぱ？　すごいおっきい……」

荷物は横幅だけで一メートル近くあるように見えるので、それを包める葉っぱはかなりの大きさだ。

「あ、これ？　山奥にはこんな大きな葉の木もあるのよ。で、中身は私が今朝獲ったお魚ね！」

ルミはそう言って包みを縛る植物の蔓をプチリと切り、畳んだ葉を開いて見せた。

「わぁ……おいしそう！」

中から出てきたのは腹の横が金色に輝く大きな魚だった。

「私の縄張りにある川に住んでる、金色オオヤマメよ！　脂がのってて美味しいわよ～」

そう言ってルミは一メートルもありそうな魚を両手で持ち、空にずいと差し出した。

空はその動きに少し後ろに下がる。

「えっと……それ、どうやってたべるの？」

「お勧めは頭から丸呑みとかバリバリ丸かじりだけど……人間はしないんだっけ？」

「するか！　そんなデカいのを、しかも生でなんて空が食べられるわけがなかろうが！」

そう怒られて、ルミは小さな空の体とその口を見て、なるほどと頷いた。

「それもそうねぇ。私みたいにお口がパカッと大きいわけじゃないものね。じゃあ、んっと……料理だっけ？　それして食べてね！」

ルミは納得して魚を一旦葉っぱの上に戻す。葉っぱの中にはもう三匹ほど同じ魚が入っていた。

もちろんどれも同じように大きい。

「ルミちゃん、ありがと！　ばぁばにりょうりしてもらって、おいしくたべるね！」

「そうしてちょうだい。冬眠の間に幸生ちゃんの魔力をちょっぴり分けてもらったお礼だから、遠慮しないでね！」

「勝手に庭に入り込んで魔力を盗み食いしたくせに、分けてもらったようなことを言うな！」

ヤナはプリプリ怒っていたが、空はその魚を嬉しく見つめ、にっこり笑った。

「あしたねー、ままとか、みんながきてくれるんだ！　だから、みんなでたべるね！」

「あら……ママって、紗雪ちゃん？　紗雪ちゃんって今こっちにいないのよね？　帰ってくるの？」

「うん！」

空が元気に頷くと、ルミは急にそわそわしだした。

「じゃあ、そういうことならお邪魔しちゃ悪いし、私帰るわね！　紗雪ちゃんによろしく……ええと、春は危ないから山には来ないでって言っておいてね！」

「そうなの？」

以前は山に遊びに来いと言っていたのに、急にどうしたのかと空は首を傾げる。

するとヤナがにんまりと笑みを浮かべて着物の袖を口元に添え、内緒話のように囁いた。

「空、こやつはな、昔紗雪に追い回されて雨合羽にされそうになったことがあるのだぞ」

「ままに？　あまがっぱ⁉」

空がびっくりしてルミの方を振り向くと、ルミは思い出したくないとでもいうようにぶるぶると頭を振った。

「思い出させないでちょうだい！　紗雪ちゃんから逃げるの、ほんっとに大変だったんだから！」

ルミは長い髪をバサバサと振って身を捩《よじ》った。

どうしてそんなことになったんだろうと空が不思議そうにしていると、ルミはそれはそれは嫌そうに事の顛末を教えてくれた。

「紗雪ちゃんたらある日突然私の縄張りに現れて、私を見るなり襲いかかってきたのよ！」

聞けば、中学生くらいの紗雪は、夏休みの間に幸生に新しい雨合羽を贈りたいとその材料を求めて、ルミに目を付けて狙ってきたらしい。とびきり大きく色が良い大王アマガエルが山奥にいると聞き、探しにやって来たとのことだった。

「ルミちゃんとまま、どっちがつよかったの？」

「そりゃああの頃の紗雪ちゃんはまだ子供だったし、私のほうがずっと強かったけど……紗雪ちゃんたらよく見れば幸生ちゃんそっくりの魔力で、確実に血縁じゃない？　そんな子に反撃して怪我でもさせたら、私の縄張りが確実にひどいことになるじゃない！」

それ故にルミは紗雪に手が出せず、防戦一方で山中を必死で逃げ回る羽目になったらしい。

「紗雪ちゃんってば素早いから、大きい体じゃ逃げるのが大変で……あれがきっかけで私は姿を変えて、体も気配も小さくする技術を会得したのよ……」

「くっ、紗雪……何という余計なことを……」

夏休みなので毎日紗雪は山にやってきた。ルミは連日、どうにか紗雪が家に帰る時間まで必死で逃げ切り、見つからないように工夫を凝らしたのだという。

やがて村の結界を通り抜けられる分体を作り出し、本体を山中に隠して村に侵入し、隣の山守として面識があった幸生にこっそり会って、何とかしてくれと直談判したのだ。

「幸生ちゃんが、ヌシを倒すと周辺の山が乱れるから止めなさいって諭してくれて、やっと諦めてもらえたのよ……それでも渋るから、仕方なく縄張りに入ってきたよそ者の蛙の皮を代わりに差し出したりして、大変だったんだから！」

「お主の皮なら、きっと幸生に似合う良い色だったろうに……残念なのだぞ！」

「私は雨合羽なんてごめんなのよ！」

ルミの叫び声は心底嫌そうに響いた。

その声を聞いたのか、奥の部屋から今日は朝から忙しくしていた雪乃が顔を出す。

「あらルミちゃん、雨合羽になる予定でもあるの？」

「ないわよ！　やだもう皆辛辣《しんらつ》！」

雪乃はその叫びにくすくすと笑い、それからおいてある魚に目を留めた。

「あら、美味しそうなお魚。これ頂いてもいいのかしら？」

「ルミちゃんから、とうみんのおれいだって！」

空がそう言うと、ルミは魚の入った包みをサッと雪乃の方に押し出した。

「これをあげるから、紗雪ちゃんを私の縄張りに向かわせないでね！　くれぐれも、お願いします！」

ルミは軽い口調も消え失せるほど、紗雪と顔を合わせるのが嫌らしい。

雪乃が魚を受けとると、くれぐれもと何度も念押しして、逃げるように山へと帰っていった。

「美味しそうねぇ。空、この魚どうする？　お夕飯で一匹食べる？」

ルミを見送っていた空は雪乃の言葉に少し考え、首を横に振った。

「みんなとたべたいから、きょうはがまんする！」

「偉いわ。じゃあ明日まで氷室で保存しておくわね」

「うん！」

美味しい物は、皆で食べたほうがもっと美味しい。空はそれをよく知っている。

「はやくあしたにならないかなぁ」

「ふふ、もうすぐよ」

お代わりの芋餅を受け取りながら、空は流れてゆく白い雲を眺めた。

まだ時刻は朝の十時。今日は空にとって、とても長い一日になりそうだった。


長い一日がようやく過ぎた、次の日の朝。

空は起き抜けに縁側の窓から外を見て天気を確かめ、大きなあくびを一つこぼした。服はまだパジャマのまましだし、朝の光が眩しい以外の理由で目も半分閉じている。

ぼんやり廊下に立ち尽くしていると、そこにヤナがパタパタとやって来た。

「空、もう起きたのか？　まだ早いぞ？」

「ん……ヤナちゃん、おはよ……なんか、あんまりねむれなくて」

そういう割には顔はとても眠そうだ。ヤナはその顔を覗き込み、動きの鈍い体をひょいと抱き上げた。

「まだ眠いのであろ？　昨日はよく眠れなかったか？」

「うん……たのしみで、どきどきして……おきちゃった」

抱っこされてゆらゆらと揺すられると、空の口からまたあくびが零れる。

ヤナはそのまま空をまた寝室に運び、渋る空を布団に寝かせるとトントンと優しく胸を叩いた。

フクちゃんもやってきて、空の耳元でピ、ピ、と規則正しく小さな声で鳴いている。

「紗雪たちが来るのは昼頃だ。もう少し寝るとよい。まだ朝食にも早いのだぞ」

「でも……じゅんびとか」

「昨日のうちに幸生たちがちゃんと済ませておるぞ」

そもそも空に出来る準備など特にないのだが、それでも何かしていないと落ち着かないのだ。

「空に出来る準備は、よく寝てゆっくり休んで、久方ぶりに会う兄弟たちと元気に遊ぶことだぞ？」

「そっかぁ……うん……」

もにょもにょ言いながら空はことんと眠りに落ちた。すーすーと穏やかな寝息が聞こえてくる。

ヤナはその様子をしばらく眺めたあと、枕元にちょこんと座るフクちゃんに後を頼んで台所へと向かった。

「ヤナ、空はどうしたの？」

ヤナが台所に入ると、雪乃が振り返って問いかけた。先ほどまで二人で朝食の支度などをしていたのだが、空が起きたことにヤナが気付き様子を見に行ったのだ。

「まだ眠そうだったので寝かしつけてきたのだぞ」

「起きる時間には早いものね。目が覚めたのかしら」

「家族が来るのが楽しみで、あまりよく眠れなかったようだ。大あくびを何度もしていたぞ」

その言葉に雪乃は納得して、ふふ、と嬉しそうに笑う。

「気持ちはわかるわ。私もとっても楽しみだもの」

「ヤナもだぞ！」

「幸生さんもね、昨日はよく寝られなくて、いつもよりずっと早く起きて周辺の見回りに行ったのよ」

「そういえば、幸生も随分早起きだったな。皆一緒か」

「ええ」

雪乃もヤナも、ここ数日は普段使っていない二階の部屋を掃除したり、客用の布団を干したりと忙しくしてきた。

幸生もこまめに家の周辺を見回って、危険な植物の一本も見逃さないように安全点検をしていた。

誰もが、紗雪たちが来るのを心待ちにしている。

「朝ご飯、少し遅くしようかしらね」

「そうだな。もう少し空を寝かせておこう。今のうちにおにぎりを作るのだぞ」

今朝は大きな釜いっぱいにご飯を炊いたのだが、二人はそれを手早くおにぎりにし始めた。朝食用のご飯を残して、おにぎりは紗雪たちを迎えてからの昼ご飯にしようと思ってのことだ。

「皆、どのくらい食べるかしら？」

「空ほどは食べぬだろうと思うが……後で大鍋をもう一つ出しておくか？」

今日から人数が増えるからと、昨日倉から出してきた大鍋や大釜が台所で存在を主張している。

お昼は豚汁にしよう、と準備にも余念がない。

「楽しみすぎて、作り過ぎちゃいそうね」

「そうしたら、きっと空が食べるのだぞ！」

やがて山ほどのおにぎりが食卓にずらりと並び、お腹が空いたと空が起き出すまで、二人のお喋りと料理は楽しく続いたのだった。


そして、昼の少し前。

空は幸生と雪乃に連れられてバスに乗り、隣の魔狩村の外れにある駅に来ていた。

最寄りの小さな駅は無人で、電車に乗る時はあらかじめ役場で切符を買う方式だ。なので駅舎も改札も通り抜けは自由で、客人を迎えに来た者はホームに入ってもよいことになっている。

空は駅に着いてからずっと落ち着かず、ホームと駅舎、そして駅前で待ってくれているキヨと田亀のところを行ったり来たりしていた。

「まだかなぁ……」

「もうすぐよ」

このやり取りももう飽きるほどしている。空は心を落ち着かせようとキヨの顔をさりさりと撫でる。

「ピ、ピピピ！」

フクちゃんが空の首元で自分も撫でろと自己主張を繰り返すくらいには、もうかなり何回もキヨを撫でているのだが、空はちっとも落ち着かなかった。

「空くん、楽しみすぎて気もそぞろって感じだな」

「うん……ごめんねキヨちゃん」

空がそう言うと、キヨはグルルと低い声で鳴いた。

「気にしてないってよ」

「ありがとう、たがめさん……」

空は田亀とキヨに礼を言い、振り向いてまた駅舎に向かって歩き出す。フクちゃんを撫でても、キヨちゃんを撫でても、空の気分は落ち着かないままだ。

（皆……変わってたりするのかなぁ）

父である隆之や、母の紗雪は一年くらいでは変わりはしないだろう。けれど兄弟たちはどうかわからない。

空は時折鏡を見て自分の伸びた背を確かめては、今の陸もこんなだろうかと考えてきた。ならば兄の樹や、姉の小雪はどうだろう。

（一年って……長いなぁ）

魔砕村は何もかもが驚きに満ち、空がここで過ごした時間はあっという間だった気がする。けれどこうして家族の姿を思い浮かべてみると、一年前に別れた姿しかもう思い出せないし、気付けばそれも何だかおぼろげなのだ。

早く皆の姿が見たいと思いながら、空はとぼとぼと駅舎の中を歩く。すると、不意にホームから名を呼ばれ、空はパッと顔を上げた。

「空、来たわよ！」

「ほんとっ⁉」

空はタッと走り出し、急いでホームにいる幸生たちのところへ向かった。

「ほら、見えたわ！」

「わっ、ほんとだ……！　ままたち、あれにのってる⁉」

「ええ、きっと。さ、ちょっと下がって待ちましょうね」

まだ遠い列車を見ようとピョンピョン跳ねる空を捕まえ、雪乃はホームから少し下がった。

空は少しずつ近づいてくる列車を食い入るように見つめている。

走ってくる列車は、空がここに来たときに乗ったのと同じ物々しい装甲列車だ。そのせいか空が知る前世の電車よりも速度が遅いように見え、列車がホームに入ってくるまでの時間が空にはやけに長く感じた。

そんな長いような短いような時間が過ぎ、やがて列車は静かにホームに滑り込んだ。

以前乗った時は気付かなかったが、魔力機関で動く列車は、止まる時にもほとんど音が立たないのだ。空はそれにようやく気付いたが今は驚くどころではない。さっきから自分の鼓動がうるさくて仕方がないのだ。

雪乃に下ろされ、空は少し離れた場所から列車の扉が開くのを固唾を呑んで見守った。

プシュ、と小さな音がして、扉がゆっくりと開く。その途端、そこから小さな影が一つ飛び出した。

「そらっ‼」

「あ……りく！」

誰よりも早くホームに降り立ったのは、弟の陸だった。ずっとずっと会いたかった姿を見て、空も思わず駆け出した。

「陸、待ってったら！」

後から慌てて紗雪が顔を出したが、二人共もはやお互いしか見ていない。

空と陸はお互いが出せる最高速度で真っ直ぐ駆け寄り——そして正面からゴチンとぶつかった。

「うひゃっ⁉」

「わきゃっ‼」

そっくり同じ声の悲鳴は、どちらが上げたものだったのか。

以前よりずっと力も強くなり、足も速くなった二人は真正面からぶつかり、尻餅をついて後ろにころりと転がった。ちなみにフクちゃんは駆け出した空に置いて行かれて肩から落っこち、慌てて飛んで地面に下りていた。

「いったたた……」

「うう、いたぁい、そらぁ」

「二人共、大丈夫⁉」

慌てて雪乃と紗雪が駆け寄り、転がった二人をそれぞれに起こす。空と陸は赤くなった額を抑えながら起き上がり、そしてようやく間近で顔を合わせた。

「そら……そらだ！」

「りくだ！　りく、あいたかった！」

二人は少し髪の長さが違うだけで、他はそっくり同じに見えた。背丈も、体つきも、頬の丸さも。

もう空は陸の弟のようには到底見えない。どこから見ても、二人は双子にしか見えなくなっていた。

「そら……ぼくと、おんなじになった？」

「うん！　ぼく、げんきになって、りくとおなじに、おっきくなったよ！」

「げんき……よか、った、そら、も、しんじゃわない……う、ふえぇぇぇ……」

「……りく、りくぅ、うぅぅうぇぇぇん！」

陸は空が元気になったという手紙を読んでもらっても、心のどこかでずっと心配していたのだろう。陸の保育園で死んでしまったウサギのように、空がいつか冷たく動かなくなってしまったらという不安がその心の奥底にあったのだ。

顔を合わせて、その姿を見て、やっとその不安が涙と共に溶けて消えてゆく。泣き出した陸に釣られて、空も声を上げてボロボロと涙をこぼした。

同じ姿で、同じ顔で泣いている二人に紗雪が手を伸ばし、二人ごと抱き上げてギュッと抱きしめる。良かった、と呟いた紗雪も涙を流していた。

列車から下りてきた隆之も目尻を拭い、樹や小雪もぐすぐすと鼻を鳴らしている。

雪乃も涙を拭きながら微笑み、幸生は少し後ろで天を仰いでいた。


ひとしきり泣いた後、二人は落ち着きを取り戻して紗雪に抱きついた。幼児二人を抱えても紗雪の腕は揺るぎもしない。

「まま、あいたかった！」

「ママもよ……空、元気になって良かった！」

「まま、まま！　そら、ぼくとおんなじ！」

「ええ、同じね。良かったわね、陸」

笑って二人を抱きしめ、それから紗雪はくるりと振り向いて空を隆之に渡す。

隆之は空の体を高く持ち上げ、その重さを確かめて泣き笑いのように表情を崩した。

「空……空、大きくなって……重くなったなぁ。ほんとに元気になったんだな……」

「うん！　ぱぱ、ぼく、げんきになったよ！」

「じゃあ、約束通り外でいっぱい遊ぼうな！」

「うん！」

隆之が空を下ろして涙を拭うと、今度は両脇から樹と小雪に抱きつかれた。

「空、おっきくなったな！」

「ほっぺたも、まるくなったね！」

樹が空の髪をかき回し、小雪が丸くなった頬をぷにぷにと突く。

「えへへ、ありがと！」

空が笑顔で二人の顔を見上げると、二人は瞳を潤ませて、けれど同じようににっこりと笑った。

「空が元気になって良かった……皆で外で遊べるな！」

「うん！」

「りくも！　りくもそらとあそぶ！」

紗雪の腕から下りた陸もまた空に突撃して、兄弟は一塊になって明るい声で笑い合った。

公園での遊びも、部屋での兄弟げんかも、空だけは体が弱くて参加したことはなかった。どんなことでももう一緒に出来ると思うと子供たちの顔が綻ぶ。

「空、良かったわね。皆に元気な姿が見せられて」

「うん！　すっごくうれしい！」

空は陸としっかり手を繋いで、雪乃に頷く。雪乃の後ろでは幸生がまだ天を仰いでいた。


杉山家の一家が一年ぶりの再会を果たし、祖父母とも久しぶりに顔を合わせた後。

「このこ、フクちゃん！　ぼくのしゅごちょーなの！」

「えー、かわいーい！　さわらせて！」

空は幸生の肩の上で大人しく待っていてくれたフクちゃんを回収して、皆に紹介した。

可愛いものが好きな小雪が大喜びでフクちゃんを撫で、樹も陸も興味津々で空の手に乗る小さな姿を覗き込んだ。

「空、身化石から孵《かえ》すなんて、すごいねぇ」

「可愛い小鳥だなぁ。空の好きな色だね」

「うん！　フクちゃん、すごいんだよ！　ぼくのこと、いっつもたすけてくれるの！」

フクちゃんは普段は可愛いだけの小鳥だが、いざという時はとっても頼りになる。

空が大きく手を振りながら一生懸命説明すると、フクちゃんは嬉しそうにその肩の上でぴゅるぴゅると囀った。

「しゅごちょーが石から生まれるって、何かすっげー！　俺もそんな石探したい！」

「私も！」

「りくもー！」

「いっしょにさがそ！　あ、あとね、テルちゃんっていうこもいるんだよ！　いまはねてるから、あとでしょーかいするね！」

「えー、その子もかわいい？」

「空の周りは賑やかなのねぇ。楽しみね」

聞いてほしい楽しい話が次々出てきて、話は尽きない。

そんなふうに賑やかにお喋りをしながら一行は駅舎を通り過ぎ、駅前の広場に来たのだが。

そこで杉山家の家族はさっそく揃って目を大きく見開き、ぽかんと口を開けた。

「カメー!?　すっげーでけー!!」

「キャー！　なにこれ！」

「わぁ……かめさん！」

樹は驚きながらも目を輝かせ、小雪はちょっと腰が引けつつも興味津々で遠巻きにキヨを眺める。

陸は少し驚いたようだが、物珍しそうに真っ先に近づいていった。

空はそんな兄弟たちそれぞれの反応を見て、目を見開いた。

（皆ビックリしてるけど、あんまり怖がってない……僕より順応性高そう……！）

少々負けたような気分を抱えて、空はふと後ろにいる両親の方を振り向いた。

「キヨちゃん、すっかり大きくなったのねぇ」

紗雪はキヨのことを知っていたようで、嬉しそうな顔をしている。しかし父の隆之は。

「か、カメ……バス……？　え？　バス？　カメ大きすぎない？　え？」

頭の上に疑問符をいっぱいに浮かべ、若干青ざめた顔で遠くを見る眼差しをしていた。

それを見て空は何だか深く安堵し、すすす、と隆之の傍に近寄ってその手をきゅっと握る。

隆之はその感触にハッと我に返り、空を見下ろして顔を引き締めた。

「だ、大丈夫だぞ空！　か、カメさん、すごいな！」

まだ少し顔は引きつっているが、とりあえず意識は取り戻したらしい。

空はこの村に来て以来、初めて仲間を見つけたような心地で隆之に優しい笑みを向けた。

（パパとは、わかり合えそうな気がする……！）


一家は田亀とキヨに挨拶をして、さっそくバスに乗り込んだ。

ドスドスとキヨが走り出すと、子供たちが嬉しそうに歓声を上げて窓の外を見る。しかしまだ見えるのは木々ばかりだ。

「すっごい木ばっかり！　あと山が近い！」

「キヨちゃん、はやいねー！」

窓の外の木々はようやく緑の芽が出そろってきたところで、山はまだ淡く優しい黄緑色だ。常緑樹ももちろん多くあるが、それでも遠くから見れば全体的には淡い色をしていた。

「ぼくね、きみどりのやま、すきなんだよ！」

「きれーないろだね！」

空はこの春に初めて知ったその色が好きだと、陸に山を指さして教えた。陸も景色を眺めて頷く。

ようやく雪が消え、耕し始めたばかりの田んぼや畑のただ中をバスが走る。

子供たちは山に囲まれた風景を面白がり、要塞のような魔狩村を見てカッコいいとはしゃいだ。

隆之の顔だけは魔狩村を囲む高い壁を見て少々引きつっていたが。


やがてバスは峠を越え、魔砕村へと辿り着く。

「ここが空の住む村？　山と田んぼばっかりだなー」

「なにかおもしろいこととか、かわいいものあるかなぁ」

「そらのむら……ぼくもすみたいなぁ」

外を眺める陸がそう呟き、空は陸の手をぎゅっと握った。顔を見合わせて、空は陸に明るい笑顔を見せる。

「りく、たのしいこといっぱいあるから、いっしょにあそぼ！」

「……うん！」

頷く陸の頭を、隣に座っていた紗雪が優しく撫でる。

「何日も泊まるから、沢山遊べるわよ！」

「うん！　いっぱいあそぶ！」

陸が笑顔で元気良く頷いたそのすぐ後に、外を眺めていた樹が突然大きな声を上げた。

「ええっ⁉　何あれ！　か、カブトムシ⁉」

その声に釣られて外を見れば、少し離れたところに見える林の縁で、子供たちが巨大なカブトムシを狩っている。空が初めて魔砕村に来た時に見たものと同じ光景だ。

（皆も、さっそく田舎の洗礼を……⁉）

と空は心配して樹や小雪の顔を見た。

「か、かっけー‼　なにあれ！　え、俺もやってみたい！」

「あの男の子たちすごぉい！　かっこいい！」

しかし二人は何故か目を輝かせている。空のほうがその反応に呆気にとられてしまった。

「え……おにいちゃんたち、あれ、こわくないの？」

「カブトムシ？　いや、怖いけど、でもすげーカッコいいじゃん？　ここってやっぱすっごい魔境なんだな！　強い魔獣とかいるのかな⁉　冒険者とかも見てみたいよなー！」

「あの子たち、私とおなじくらい？　もうちょっとおっきいかな？　そら、知ってる子がいたらこんどしょうかいして！」

二人の感想はとても逞しい。

空が遠い目をしていると、服がつんと引っ張られ、振り向くと陸も目を輝かせていた。

「そら！　そら、むしすごい！　そらもとった⁉」

「ぼ……ぼくはとって、ない……かな？」

残念ながら捕ったのはフクちゃんで、空は巨大なカブトムシに捕られかけ、助けてもらったほうだ。それは言わずに首を横に振ると、陸は笑顔で頷いた。

「じゃあ、りくといっしょにとろ！」

「えええぇ……う、うん……」

空は自分とは違う、生粋の子供が持つ順応性の高さや好奇心の強さ、恐怖心の無さを目の当たりにして思った。

（……あああ、羨ましい！　僕も、今すぐ前世の記憶を捨てたい!!）

空のそんな気持ちに共感してくれそうなのは、カブトムシの大きさを見て、とんでもないところに来てしまった……と小さく呟き遠い目をしている隆之だけだった。


約一名が呆然としている間にもバスは順調に村の中を走り、米田家の門の前で動きを止めた。

「はい、到着だよ。お疲れ様」

「ありがとうございます、田亀さん」

「ありがとーございましたー！」

紗雪が礼を言うと、その後に続いて子供たちが声を揃えてお礼を言い、元気に駆け下りる。田亀は賑やかな様子に目を細め、家に向かって駆けて行く背に手を振った。

「皆元気が良いなぁ。どこかに皆で出かける時は、気軽に声を掛けてくれよな」

「ええ、その時は連絡するわね。どうもありがとう」

「うむ、助かった」

「ええと……どうもありがとうございました」

雪乃と幸生がバスを降り、呆然としていた隆之もハッと我に返って礼を言い、後に続いた。

その都会の人らしい反応を逆に珍しく思いながら、田亀はキヨと一緒に帰っていった。


「ぱぱ！　ここがじぃじのおうち！」

田舎の立派な家を見上げる隆之のもとに空が走ってきて、その手を取って歩き出す。

隆之は家を見て、前庭やその先に続く土地に視線を向けて、空がこの広い家で伸び伸びと暮らしていることを感じて目を細めた。

「空は、ここで暮らしてるのか。広くて良いなぁ」

「うん！　おにわも、はたけもひろいよ！」

「おお、よく来たな！」

皆で家の中に入ると、玄関ではヤナが待ち構えていた。

「あ！　もしかして、ヤナちゃん!?」

「ヤナちゃんだ！　えー、すごいかわいい！」

「ヤナちゃん！　しってる！　きんいろのおめめだ！」

子供たちがキャアキャアと声を上げる。雪乃や空が書いて送っている手紙の中で、ヤナの存在を知っていた子供たちは大喜びだ。

「何と、ヤナのことを知っていてくれたのか！　嬉しいのだぞ！　しかし、いっぱいおるなぁ」

一気に増えた子供たちに、ヤナは嬉しそうに目を細める。

「さあさあ、遠慮せず上がるのだぞ。皆で昼ご飯にしような」

「おじゃましまーす！」

「すいません、お邪魔します。お世話になります」

子供たちは元気に挨拶をし、靴を脱いで家の中に駆け込んだ。その後に紗雪と、ペコペコと頭を下げながらの隆之が続く。

「わ、何これ！」

「こういうの、れとろっていうんでしょ！　おしゃれー！」

「あったかぁい！」

樹たちは初めて見た囲炉裏に歓声を上げ、隣の床の間や神棚を物珍しげに眺め、長い廊下や縁側をくるくると走り回る。紗雪が止めようとしたが、興奮した子供たちは空も交えて駆け回った。

「ごめんね、父さん、母さん。うるさくて……」

「すみません……」

紗雪と隆之は頭を下げたが、雪乃たちは気にしなかった。

「良いのよ紗雪。私たち、こんな光景が見られるのをずっと楽しみにしてたんだもの」

「そうだぞ、紗雪。ヤナだってずっと待ってたのだぞ」

「うむ……紗雪、おかえり」

幸生が頷き、そう呟くと紗雪はハッと顔を上げた。

「……ただいま、父さん、母さん、ヤナちゃん」

「おかえり、紗雪」

「おかえりなのだぞ！」

紗雪はきゅっと唇を引き結び、胸に湧いた想いを堪えた。

長い間帰っていなかった実家は、以前と変わらないところも変わったところも入り交じっている。

雪乃や幸生の顔の皺も知らぬ間に増えた。

けれど火が灯された暖かな囲炉裏と両親の優しい声、ヤナの笑顔は変わらない。

紗雪が生まれた時からヤナは傍にいて、やがてその背を追い越し、今は随分小さく感じる。けれど紗雪を見上げる金色の瞳はちっとも変わらず煌めいている。

その瞳を見て、ようやく帰って来られたのだと紗雪は小さく息を吐いた。

「さぁさ、ご飯にしましょうね」

走り回って息切れした子供たちが囲炉裏の傍に戻ってきた頃合いを見て、雪乃がそう言って手を叩いた。

囲炉裏の間と続きの部屋の襖を開け放し、そこにあった木目が見事な座卓を幸生がちょうど良い場所に移した。更にどこからか少し小さい座卓も持ってきて、隣に並べる。

そこに雪乃や紗雪、ヤナが料理を次々運んだ。

（うわ、何かすごく、田舎の宴会スタイル！）

テレビの中で見たことがあるような光景に空はちょっと感動を覚えた。

田舎の実家に皆が集まって大人数で食事をする、というのは空にとって前世からの憧れの一つだったので、感動もひとしおだ。

重箱に並んだ沢山のおにぎりに雪乃の作った漬物。芋などの根菜の煮物や卵焼きに、鍋いっぱいの豚汁……ならぬ猪汁。

子供たちは目を輝かせて、しかし行儀良く並んで可愛くお腹を鳴らした。

「食べる前に、少し待つのだぞ。紗雪、空以外の子供らと、旦那の分をまず適当に取り分けるのだ」

「あ、そうね、ちょっと待ってね」

紗雪は急いで取り皿に、おにぎりやおかずを一通り取り分け、隆之と樹、小雪、陸の分をそれぞれの前に置く。

「今の魔力量を量るから、ちと背中に触れるぞ」

ヤナはそう言って、並んで座るそれぞれの背に軽く手を当てて回り、それから取り分けられた料理に手を伸ばした。

「皆思ったより魔力が多いようなのだぞ。だがやはり少し魔素を抜かぬと、ここの食べ物はお前たちには強すぎるようだの」

そう言って手を翳すと、料理から何かキラキラしたものがヤナの手に向かって立ち上っていく。

空はそれを見て目を見開いた。

「まそって、ぬいたりできるの？」

「出来るぞ。抜くだけじゃなくて、足したりも出来る。ただ、どちらも魔素そのものを扱う技術がそれなりに必要だの」

「そうね。たとえば私なら、抜くほうは出来るけど足すのはあまり得意じゃないわね」

「そういうのは善三が得意だ」

幸生の言葉に空はなるほど、と頷いた。

(付与とかそういう類いの技術が必要なのかな？)

ヤナはそれぞれの持つ魔力量に従って、料理から少しずつ魔素を抜く。抜いた料理は見た目には何も変わらなかった。

「さ、このくらいで良かろ。食べてよいぞ」

「いただきまっす！」

皆の分が揃うのを待っていた空は、許可が出た途端おにぎりを手に取って齧り付いた。

中身は焼き鮭を解《ほぐ》したものだ。中からほどよい塩気のごろごろの鮭が沢山出てきてとても嬉しい。

あっという間に半分ほど食べたところで、空はふと隣の陸の方を見た。

陸は空よりゆっくりと、けれど美味しそうにおにぎりを食べていた。周りを見れば、樹も小雪も美味しそうに卵焼きを食べたりおにぎりを食べたりしている。

「この卵焼き美味しいよ、おばあちゃん」

「おにぎりもとってもおいしい！」

「りく、おいもすき！」

「そう？　良かったわ。お代わりの時はまたヤナか私に声を掛けてね」

「はーい！」

お代わりの分もちゃんと魔素を抜く、ということらしい。

空は自分のおにぎりをもぐもぐと頬張りながら、魔素を抜いても味は変わらないのかが少々気になった。

「ねぇ、ヤナちゃん。あじってかわらないの？」

「うん？　うーん、どうかの？　ヤナのような魔素を食べる者は、抜いたものをあまり美味しいとは思わぬが……空にも少し、味が薄く感じるかもしれぬの」

「へ～！」

するとそれを聞いていた陸が顔を上げて、空が手に持つ二個目のおにぎりを見た。

「……りくも、そらとおなじのたべたい！」

陸は何でも空と同じがよいのだろう。しかしその言葉にヤナと雪乃、紗雪は顔を見合わせた。

「まだそのままは無理ね」

「うん……陸が空と同じのを食べるには、もうちょっとここに慣れてからじゃないとかなぁ」

「なんでだめなの？」

「魔素が多すぎて具合が悪くなっちゃう……そうね、食べるとお腹を壊したりするのよ」

「……おなかこわすの、やだなぁ」

紗雪の説明のうちお腹を壊すというのは陸にもわかったようで、しょんぼりしつつも諦めて頷いた。

「ここで過ごしていれば、多分少しずつ平気になるのだぞ。だから今は食べられるものを食べるとよい」

「はぁい」

陸は素直に頷いておにぎりの残りを口に運んだ。

「空は、いつも通り沢山食べなさいね」

「……うん！」

見た目は何も変わらないのに、魔素というのは不思議なものだ。そのうち皆一緒の料理を食べられる日が来るんだろうか。

魔素たっぷりの料理を美味しく頬張りながらそんなことを考えていた空は、その姿を陸がちらちらと見ていたことには気がつかなかった。


昼食の後、空は兄弟にテルちゃんを紹介することにした。

いつも首に提げているお守り袋には、テルちゃんの依り代の石が入っている。それを取り出し、空はまず陸に見せた。

「りく。これね、いろがちょっとかわっちゃったけど、りくがくれたいしなんだよ！」

「そうなの？　なんかきれいになってる！」

陸は半分だけ透き通った緑色に変わった石を見て、不思議そうに首を傾げた。

「テルちゃんがはいったら、かわっちゃったんだ。ね、テルちゃんおきて！」

空が呼びかけると、石がチカチカと瞬くように光る。

そしてそこから緑の煙のようなものがシュルリと立ち上り、それがポフンと霧散するとテルちゃんがぴょんと飛び出した。

「ひゃっ⁉」

「えーっ、かわいーい！」

「何これ！　これがテルちゃん？」

畳の上にスタッと降り立ったテルちゃんは、見知らぬ子供たちに少し戸惑ったようにキョロキョロと辺りを見回し、それから空を見つけてその足元に走り寄った。

「ソラ！　ソラ、ダレ？」

「あんね、ぼくのきょうだいだよ。おにいちゃんと、おねえちゃんと、おとうとのりく！　あとあっちにぱぱとままもいるんだよ。そんで、このこがテルちゃん！」

空はテルちゃんを抱き上げて、皆に見えるように差し出した。

「すごーい！　ぼくのいし、ようせいになった！」

「かわいい！　私にもだっこさせて！」

「空、これもすごいの？　何が出来るんだ？」

空はテルちゃんを小雪に手渡し、樹の質問には首を傾げる。空がテルちゃんに力を貸してもらったのはウメちゃんを梅の木から起こした時だけで、それ以来一緒に遊ぶことしかしてないのだ。

「うーん……よくわかんない！　でもかわいいから、いいとおもう！」

「イイトオモウ！」

空がそう言うと、テルちゃんも短い手をピッと上げて同意を示した。

「あはは、りくもいいとおもうー！」

その姿に、陸も笑って頷く。陸は自分の石を空が大事にしてくれていたことが嬉しいようで、にこにことご機嫌でテルちゃんを優しく撫でた。

そんなふうに和やかに過ごしていると、片付けを終えた雪乃と紗雪が居間に戻ってきて、空と陸に声を掛けた。

「さて……そろそろ、空と陸は少しお昼寝したらどうかしら？　今朝は皆早起きだったでしょう」

「そうね。樹と小雪はどうする？」

「俺、平気！」

「私もー！」

「じゃあ、二人はヤナと庭の散歩でもするか」

元気が余っている上の子二人はヤナに連れられて大喜びで庭に出て行った。

空と陸は、雪乃と紗雪に連れられて寝室に移動する。

お腹いっぱいになったせいか、皆の顔を見て安心したせいか、空も何だか眠くなってあくびが零れた。釣られたようにほぼ同時に陸も大きなあくびを零す。同じ顔で同じタイミングであくびをした二人を見て、雪乃と紗雪はくすりと笑った。

空は陸と一緒に布団に寝転がり、ごろりと向きを変えて隣にいる陸を見た。

東京の家にいた頃と同じように、陸がすぐ隣にいることが嬉しい。陸も同じ気持ちなのか、空の方を見てにこにこしている。

紗雪が二人に布団を掛け、その肩をポンポンとゆっくりと叩いてくれる。それも昔と一緒だ。

隣にある体温と、優しいリズムに空はすぐ眠りに誘われ、瞼を閉じた。

その閉じた瞼からほんの一筋零れた涙は、誰にも見られず静かに枕に吸い込まれていった。


一方、子供たちと女性陣がいなくなった居間では、残された幸生と隆之がどことなく気まずそうにお茶を啜っていた。

隆之は片付けや子供の世話の手伝いを申し出たのだが、気兼ねせずお茶でも飲んでいてくれと言われてしまったのだ。

囲炉裏の角を挟むようにして幸生と共に座り、手持ち無沙汰を誤魔化すように湯呑みを手にしながら、何か会話の糸口はないかと頭を巡らせる。

そもそも、実は隆之が幸生と顔を合わせるのはこれが二回目だった。

紗雪と結婚することになったときも、長男である樹が生まれたときも、実家に挨拶に行こうかと隆之は提案したのだがそのどちらも叶わなかったのだ。

まだその頃は魔狩村の外れまで線路は届いておらず、村も一級危険地帯だった。

隆之は学生の頃にダンジョンに行ったことがあったので一応探索者としてのライセンスは持っているが、ランクは高くない。それに一言でライセンスといっても、都会の探索者資格と田舎の危険地域居住資格ではまったくその効力が違う。

田舎では無いも同然程度の資格しか持たない夫と生まれたばかりの子供を連れて紗雪が里帰りするには、魔砕村は少々危険すぎた。

加えてその頃は、雪乃や幸生では逆にライセンスのクラスが高すぎて、気軽に県外に出ることが制度的に難しかった、という事情もあった。様々な規制が緩和されたのは本当にここ数年のことなのだ。

それまでは外から来る者達などほぼ皆無で、かろうじて隣の魔狩村にそこまで自力で辿り着ける一流(?)の探索者がたまに訪れる程度だった。

線路の延伸や誘致、行き来の規制緩和のために、周辺地域の危険生物の間引きやヌシとの対話、結界の敷設など、村一丸となってしてきた様々な取り組みの結果が、今日の紗雪たちの里帰りなのだ。

結婚の報告や子供が生まれた報告、その子供たちの近況報告などは定期的にしてきたが、手紙でのやり取りだけで、それも紗雪が主にしてきた。

隆之はこの、そこにいるだけで威圧感のある義父と何を話していいのかわからない。

とりあえず手元のお茶をちみちみと飲みながら、早く誰か戻ってきてくれないかと考えていた。

すると、同じようにお茶を啜っていた幸生が、ふ、と一つ息を吐いて隆之に声を掛けた。

「……隆之くん」

「はっ⁉　はい！」

突然声を掛けられ、隆之がビクリと跳ね上がる。顔をそっと上げると、幸生と視線が合って一瞬震えそうになったが必死で堪えた。

「な、なんでしょう？」

声が裏返らないように気をつけながら聞くと、幸生は少し迷ったように目を伏せ、それからまた口を開いた。

「あの子は……紗雪は、都会で上手くやっていたか？」

その問いに隆之は目を見開いた。唐突に紗雪のことを聞かれるとは思ってもみなかったのだ。隆之は少し考え、表情を引き締めて幸生を見つめ返した。

「……紗雪は、その、すごく良い妻で、良い母です。僕は結婚してから、助けられるばっかりです」

隆之がそう言うと、幸生はうむ、と頷く。

「……手紙では、君とは仕事先で出会ったとだけ書いてあった」

「ああ……紗雪は詳しい事は書かなかったんですか？」

「うむ」

田舎を飛び出した紗雪が、友人の姉を頼ったというところまでは、幸生たちは知っていた。しかし元気にやっていると言うばかりで、その後どんな仕事に就き、どんな生活をしているかまでは紗雪は知らせてこなかったのだ。

結婚報告の手紙で、仕事先で出会った人と結婚する、と書いてあったがその詳細も幸生は知らなかった。

幸生が言葉少なにそれを告げ、心配していたのだ、と言うと、隆之は申し訳なさそうに頭を下げ、それから紗雪との出会いを思い返した。

「僕と紗雪は、彼女が働いていたレストランで知り合ったんです。僕がよく行ってたお店で彼女が働き始めまして」

レストランで働き始めた当初は幾らか失敗もしたようだが、仕事に慣れてからの紗雪はあっという間に常連の間で有名になった。

細い腕に大量の料理の皿を載せて軽々と運び、誰よりも素早く店内を移動する可愛い子がいると。

何か魔法を使っているのか熱い鉄板でも平気で手で運び、後ろに目が付いているように酔っ払いやナンパ男の接触を避け、注文をしようと顔を上げれば呼ぶより早く傍にいる。

そんな姿が気になって見つめるようになり、常連として少しずつ会話を交わし、ゆっくりと親しくなってから、隆之は勇気を出して紗雪をデートに誘ったのだ。

その身のこなしから紗雪がただ者ではないことはわかっていたが、朗らかな性格に隆之はすっかり惚れ込み、その出自など気に掛けることはなかった。

結婚する前に両親に挨拶に行きたいと言ったら実家は一級危険指定区域だと打ち明けられ、流石にその時は目を剥いたのだが。

「紗雪はすごく有能でレストランでは重宝がられていました。僕と結婚してしばらくしてから子供が出来たので仕事を辞めたんですが……僕は店主にすごく文句を言われましたよ」

しばらくは料理が来るのが自分だけ遅かったり、少しばかりご飯が少なくなったりした気がしたほどだ。

「そうか……紗雪が、食堂の給仕か」

幸生は意外そうにしつつも、愛想がよく身体能力も高い紗雪には案外向いていたのかもしれないと頷いた。

「紗雪は、楽しそうにしていたか？」

「ええ、いつも。店が忙しくても彼女は笑顔でくるくると働いて、とても楽しそうでした。僕はその笑顔に惹かれたんです……本当は、もっと早く挨拶に来れたら良かったんですが」

そう言って肩を落とした隆之に、幸生は首を横に振った。

「今で良かった。君と子供たちに囲まれて、紗雪は幸せそうだ。それが何よりだ」

「……ありがとうございます」

ぽつりぽつりと、紗雪と隆之の思い出話を聞きながら、幸生は脇に置いてあった急須を手に取って中身を入れ替えた。囲炉裏に掛けてあった鉄瓶を外し、お湯を注ぐ。

二つの湯呑みに新しいお茶を入れ、また先ほどまでと同じように二人はしばし黙ってお茶を飲んだ。

気付けばいつの間にかその時間は、気まずい物ではなくなっていた。


久しぶりの再会と団らんを終えた、その夜。

杉山家の家族は二階の部屋に泊まるため、皆ではしゃぎながら布団を何枚も敷いた。

米田家は一部が二階建てで、昔は二階には紗雪の部屋と客間があった。紗雪が家を出て東京で結婚し子供を産んだ後に部屋は改装され、壁を取り払って続きの畳の部屋にしてある。いつか紗雪が家族を連れて里帰りすることが出来るように、と幸生が提案して広くしたのだ。

昔使っていた机や棚はその一部が部屋の端に残ったままで、紗雪は布団を敷き終えてから、懐かしそうにそれらを眺めた。

「まま、ここでべんきょうしたの？」

空が聞くと紗雪が頷き、机に残った傷や、一カ所だけ不自然に丸くなった角を指先でなぞった。

「ママはあんまり勉強が好きじゃなかったけどね。懐かしいなぁ……これは夏休みの工作をしていて、彫刻刀で板を削ろうとしてうっかり下まで削っちゃったときの傷ね。板がちょっと堅かったから彫刻刀と腕に強化を掛けたらやり過ぎちゃって」

失敗しちゃったのよね、と言って紗雪がなぞった場所には、色の違う大きな傷が残っている。どうやら大きく深くえぐってしまった場所に他の木片を埋め込んで表面を削り、磨き直してあるらしい。

その丁寧な仕上がりに、空は何となく善三の顔を思い浮かべた。

「……かどのまるいのは？」

「それも、身体強化の練習をしていて、うっかり掴んだらパキッと欠けさせちゃって……後で綺麗に削り直して、不壊の付与もしてもらったのよ」

ママはうっかりが多かったらしい、と空は一つ学んだ。そして多分その修繕にも善三が駆り出されている気がする。

「空も、良かったら学校に通うようになったら使ってね。もし新しいのが欲しかったら……ママたちが東京から送るか、善三さんに新しいのをお願いしようかしらね？」

「ぼく、ままのでいいよ」

不壊が施されているなら、空がうっかりしても大丈夫そうだ。それに、きっとその傷を見たら母を思い出すことが出来る。

そんな紗雪と空の会話を、布団に転がってお泊まりにはしゃいでいた樹たちが聞いていた。

「そっか……空はこのまま、ここで小学校行くのかぁ」

「うん……つくえ、三つになっちゃうね」

東京の家の子供部屋には、樹と小雪の勉強机が隣り合わせて並んでいる。陸が小学生になる頃には、きっともう一つ増える。けれどそこに空の分が並ぶことはない。それに思い至って、二人は何だか急に寂しくなった。

傍にいる陸はもっと寂しそうな顔をしている。陸はギュッと口を引き結んで立ち上がると、紗雪

と空の所に走り寄って二人にドンとぶつかった。

「わっ」

「あら、陸？　どうしたの？」

「……もうねる！　いっしょに、ならんでねるの！」

陸は紗雪のパジャマのズボンと、空のパジャマの背を強く掴んで、ぐいぐいと引っ張る。空はちょっと照れくさそうに、けれど嬉しそうに陸に頷いた。

「ならんでねよっか！」

「うん！」

その日、兄弟は四人で並んで眠りについた。

まだ寝相の悪い子供たちがごろごろと転がってあちこち向いてしまうのも、紗雪と隆之にとっては愛おしい。

明日も、皆そろって朝を迎えられる。

それが誰にとっても嬉しい、優しい夜だった。


次の日の朝。

空は紗雪に優しく起こされ、ぼんやりと目を覚ました。隣を見れば、鏡の中でよく見る顔がすぐ近くにある。およそ一年ぶりのその光景は懐かしく、そして何だか少し切なかった。

「りく、おはよ」

「んー……そら、おはよ……」

体を起こして陸に声を掛けると、まだ半分寝ぼけているような声が返る。

空は一つあくびを零し、窓の外に目を向けた。今日は外は良いお天気のようだ。

「二人共、起きて顔を洗って、ご飯にしましょ。今日は良い天気だから、外で遊べるわよ？」

「そと……あそぶ！」

紗雪の言葉に陸はハッと目を開けてガバリと起き上がった。それからゴシゴシと目を擦り、ぱっちり目が開くと空の方を振り向く。

となりに確かに空がいることを確かめ、陸はパッと花が咲いたような笑顔を浮かべた。

「そら、おはよ！　なにしてあそぶ？」

「りく、おはよ。きょうはねー……」

外に行こうよ、と言いかけたところで空のおなかがぐるるるる、と盛大な音を立てた。

「……ごはんにしよ！」

「あはは、そうね。まずご飯食べなきゃ。お腹いっぱい食べて、遊ぶのはそれからね！」

「うん！」

陸は頷き、立ち上がるともそもそ服を脱ぎ出す。

空も服を脱いで、紗雪が渡してくれた服に着替えた。

「あ、これ……りくとおそろいだ！」

「ほんとだ！」

紗雪が用意した服は、水色と緑で色こそ違うが、全く同じデザインの色違いの物だった。大きさもピッタリ同じで、空と陸は自分の着ている服とお互いが着ている服を見比べ、にこりと笑う。

空が東京にいた頃は、空のほうが陸よりずっと成長が遅く、揃いの服を着ることはあまりなかった。空の服は陸のお下がりで事足りたし、外にもほとんど出ないので普段着ているものはパジャマのような部屋着ばかりだった。

「なんか、ふたごみたい！」

「ふたごだもん！」

空が言えば、陸が応える。二人で視線を合わせれば、もうその高さに差は少しもない。二人共それが嬉しくて、顔を見合わせてくふくふと笑う。

「まま、ありがとう！」

「ありがとー！」

同じ服を揃えておいてくれたことが嬉しくて、空と陸は傍にいた紗雪に両側から抱きついた。紗雪は笑って二人を抱きしめ、それから両腕でそれぞれを抱き上げた。

「どういたしまして！　さ、二人共ご飯に行くよ～！　お兄ちゃんたちがきっと待ちくたびれてるわ！」

抱き上げられてキャアキャアとはしゃぐ二人を軽々と抱え、紗雪は足取りも軽く階段を駆け下りる。

「まま、ちからもちで、すごい！」

「すごーい！」

「そうよー、実はママって結構すごかったのよ？」

やはり母は米田家の人間なのだな、と納得しつつ、空は陸と一緒にはしゃいで笑った。

そんなやり取りの一つ一つが、空には全部楽しく、嬉しかった。

そして賑やかな朝食を終えた後。

「さて子供たち。ヤナと一緒にまた外に出てみるか？　今日は天気が良いのだぞ」

「いくー！」

ヤナが子供たちを見回して声を掛けると、陸が真っ先に手を上げて頷いた。

昨日は昼寝から目覚めた後、雲が出て日が陰り冷たい風が吹いたので、子供たちは家の中で遊んでいたのだ。陸だけがまだ庭に出ていない。

「りく、あんね、ここのおにわ、りくのすきそうないしがいっぱいあるんだよ！」

「ほんと？　りく、いしひろいしたい！」

陸が目を輝かせてそう言うと、昨日庭に出た樹と小雪が頷いた。

「そういえば、空が送ってくれたみたいな変な石がいっぱいあったよ」

「きれいなのもありそうだったよね！」

「ふふ、身化石探し、懐かしいわね。じゃあ皆で外に出てみようか」

「うむ、一緒に行くぞ」

ヤナと紗雪に連れられ、子供たちは上着を着て玄関に向かった。するとそこには幸生が何かを手に待っていた。

「じぃじ、どうしたの？」

空が駆け寄ると、幸生は無言で手にしたものを樹たちに差し出した。空はそれが何であるか、すぐにわかった。

「あ、わらじだ！　いっぱいある……じぃじ、これみんなの？」

「……うむ。それぞれにある」

幸生はまだ空以外の他の孫たちに少々緊張しているらしく、言葉少なに頷いた。樹たちにも、寡《か》黙《もく》で強面な祖父への少しばかりの恐れや遠慮がまだ垣間見える。

空はそんな兄弟たちに代わって草鞋を受け取って、とりあえず一番上にあった小さいものを陸に渡した。

「これはりくのね！　で、こっちはおねえちゃん、おにいちゃん」

陸は草鞋を受け取って不思議そうにしていたが、空はそれを履かせるのはヤナや紗雪に任せ、一回り大きい物を小雪に、さらに大きい物を樹にそれぞれ渡した。皆戸惑いつつも受け取り、口々に幸生にお礼を言う。

そして、最後にもう一つ大人物のような大きさの草鞋が残った。

「このおっきいの……あ、もしかしてぱぱの？」

「うむ」

空が見上げると幸生が頷く。玄関の端にいた隆之は自分の物もあると知って驚いたような顔をしていた。

「はい、ぱぱ！」

「僕の分まで……ありがとうございます、お義父さん」

「うむ。完全防御付きだから、それを履いて安心して過ごすといい」

「か、完全防御……？」

それは草鞋に付けていい物なのか、と隆之の顔には書いてある。空はその気持ちがとてもよくわかる、と思いながら隆之に草鞋を渡すと、慣れた様子で自分の草鞋に足を突っ込んだ。

「そらとおそろいだ！」

ヤナに紐を結んでもらった陸が、嬉しそうに自分の足元と空を見比べて足踏みをする。

一方おしゃれが好きな小雪は、初めて目にする藁で編んだ履き物を何だか嫌そうに見ながら足を通していた。

「えー、これふくとあわないんじゃない？　はかなきゃだめ？」

「テレビとかで見たことあるやつだ！　渋くていいじゃん！」

樹は特に気にせず足を通し、隆之と共に紗雪に履き方を教えてもらっていた。

「ままはいいの？」

紗雪の分はなくていいのかと陸が聞くと、紗雪は笑って頷いた。

「ママは危険なものはちゃんとわかってるし、負けないから大丈夫よ」

（……さすがママ。やっぱりママも、魔砕村育ちなんだなぁ）

この間の保育所の様子やルミちゃんが語った話を思い出し、空は思わず遠い目をした。

その視界に隆之の姿が入り、空は何となく父を見上げる。すると彼は眩しいものを見るような眼差しで頼もしい自分の妻を見つめていた。

（パパもある意味相当、精神が逞しい……）

自分よりも遙かに強い女性をそうと知りながら口説き、結婚して家庭を築き、ビクビクしつつもその実家まで付いてきた男として、空は隆之をかなり見直したのだった。


安全対策もバッチリ出来たところで、杉山家の全員とヤナは一緒に外に出た。玄関から出て家の脇を通り抜け、裏庭に回るとその広さに隆之が目を見開く。

「裏は畑なんだね。広いなぁ」

「私がいた頃より少し広くなったかな？」

「うむ。空が来る前に幸生が裏山の方に少し敷地を広げたのだぞ。空の為に畑で育てる野菜の種類を増やしたいと言ってな」

木々を幾らか切り倒したり移動させたりして、敷地を広げてその境界に柵を建て直した、とヤナは言う。しかしそれを聞いた隆之は首を傾げた。

「空が来る前……え、そんなに短い時間で？」

「そんなもの、幸生にかかればあっという間なのだぞ。張り切りすぎて裏山を更地にしそうな勢いだったしの」

「ふふ、父さんらしい」

紗雪はそう言って笑ったが、それを聞いた隆之と空はよく似た顔でそんな紗雪の顔を見つめた。

「空、どうかした？」

「……ううん、なんでもない！」

父さんらしいという感想で済むのか、と少々驚いただけだ。すると、不意に空の服がつん、と横から引っ張られた。

「そら、いこ！　いしさがそ！」

「あ、うん！」

陸に焦れたように誘われ、空は頷いて駆け出した。

今の時期はまだ畑に作物は少ない。タマネギや菜っ葉の生えた畑はわかりやすいし、何かの種を蒔いたばかりの場所などは紐で区切ってある。

それらを踏んだりしないように、空は陸を連れて敷地の端へと向かった。畑ではない部分には少しばかりの果樹や庭木、紫陽花や椿などの低木が点在している。空はそれらの下を覗き込んで、適当な石を一つ拾うと陸に見せた。

「りく、ほらあったよ！」

「わぁ……きれい！」

拾った石は三分の一ほどが青っぽく透き通った石だった。形は少々歪で、陸の好みからは少し外れている。

「ぼく、まるいのさがしたいな」

「じゃあさがしてみよ！」

「うん！」

丸い石が好きな陸は、自分でも木々の下や雑草の間を覗き込む。

樹や小雪も一緒になって皆で庭を駆け回った。

子犬のようにはしゃいで駆け回る子供たちを見守る紗雪たちは、空が別人のように元気になった姿にまた少しだけ目尻を拭った。

「空……あんなに元気になって」

「本当に良かった……」

去年までの空からは信じられないその姿を見て、二人は心から安堵を覚えた。

昨晩、子供たちが寝静まった後、紗雪と隆之は居間で雪乃たちから空がこの一年どんなふうに過ごしていたのかを詳しく聞いたのだ。

体が成長し、友達ができたこと。未知の草や野菜に怯えながらも食欲を支えに少しずつ慣れていったこと。カブトムシに攫われかけ、フクちゃんという友を得たこと。コケモリ様の森に連れ去られ、村の子供として加護をいただいたこと……。

そして、ナリソコネに攫われた友達を助けに、山まで一人で行ってしまったことも。

「……ごめんなさいね。空を、危険な目に遭わせてしまって」

「すまなかった」

「すまなかった、紗雪。ヤナがもっと気をつけるべきだったのだぞ」

そう言って頭を下げる両親に、紗雪は首を横に振った。

「謝らないで、父さん母さん……ここがそういう場所だってわかっていて、それでも縋る思いで預けたのは私たちだもの……」

「ええ。危険な所だと覚悟して、それでも空が育つことに願いを託したんです」

そうは言いつつも紗雪たちの顔色は暗かった。空はもっと大人しい子供だという認識しか持っていなかった二人にとって、たった一年の間に自分から外に飛び出すほどに育ったことが嬉しくもあり恐ろしくもあるのだ。

ここで育てばやがては強くなるという希望もあるが、その前に何かあったらという不安もやはり湧いてしまう。

「……何だか、意外でした。空が自分からそんなふうに行動するなんて」

「本当ね。空にそんな自主性があったなんて……」

紗雪たちの驚きに、雪乃たちは顔を見合わせた。確かに魔砕村に来た当初の空は臆病で消極的な子供だった。けれど、それが変わっていくのもあっという間だったのだ。

「体が元気になったし、友達が出来たから変わったのかもしれないわね」

「うむ。それに空は我らが思うよりずっと賢いようなのだぞ。フクがいるから山まで行けると判断し、子供ながらにちゃんと出来るだけの準備して行ったのだ。幸生が与えた草鞋の守りや、コケモリ様のこともちゃんと頭に入れていたようだしの」

「うん……私たち、空は大人しい子だと思いすぎていたのかも。きっと本当は陸と同じで、とても元気な子だったのね」

魔力が足りず体が成長出来なかったせいで本来の性格が発揮できなかったのだとしたら、きっと苦しかったことだろうと紗雪と隆之は肩を落とす。

実際の空は前世から田舎に憧れるだけの生粋のインドア派だったので、親の認識は間違っていないのだが、残念ながらそれは二人の知るところではなかった。魔砕村に馴染むうちに散歩や外遊びも好きになったので、もうインドア派ではないかもしれないが。

「そうね。そういうことをもっと私たちも考えて、空が危ないことに巻き込まれないよう気をつけていくわ」

「うむ」

「空も保育所に行けば、きっともっと強くなるのだぞ。あまり心配するな」

ヤナの言葉に紗雪は村の保育所を思い出して頷いた。

紗雪が幼い頃はまだただの託児所のような場所だったが、村の第一線を引退したような老人たちがしょっちゅう遊びに来て、子供たちに色々な技術の基礎を教えてくれたものだった。

通っていた頃はただ楽しいとしか思わなかったが、ある程度大きくなると、あそこで学んだのは大事なことばかりだったと後から気付いたものだ。

空もきっとそんな経験をするに違いない。そうすれば、きっともっと強く逞しくなるはずだ。

「そうね……それならきっと大丈夫ね」

紗雪はそう考え小さく呟いたが、それでもまだ心のどこかに小さな不安を抱えたまま、夜を明かした。

けれど今、空はこうして青空の下で兄弟たちと笑顔で駆け回っている。それを見ていると紗雪は自分が抱いた不安が薄れていくような気がした。

「見ろ、紗雪。もう空はすっかり元気なのだぞ。ここにいれば、ああやって体も心ももっと丈夫になるのだぞ」

「そうね……やっぱり、空にはこの土地が合ってるのね。寂しいけど、こうして会いに来れるものね」

「うん。空が元気に過ごしてるのが一番大事だから、仕方ないね……」

かつての空は子供らしく大きな声ではしゃぐなどということとも無縁だった。ちょっと息を大きく吸えばすぐに咳き込み、それが止まらなくなればやがて熱を出して寝込んでしまうような子供だったのだ。

「ぱぱ、まま！　ほら、きれいなみけいし！」

見つけた身化石を両手で持って走ってきた空は、大きな声でそう言って笑う。

「はい、あげる！」

手にした石を隆之と紗雪の手に一つずつ置いて、空はまた庭を駆けて行く。

「走るのも以前よりずっと得意になったのだぞ。本人は村の子より幾分か劣るのを気にしておるようだが、日々成長しておる。だから、安心して良いぞ」

「ええ。ありがとうヤナちゃん」

「本当にありがとうございます」

「礼などいらんのだぞ。空が来てこの家が久しぶりに賑やかになって、こっちはむしろ喜んでいるのだからな。紗雪らはこうして、子供たちの絆が切れぬよう努力をしてやればそれでいい」

「そうね……そうするわ」

「ええ、必ず」

ヤナの言葉に二人は力強く頷く。こうして定期的に空に会いに来られるよう、それぞれに努力をしようと決意を新たにした。

大人たちが見守る先では、畑に近づきすぎた樹が謎の菜っ葉に足を絡め取られてステンと転び、それを空が慌てて救出しようとしている。

「うわ、何だこれ！　何で絡んでくるんだよ⁉」

自分の足に絡みつく菜っ葉を解きながら、樹は不思議そうに首を傾げた。空はそれに頷き、まだ絡んでいる葉っぱをぺしりと軽く叩く。

「おにいちゃんひっぱっちゃやだめ！」

空にメッと叱られて、葉っぱがシオシオと樹の足を離した。

「この葉っぱ……一人で動くの？」

「んとね、このはっぱは、ひまだといたずらするって、じぃじがいってたよ」

「いたずら……？」

樹がその言葉に混乱しているところに、今度は小雪がやって来て手に持った何かを空に見せた。

「ね、そら。これもみけいいし？　なんかまっくろくてまんまるなの」

空が振り返って小雪の方を見ると、手の上には五センチくらいの大きさの黒い球が載っている。

「あ、それはだん」

と空が口を開いた瞬間、黒い球がパカリと真ん中から割れ、そこから細い触角と何本もの足がちらりと現れた。

「っ!?　キ、キャアァァ！　なにこれイヤー!!」

「……ごむし、あぁ……」

空の言葉が届くより早く、小雪は手にしたダンゴムシを慌てて遠くに投げ捨てた。ダンゴムシはポーンと勢い良く飛んでいって、近くの塀に当たってカコンと硬質な音を立てて跳ね返る。

魔砕村のダンゴムシは小さいものから大きいものまで色々いて、この家や周辺にいるのは一センチかから五センチくらいまでの小さなものが多い。山奥に行くともっと巨大なものもいるらしいが、幸い空はまだ見たことがない。

魔砕村周辺のダンゴムシは危険を感じると丸まって灰色になり、石のように硬くなる。その姿なら投げられても踏まれても全然平気で、小雪に投げ捨てられて塀に当たったくらいならダンゴムシたちは気にしない。

ポンポンと弾んで地に落ちたダンゴムシはしばらく丸まったまま転がっていたが、やがてパカリと体を開いてそそくさと草陰に逃げて行った。

小雪は嫌そうに手をハンカチで拭き、樹と陸はぽかんとダンゴムシが消えていくのを見送った。

そしてハッと気がつくと空に駆け寄る。

「空！　何あれ、ほんとにダンゴムシ⁉　すっげぇでかかった！　俺も探したいんだけど、かみついたりする？」

「そら！　そら、りくもあれさがしてみたい！」

「え、えっと、あれはそのへんにいっぱいいるし、かまないし、いじめなきゃだいじょうぶだよ」

初めて空がダンゴムシを見た時はその大きさを不気味に思ったのだが、樹と陸はそうは思わないらしい。

空は、それならここは一つ自分がかっこいいところを見せようと、むんと気合いを入れ口を開いた。

「だんごむしさん、しゅうごー！」

両手を口の脇に添え、大きな声で庭に向かって呼びかける。

するとしばらくしてから、カサコソとそこかしこで小さな音が聞こえ始めた。

「やだぁ、私見ないから！」

何が起こるかを察した小雪が一目散に逃げ出し、庭の入り口辺りにいた両親たちのところに駆けて行く。

小雪が離れた途端、草むらや木の陰、畑の作物の合間からごそごそと大小様々なダンゴムシが現れた。

「うっわ、いっぱい来た！　すげぇ！」

「すごいすごい！　そらがよんだの⁉」

「ここのだんごむしさんたちはかしこいから、よぶとくるよ」

呼ばなくても遊んでほしくて、時々空の前に姿を現すことがあるくらいだ。

足元に集まってきたダンゴムシたちの前でしゃがみこみ、空はそのうちの一匹を指先でつんと突いた。するとダンゴムシはくるりと丸まり、ころころと転がって行く。

しばらく転がったのち、またパカリと開いて空の方に歩いてくる。

「だんごむしさんたち、こうやってころがしてもらうのすきなんだよ。りくもやさしくつついてみて」

「うん！」

「面白そう！　俺もやる！」

陸と樹もその場にしゃがみ込み、這い寄るダンゴムシたちをツンツンと次々突いた。

その度にダンゴムシたちはころころと転がっては、また戻ってくる。キャーキャーと嬉しそうな可愛い声が聞こえそうな姿だと慣れた空は思うのだが、それを遠くから見ていた小雪は嫌そうにぶるぶると頭を振った。

「いっぱいいすぎ！　何かイヤー！」

その気持ちは空にもわかる。

慣れるまでは空も遠巻きにし、近づきたい気分にはならなかったものだと懐かしく思う。

そう考えると自分もかなりここに馴染んだのだな、と空はちょっと嬉しい気持ちになった。

「どれが遠くまで転がるか試したい！」

「もっとおおきいこ、いないのかな？」

しかし樹と陸は田舎に馴染むのが空よりずっと早いようだ。そんな現実はひとまず見ないフリをして、空は二人に微笑んだ。

石を集めていたかと思えば今度はダンゴムシを転がし始め、集めた石はその辺に小山にされて忘れられている。

そんな気まぐれな子供たちを、ヤナと大人たちは目を細めて眺めていたのだった。


身化石を探し、ダンゴムシと遊んでいたら時刻はいつの間にか昼近くになった。

空は自分のお腹が元気良く鳴きだしたことでそれに気がついた。

「……おやつたべてない！」

十時のおやつを忘れていた、と顔を上げると傍にいた樹があははと笑った。

「空、おやつは三時だろ？　まだ早いよ」

「ぼく、じゅうじにもおやつたべるの！」

「え、そうなの？　そしたら昼ご飯入らなくなんない？」

「だいじょうぶ！」

空の腹は限りなく底が深いし、燃費も悪くすぐお腹が空くのだ。

おやつを忘れたことに気付いてしまった途端にお腹はさらにぐうぐう鳴り始め、空腹感は耐えがたいほどになってきた。

「空、おやつは忘れてしまったから、少し早いがお昼にするのだぞ」

「うん！」

ヤナの提案に空は飛びつき、急いで家の方へと走った。

裏庭の入り口では隆之と紗雪がずっと子供たちを見守っていた。紗雪は走ってきた空に手を差し出し、その体をひょいと抱き上げた。

「まま、おなかすいた！」

「ふふ、お腹がすごーく元気な音出してるわ。じゃあお祖母ちゃんに頼んでご飯にしようね」

「うん！」

空が遊びを止めると陸も後を追ってきて、樹と小雪も走ってくる。ヤナに促され、全員で連れ立って家へと戻った。


雪乃が手早く用意してくれたお昼ご飯は、豚丼ならぬ猪丼だった。タマネギなどと一緒に甘辛く炒め煮にした猪肉を卵でとじたものを、それぞれが好きなだけご飯に載せて食べる。

空以外の杉山家の家族は、またヤナに魔素を抜いてもらった物を食べていた。

「そら、いっぱいたべるね」

空が三杯目の丼ご飯を食べていると、もう自分の分を食べ終えた陸がぽつりと呟いた。陸は茶碗に大盛りの豚丼を一杯だけ貰って、それでもうお腹がいっぱいになったらしい。

陸の隣でパクパクと食べ続けていた空は手を止め、頬を膨らませて頷き、それから一生懸命もぐもぐして口の中の物を呑み込んだ。

「ばぁばのごはん、おいしいから！」

「うん……ぼくも、もっとたべたいなぁ」

「じゃありくもおかわりする？」

空がそう言うと、陸はちょっと口を尖らせて首を横に振る。そしてそのまま黙り込んでしまった。

「りく？」

「ん……なんでもない」

空は心配になって顔を覗き込んだが、陸は首を横に振るばかりだ。どうしたのかと空が問おうとしたとき、雪乃が二人に声を掛けた。

「二人共、食後に牛乳寒天があるけど食べる？」

「たべる！」

「……うん、たべる」

魅力的な提案に空がパッと振り向いて手を上げた。陸も少し考えて頷く。

「空は、まずその丼を食べちゃってね」

「あい！」

空は紗雪にちょっと甘えたような声で返事をし、えへへと笑ってまた丼にスプーンを入れた。陸は魔素を抜いた寒天を受け取りながら、美味しそうに食事を続ける空を何となく眺めていた。


そして、午後のこと。

「そらー、あーそーぼ！」

元気な声が玄関から聞こえて空が走って向かうと、明良と武志、結衣が立っていた。三人の後ろには美枝の姿もある。

「あ、みんな！　いらっしゃい！」

「空くんこんにちは。紗雪ちゃんいるかしら？」

美枝はどうやら紗雪の顔を見に来たらしい。空は頷いて台所に走り、紗雪に声を掛けた。

「まま、みえおばちゃんが、よんでるよ！」

「えっ、美枝おばさん？」

紗雪は慌てて玄関に駆けつけ、美枝と顔を合わせた。

「わぁ、美枝おばさん、久しぶり……！」

「紗雪ちゃん、久しぶりねえ！　元気だった？　ごめんね急に。どうしても紗雪ちゃんの顔が見たくて」

「ううん。私こそ、まだ挨拶にも行っていなくてごめんなさい」

美枝と雪乃の仲が良いため、紗雪も小さい頃から美枝に可愛がってもらっていた。美枝の子供は男の子だけだったので、娘のように面倒を見てくれたのだ。

紗雪はしきりに不義理を詫びたが、美枝は久しぶりに顔が見られて嬉しい、と笑顔で再会を喜んでくれた。

その様子を横目で見つつ、空は明良や武志たちに上がってもらって、自分の兄弟を紹介しようと部屋に連れて行った。

「空、お客さん？」

「そら、だれ？」

「あんね、ぼくのともだち！　アキちゃんと、タケちゃんと、ユイちゃんだよ！　そんで、ぼくのおにいちゃんとおねえちゃんと、おとうとのりく！」

子供たちはお互いに紹介されて、口々によろしく、と声を上げた。

「おれ、アキラだよ。うわぁ、ほんとにそらとおなじかおだ！　そらがふたりいるみたいだ！」

「りくだよ！」

「双子ってすごいんだなぁ。あ、俺、武志！」

「俺は樹！　武志、何歳？」

「アキちゃんっていう子、けっこういいかんじじゃない？　あ、私小雪だよ！」

「こゆきちゃん？　わたしゆい！　よろしくね！」

年が近いせいもあってか、皆それなりに仲良くなれそうな雰囲気だ。

空はちょっとホッとしつつも賑やかなやり取りを見守った。

せっかくだから一緒に何かして遊ぼうと、空はおもちゃを入れた箱を引っ張り出してきて開く。クマちゃんファイターなら皆で遊べるだろうかと一式取り出したところで、また玄関から新たな客の声がした。今日は千客万来だ。

「おう、こんちは……お、紗雪ちゃん！」

「紗雪、元気だったか」

「あ！　和おじさん！　善三さんも！　うわぁ、久しぶり！」

母の声に釣られて空が玄関を覗くと、和義と善三がにこやかに紗雪に声を掛けていた。二人は紗雪が家族を連れて帰ってくると聞いていて、顔を見に来たのだ。

和義も善三も珍しく朗らかな表情で、紗雪と久しぶりに会えて嬉しい、とその顔に書いてあるようだった。

母はどうやら二人にも可愛がられて育ったらしいと、見ている空にもよくわかる。それを微笑ましく見つめつつ、空には気になることが一つ。

（……善三さんが善三おじさんと呼ばれないのは、そう呼ぶと何となく長いからかな）

和義は和おじさんと略しても響きが良いのだが、善おじさんは何か違う気がしてしまうのだろう。

空も同じ理由で、ぜんぞーさんと呼んでいるのだが、幸い本人は特に気にしていないようだ。

「皆、そんな所で立ち話もなんだから、中にどうぞ。お茶でも入れるわ。せっかくだから紗雪の子供たちの顔を見ていって」

「いいの？　じゃあお邪魔しようかしら」

「おう、悪ぃな」

「邪魔させてもらう」

美枝と和義、善三は揃って家に上がり、居間に招き入れられた。

囲炉裏の間と隣の部屋の襖は取り払われたままだ。その広い空間で、さっそく子供たちはクマちゃんファイターを囲んでわいわい大騒ぎしている。

いつの間にかフクちゃんとテルちゃんも子供たちに交ざって、うろうろ歩き回っては小雪に掴まったり、陸につつかれたりしていた。ヤナは子供たちの面倒を見ていて、幸生と隆之は囲炉裏端でお茶を飲みながらその様子を眺めていた。

「おお、何か随分数が多いな」

「これだけいると壮観だな」

「どの子も可愛いわねぇ」

三人は幸生たちと一緒に囲炉裏を囲み、紗雪に子供たちの名前を教えてもらう。

「陸くん、ほんとに空くんとそっくり同じね。双子なのねぇ」

「一番上は旦那似か？　いい男になりそうだなぁ」

「いえ、そんな……」

「二番目も父方だろう。幸生に似なくて良かったな」

「……ふん」

雪乃は紗雪と共にお茶やお酒を用意しながら皆の話に耳を傾け、クスクスと笑いを零した。

「ばぁば、そのおまんじゅう、よかったら、ぼくにもひとつちょうだい」

「いいけど、一つだけね。三時に出そうかと思ってたから」

「うん、ありがと！」

空は大人たちに交じって囲炉裏の傍に座り、雪乃にお茶請けのお裾分けを貰った。

「空はいいのか、あっちに交じらなくて」

「うん、これたべたら！」

「遊びより食い気か」

善三はそう言って笑い、空の頭を優しく撫でる。空にとってはこの部屋の雰囲気自体が、憧れた田舎の親戚の集まり、という感じがして眺めているほうが何だか楽しい。

皆の遊びに交ざるのは後からでも大丈夫、と空は大人たちの間に座って饅頭を頬張った。

紗雪と隆之は、祖父の友人にこうして可愛がられている空の様子を見て、何だかホッとしたような顔をしていた。


空はその後、孫に甘い雪乃から饅頭をもう一つ貰って、それもそろそろ食べ終えようかという頃。

カラ、と玄関がまた開く音がして、ちわー、と控えめに声が掛かった。

「米田さーん。伊山です」

その声と名に空は顔をパッと上げ、いち早く立ち上がって居間を出た。

「よしおおにーちゃんだ！」

「お、空……こんちわ。お家の人いる？」

玄関にいたのは村の雑貨屋の息子、伊山良夫だった。

「いっぱいいるよ！　えっと、ばぁばー！」

とりあえず空が大きな声で呼ぶと、雪乃はすぐに玄関に顔を出した。

「はいはい。あら良夫くん、どうしたの？」

「あ、どうもこんにちは。えっと、この前注文もらった雨合羽を届けに来たんですが」

良夫はそう言うと腰の後ろに下げた小さめの魔法鞄から、風呂敷包みをにゅるりと取り出した。

それを玄関に置いて開くと、中からきちんと畳まれた雨合羽が出てきた。緑の雨合羽が二着でどちらも大人用の大きさだ。

「あら、二着だけ？」

「すいません、ちょっと今子供用の在庫を切らしてて。この季節は新調する人も少ないから、仕入れてなかったんですよ。まだ蛙も出始めで狩りに行く人もいないようで……」

「そうなのね。天気が悪い日があると困るから紗雪たちの分をと思ったんだけど……子供用が足りなかったのね」

「そうなんです。夏前には子供たちのサイズも出そろうんですが」

雪乃は何日も滞在する紗雪たちのために雨合羽を用意して、雨の日も空と一緒に散歩したりしやすいようにしてあげたかったらしい。しかしそれを思いついて注文したのが急だったため、大人用しか在庫がなかったようだ。

「皮があれば作れるかしら？」

「そうですね、それなら多分……特急料金で良ければ、俺が狩ってきて注文ってことも出来ますけど」

「そうねぇ、お願いしようかしら……」

そんなサービスもあるのか、と空は傍で聞いていて目を見開いた。

「おにいちゃん、かえる、かれるの？」

空が思わず聞くと、良夫は何でもないことのように頷いた。

「そりゃあ、あのくらいなら普通に……あんまりデカいと面倒くさいし、ヌメヌメして刃が滑りやすいから本当は好きじゃないんだけど、ばあさんによく狩りに行かされたからな」

「すごーい！」

良夫は見た目はダウナーな今時の若者風なのに、動くと忍者っぽくて強いし、空のような子供にも優しい好青年だ。

田植え祭りでも稲刈りでも活躍し、怪異当番の日は水たまりに落ちた空を迎えに来てくれた。ナリソコネの騒動の時も村の皆と一緒に駆けつけて助けてくれたと、空は後から教えてもらった。そういう理由で、空は良夫を結構尊敬しているのだ。

「どんなふうに……ん？」

どんなふうに狩りをするのか、と空が聞こうとしたところで、不意にその袖がつんと引っ張られた。振り向くとそこには陸の姿があった。

「あ、りく」

「そら、なにしてるの？　あそばないの？」

陸は空が子供たちの遊びの輪にいないことに気がついて探しに来たらしい。

「わ、同じ顔……」

良夫は陸を見て空とそっくり同じ顔だ、と驚いている。

空はそんな良夫を陸に紹介することにした。

「あんね、このおにいちゃん、よしおおにいちゃんっていうんだよ。すごくはやくてつよくて、かっこいいんだよ！」

「そうなの？」

「うん！　おにいちゃん、ぼくのおとうとのりく！」

「あ、ああ、よろしく……」

陸は空が褒めたせいなのか、ちょっと不満そうな顔で良夫をじっと睨み付けた。

「……ぼくのぱぱのほうが、ぜったいかっこいいもん！」

「えー？」

「いや、パパと比べられても困る……」

良夫が頭を掻いてそう呟くと、そこに今度は居間から横やりが入った。

「あん？　かっこいいのは俺に決まってるだろ？」

振り向けば、居間から和義が顔を出してドヤ顔を決めている。顔がほんのり赤いので、どうやら酒を出してもらって既にほろ酔いらしい。

「お前のどこがかっこいいってんだ。若ぇもんと張り合うなっての」

「うむ」

和義に対する善三と幸生の感想はにべもない。

「でも、よしおおにいちゃん、ぼくのこともいっぱいたすけてくれたんだよ！　じぃじもぱぱも、かずおじちゃんたちもかっこいいけど……よしおおにいちゃんもかっこいいよ！」

「いや、俺のことはいいから。むしろその並びに入れられると困るから……」

空は思わず良夫の味方をしたが、それは陸には逆効果だったらしい。

「うそだぁ！　ぜんぜんつよそーにみえないもん！　かっこよくない！」

「うわ、それはそれで結構傷つく……」

「いや、俺は強そうだしかっこいいだろ⁉」

子供の言うこと、と思いつつ良夫は思わず胸を押さえた。そして酔っ払った和義は常にもまして大人げが無い。

すると善三がゲラゲラと笑い出し、それならと言ってピッと指を立てた。

「よし、じゃあどっちがかっこいいか、良夫と和義で勝負だ。二人共表に出やがれってんだ」

善三も、もう既に結構酔っているらしい。

「……それはお前が勝負するときに言うセリフだろう」

この中で一番酒に強い幸生が、静かにツッコミを入れていた。

「うう、また何でこんな事に……」

米田家の門の前で、良夫ががっくりと項垂れている。

結局酔っ払いの戯言《ざれごと》から逃げ切れず、和義に引きずられるようにして連れ出され、家の前で軽く手合わせをすることになったからだ。

傍には空と陸、そして他の子供たちもいつの間にか全員揃って見学にやってきて、多くの視線を浴びた良夫は如何にも逃げ出したいという空気を纏っていた。

「俺がかっこいいところを見せるんだから、いい加減諦めろっての！」

「いや、米田さんとやりゃいいじゃないですか！」

「俺が負けるだろうがよ！　孫を前にした幸生なんて、そんな物騒なもん相手に出来るか！」

確かに、とその場の大人たちの大半がその言葉に頷いた。

空も納得してうんうんと頷くと、肩の上でフクちゃんが同意するようにホピホピと鳴いた。ちなみにテルちゃんは小雪にギュッと抱えられて、手足をゆらゆらさせている。

「ほら、良夫も和義も、これ使え」

二人が距離を取ろうと動く前に、善三がどこからか一メートルくらいの長さの細い竹棒を取り出し、二人に放り投げた。

和義はその一本を受け取り、握りを確かめて一回振ってから首を傾げる。

「お前って何でいっつも竹棒持ってんだ？」

「俺の商売道具だからに決まってんだろうが。それよりも、それを折った方が負けだからな。あと手足は出すなよ」

「何ぃ？　これ、付与は？」

「してあるわけねぇだろうが」

首を横に振ってそう言う善三に、和義は困ったように眉を下げた。

「こんなもん、付与がなかったらすぐ折れちまうじゃねぇか！」

「だからいいんだろ？　加減しろ加減。折れないように振れば、チビ共にもよく見えるだろ」

（すごい。酔っ払ってるのにそんなことまで気が回る善三さん、さすがぁ）

そのやり取りを間近で聞いていた空は感心しきりだ。

一方の良夫はつい受け取ってしまった竹棒を何度か振ってみて、折れた方が負けという言葉に逆に安心したようだった。そんな縛りがあるなら、和義と真正面から本気でやり合うようなことにはならないからだ。

「チッ、仕方ねぇなぁ」

「チビ共に見せる組み手だとでも思え」

「わかったよ」

和義はそう言うと、若干ふらふらした足取りで家の前の道に出て、良夫と距離を取って立ち止まった。

「よし、じゃあ好きにかかってこいや、良夫」

「はぁ……じゃ、いきますよ」

良夫は深いため息を一つ吐くと、諦めたように片手で竹棒を握り、少し腰を落とした。そして、トン、とごく軽く地面を蹴る。

次の瞬間、たったその一蹴りで良夫は五メートルほど先にいた和義のすぐ前にいた。

カン、と竹棒同士がぶつかる軽い音が周囲に響く。

ぶつかった反発を利用するかのように良夫はすぐにフッと離れ、その影を切るように和義の持つ棒がブンと振られた。

大ぶりしたその腕を狙うように、良夫の棒がまた迫る。しかし和義はわずかな体重移動だけでその軌道から身を逸らした。

「くっ、短ぇしやりづれぇな！」

ブン、と竹棒を大きく振り回し、和義が愚痴をこぼす。

「普段鍬だの大鎌だのばっかり振ってるからだ」

「うっせぇ！　俺は農家なんだよ！」

確かに、農家だと思えばそれは至極正しい。

そんなやり取りの間にも良夫は素早く打って出てはすぐに身を引き、和義はその後を追うように棒を振るう。

「なんで、当たん、ないのか、ほんっと、わかんね、ん、ですけど！」

良夫は竹棒を少し短く持ち、慣れた武器の長さに寄せて素早く振るっている。良夫の強みはその素早さと手数の多さだ。しかし何度棒を振っても、それが全て空振りに終わってしまう。酔っている和義には隙があるように見えるのに、何故か良夫の攻撃が当たらないのだ。

和義は力加減に苦心しているため攻撃こそぎこちないのだが、良夫からの攻撃はわずかな足捌きと体捌きを駆使して全て紙一重で躱していた。

どこかぎこちなく続く剣舞のような動きに、子供たちは目を丸くして見入った。二人にしてみれば制限付きでやりづらいことこの上ないだろうが、子供たちの目には十分かっこよく映っている。

「すっげぇ……田舎の人って、ほんとに強いんだ！」

「なんかすごーい！　でもよくみえない！」

「ほわぁ……」

都会育ちの三人にとっては、何かよくわからないが二人ともすごい、という感想のようだ。田舎育ちの三人は、その傍で二人の戦いを応援している。

空は自分の隣で目を見開いている陸に、何となく親近感を抱いた。自分も最初はこんな顔をしていたんだろうか、と思ったのだ。

そこから去年の田植え祭りの時のことを思い出し、ふとすぐ近くにいる幸生を見上げる。幸生は退屈そうに戦う二人を眺めていた。空は良いことを思いつき、見上げた幸生の足元に歩み寄って手招きをした。

「どうした、空」

「あんね、じぃじ……」

ものすごくかがみ込んで近づいた幸生の耳元に空がこしょこしょと囁くと、幸生が一つ頷く。

幸生はひょいと空を抱え、その右肩に軽々と乗せて座らせた。そして、良夫たちに見入る陸にも手を伸ばす。

「ひゃっ⁉」

急に脇腹に手を入れられ、陸が跳び上がる。

幸生はそのまま陸を掬い上げ、自分の左肩に座らせるとぐっと立ち上がった。

「わ、わわ、なに⁉　たかい！」

「りく、じぃじだよ！　じぃじがのせてくれるって！」

「えっ、え⁉」

陸は慌てたようにパタパタと手を動かしていたが、幸生の頭を挟んですぐ隣にいる空に気がついて手を伸ばした。

空はその手を取って幸生の頭に添え、上手に陸を掴まらせる。空の肩からフクちゃんがぴょいと飛び降り、幸生の頭に着地した。

「うわぁ……！」

陸は急にものすごく高くなった視界に目を輝かせた。

隆之に肩車してもらったときよりもさらに高いのだ。そしてそこからだと、さっきまで見上げていた二人の戦いがよく見える。

「すごい！　じぃじ、すごいたかい！」

陸がそう言ってはしゃぐと、幸生がぐふっとおかしな呻き声を上げた。どうやら陸にじぃじと呼ばれて嬉しかったらしい。

「じぃじ、たかくてかっこいいよね？」

「うん……！」

「よしおにいちゃんと、かずおじちゃんは？」

「どっちもすごい！　かっこいい！」

陸は今度は素直にそう認めて頷いた。そもそも、陸の視線は二人の戦いに最初からずっと釘付けなのだ。空は陸が認めてくれたことで嬉しくなって、満面の笑みを浮かべて良夫と和義の方に向き直る。

「がんばれー！　おにいちゃんもおじちゃんも、がんばれー！」

「がんばれー！」

「よしおにいちゃん、いけー！」

「おっちゃん、大技見せてよ！」

空と陸の声援に釣られて、明良や武志が声を上げる。それを見ていた樹たちも真似をして、楽しそうに声を上げた。

「よし、いっちょはりきるかぁ？」

「止めてください！　これただの竹棒なんで！」

「そりゃお互い様だ、ろ！」

和義がタイミングを合わせて良夫の攻撃を受ける。ガツン、と大きな音を立てて竹棒が正面から組み合うようにぶつかり、双方の棒がミシリと不吉な音を立てた。

「やべっ！」

「おっと」

それに気がついた二人はすぐに力を緩めて身を離す。かっこいいところを見せたくても、そろそろ棒の方が限界らしい。付与もしていないただの竹棒では、二人が普通に握って振っているだけでも少しずつダメージが蓄積されるのだ。次に強く打ち合えば、それだけでどちらも折れてしまいそうだ。

和義は自分たちを応援する子供たちをちらりと見て、そしてニヤリと笑みを浮かべた。

「やっぱ、かっこいいとこ見せるべきだろ？」

「ったく……お手柔らか、に！」

この大人げない男が引かないとわかってか、それとも自身も少しはかっこいいところを見せたいと思ったのか。良夫は大きく跳びすさるとぐっと身を低くし、自分の体で隠すように竹棒を後ろに構えた。

「行きますよ！」

「おう！」

和義の返事を合図に、良夫の体が一瞬さらに深く沈み込む。そのまま前に飛び出すのかと思われた次の瞬間、良夫の姿がその場からフッとかき消え、それに驚いた子供たちが息を呑む。

「うおりゃあぁっ！」

そして良夫が姿を消したとほぼ同時に、和義が大上段に振りかざした竹棒を正面の地面目がけて振り下ろした。

ドンッ、と大きな音がして和義が竹棒が当たった場所が大きく爆ぜ、その後を追うように子供たちの悲鳴が響いた。雪乃が薄い結界を張り、見物人をその余波から守ったことも子供たちにはわからない。

土埃が高く舞って周囲の景色をわずかにぼかし、その薄膜を切り裂くようにヒュッと竹棒が振られた音が聞こえた。

「おっと！」

後ろから襲いかかった竹棒を和義はくるりと体を回して綺麗に避けた。

一撃、二撃と、続く動きはさっきまでの攻撃と違い、振られた棒も左右に位置を変える良夫の姿もぶれてよく見えないほど、その動きは速い。

しかし和義はそれら全てを躱し、そして一瞬の隙を突いて良夫の襟を掴んだ。

「ほいっと」

「うっわ!?」

ぽいと良夫の体が高く投げられ、慌てた良夫が空中で身を縮めてくるりと回る。その体が着地すると同時に和義が足を出そうとして――「そこまで！」――そして、制止の声が掛かった。

和義は蹴りを繰り出す寸前でピタリと止まり、その隙に良夫がくるくると器用に回転して体勢を整えて着地し、善三の方を振り返った。

「勝負あり。良夫の勝ち！」

善三が声高に宣言すると、固唾を呑んで見守っていた子供たちがわっと沸いた。

「はぁ!? 何でだよ！」

自身の負けを宣言され、和義が抗議の声を上げる。しかし善三は首を横に振り、和義の手元と足元を指さした。

「お前の棒、折れてるじゃねぇか」

「あ、やべ、そうだった！」

和義が田起しをするようにただの竹棒を振ればどうなるか。

かっこいいところを子供たちに見せたいということしか考えなかった結果、和義の竹棒は無残にも手元の一部を残して木っ端微塵になっていた。

「つーか、手足も禁止だっつったのに、お前それも忘れてただろ」

「うっ！ い、いや、ちょっと引っかけただけだし！ まだ蹴ってねぇし！」

「寸前だったじゃねぇか。ったく大人げねぇ」

容赦の無い指摘に和義はぐぎぎ、と奥歯を噛みしめた。

「良夫兄ちゃん、かっこよかったよ！」

「あの消えるのどうやんの!? 俺にも教えて！」

「おれもおれも！」

「ね、ね！　小雪とデートして！」

「こゆきちゃん、でーとってなぁに？」

一方の良夫は立ち上がった途端子供たちに纏わり付かれて、おろおろと困惑している。和義はかっこよさという観点でも若者に負けてしまったらしい。

見物していた隆之と紗雪も今の戦いに何か感じるものがあったらしく、二人まで何だかキラキラした眼差しをしていた。

空はそんな皆を幸生の肩の上から見下ろしながら、二人のかっこいいところが見られて楽しかった、と満足そうに笑い。

そして、ふと隣の陸の方を見た。

「……りく？」

陸はどこか遠くを見つめるような瞳で、良夫と和義のことを見つめていた。

その瞳はどこか静かで、興奮や憧れ、あるいは畏怖などといった、他の子供たちから感じられるような色を宿してはいないように見える。

「りく？」

空がもう一度声を掛けると、陸はハッとしたように空の方を振り向いた。

「りく、どうかした？　おにいちゃんたち、こわかった？」

空がそう問うと、陸は首を横に振った。

「ううん。こわくない。なんか……すごくて、びっくりした」

「そっか。そうだね、すごかったね」

「うん。ね、そら……そらも、いつかあんなになる？」

陸の問いに空は少し考え、首を捻った。

「どうかなぁ。まだわかんない。なれたらいいなっておもうけど」

「……じゃあ、なりたい？」

「うん。ぼくね、つよくなって、じぃじといっしょに、おやさいつくるんだ！」

空がそう言うと、それを間近で聞いた幸生がふぐっとくぐもった声を発した。

「じぃじとそらのやさい……ぼく、やさいきらいだけど、それならたべたいな」

「ほんと？　じゃあ、ばぁばにたのんでおくってもらうね！」

「うん……うん」

陸は嬉しそうに、けれどどこか元気のない様子で頷く。

「りく？」

空は陸の顔を覗き込んだが、陸はそれを誤魔化すように笑い、それっきりなにも答えなかった。

陸の視線の先では雪乃と美枝に怒られた和義が、道に開けた大穴を必死で埋め戻している。空もそれを眺めながら、何となく陸の手をギュッと握り、首を傾けてコツンと陸と頭をぶつけた。幸生の頭に乗っていたフクちゃんが二人の間にむきゅふわっと挟まれ「フピッ!?」と可愛く一声鳴いた。

陸がここにいられるのはそう長い時間ではないということを、空はふと考える。

（その間は、なるべく一緒にいよう）

何となく、空はそんなことを思ったのだった。

## 六　こぼれた願い

「あ、今日はママ、ちょっとそこまでお出かけしてくるわね」

次の日の朝。

朝食の席で、ジャージの上下に身を包んだ紗雪が唐突に皆にそう言った。

「え、ママだけ？」

「えー、小雪も行きたい！」

「どこいくの？」

樹たちが口々にそう尋ねると、紗雪は家の裏の方角を指で示した。

「あっちの方のお山にね、ちょっと蛙を狩りに行ってこようと思って」

「カエル⁉　やだ、やっぱり行かない！」

小雪は蛙も好きではないらしい。しかし蛙という言葉を聞いて、空は抱えていた丼から顔を上げて首を傾げた。昨日そんなことを雪乃が話していたのを思い出したのだ。

「かえる、よしおおにいちゃんにたのまないの？」

空がそう聞くと雪乃が頷く。

「紗雪がね、久しぶりに自分が狩りに行きたいって言うのよ。山に行くのは久しぶりだろうからちょっと心配だけど……」

「昨日の和おじさんたちの手合わせ見てたら、私ってすごく鈍ってるんじゃないかって心配になっちゃったの。だからちょっと確かめてきたくって。ルミちゃんの山なら昔よく行ったし、大丈夫だと思うの。可愛い色の蛙を探してくるからね！」

「ルミちゃん……」

空はルミちゃんのことを思い出して雪乃の顔を見上げた。雪乃は何も言わず、にこりと微笑むだけだ。

（孫の雨合羽の前には、ルミちゃんからの念押しも無力なんだな、きっと）

紗雪を山に近寄らせないでくれ、というルミちゃんの言葉はそっと聞かなかったことにされたらしい。

「ついでにあやつも狩ってくれれば良いのだぞ」

「ルミちゃん？　でも一応、ルミちゃんは狩らないって約束だし……それにルミちゃんの皮はちょっと色が濃すぎるかな。子供たちの分だしね」

今日のルミちゃんはその体色によって難を逃れることが出来たようだ。

「だから皆は、パパとお留守番しててね」

「はーい」

子供たちが口々に返事をしたところで、幸生が不意に立ち上がった。

幸生は廊下に行ってしばらくするとまた戻ってきて、物入れから持ってきたらしき物を紗雪に差しだした。

「紗雪、これを」

「草鞋……私の？」

「ああ。善三が、お前が山に行きたいと言ったら渡してやれと。村で過ごすならお前には必要無いが、もしいるようならと用意してくれた」

「わぁ……嬉しい、後でお礼を言わなくちゃ！」

紗雪は本当に嬉しそうに草鞋を受け取り、それから懐かしむようにじっと見つめた。

「昔も、こうやって父さんが草鞋をくれたわね。私の足が大きくなる度に、善三さんに頼んでくれて」

「ああ……もう大きさは、変わらんな」

「ふふ、そうね」

もう紗雪の背丈が伸びて服や靴の大きさが変わることはない。都会暮らしで鈍っているとはいっても紗雪はやはり強く、本当はこの草鞋も必要ないものかもしれない。

それでも、幸生たちにとっても、善三にとっても、やはり紗雪は可愛い子供のままなのだ。草鞋を持って嬉しそうに笑う紗雪もまた、母ではなくどこか子供のような顔をしていた。

「じゃあ行ってきまーす！」

「行ってらっしゃい。気をつけてね」

「ルミを狩ってきても良いのだぞ！」

「行ってらっしゃい」

「ママ、おみやげね！」

「はーい」

皆に見送られ、紗雪は手を振って門を出て、裏山の方に歩いて行った。

背には雪乃から借りた魔法鞄を背負い、ちょっとそこまでハイキングにでも行くかのような軽装だ。そしてその姿が見えなくなってから、今度は幸生が家からのそりと姿を現した。

「行ってくる」

「はいはい、行ってらっしゃい」

雪乃はくすりと笑って手を振って見送る。幸生は門を出て紗雪と同じ方に歩いて行き、やがて山の方に姿を消した。

「じぃじ、どこいったの？」

「紗雪について行ったのよ。心配なんでしょうね」

雪乃は何でもないことのようにそう言ってくすくすと笑う。

「昔もね、紗雪がルミちゃんを追いかけ回すのを、本当はずっと遠くから見てたのよ。紗雪は結構大雑把だから、そういうのになかなか気付かないのよね」

「幸生はあの図体で気配を殺すのも上手いからの。土魔法が得意だからか、山ではそこら辺の岩や木に簡単に自分の気配を溶け込ませて、本当に自然に隠れるのだぞ」

「地面に穴を掘って隠れるのも得意だしね」

そう言われて思い返せば、稲刈りの時も幸生は一瞬で地面に穴を掘って攻撃を避けていた。脳筋と見せかけて、得意な属性であれば意外と細かい技も使えるのが、幸生の強みであるらしい。

「じぃじ、すごぉい」

（その技術……いつか僕も憶えたいなぁ）

聞いたら教えてくれるだろうか、と空は考えながら家に戻る。

家の中では先に戻った樹たちと、相手をせがまれたヤナがクマちゃんファイターで遊び始めたところだった。

遊戯盤に魔力を通してクマを操るというこの格闘ゲームのような玩具は、杉山家の子供たちにも大人気だ。

「そういえばね、昨日じぃじが善三さんに、子供たちのお土産に持たせたいからってあれを注文してたのよ」

「……ぜんぞーさん、おしごとだいじょぶかなぁ」

「そうねぇ……近いうちに、何かお礼を用意しておくわ」

善三は相変わらず幸生にわがままを言われてこき使われているようだ。

空は善三の家の方になむなむと心の中で手を合わせ、暖かな囲炉裏の傍にぺたりと座り込んだ。

途端に、フクちゃんがフードから飛び出し空の膝に乗る。

空はフクちゃんをもきゅもきゅと揉みながら、傍に座った雪乃の顔を見上げた。

「ねぇ、ばぁば」

「なぁに？」

「ままってさ、なんでむらをでたのかなぁ。おやまにいくっていうくらい、ここにいても、ぜんぜんへいきそうなのに」

「……本当にねぇ。一体どうしてなのかしら。未だに、私たちにもあの時村を出るって決めた理由を教えてくれないのよ」

「そうなんだ……」

子供たちが寝た後や遊んでいる間に、ぽつりぽつりと雪乃は紗雪と色々な話をした。けれどその大半は子供たちのことで、紗雪自身のことは本人の口からなかなか出てこなかった。

聞いた方が良いのか、聞かないでおくべきなのか、雪乃もまだそれを決めかねている。

今の紗雪の笑顔は明るく、空が心配だということ以外に陰は見えない。都会で働き、恋をして結婚し子供を育てる中で、紗雪もきっと変わったのだろう。そう思うと尚更、過去を掘り起こすことに躊躇《ためら》いがあった。

「……やよいちゃんにも、あいにいかないのかなぁ」

「そうね。それは後で聞いておかないとね……」

それは大事なことだ、と雪乃も頷く。それから雪乃はふと思いつき、囲炉裏の傍で子供たちの様子を見ている隆之の方を振り向いた。

「そういえば、隆之さんは紗雪に何か聞いてない？　田舎を出た理由について」

「え？　あ、ええと……」

急に話を振られた隆之はしばらく記憶を探る。紗雪は隆之にも、あまり具体的な理由を話さなかったのだ。しかし全くというわけではなかった。

「そうですね……一度だけ、紗雪が危険地帯の出身だって教えてもらったときに、なんで出てきたのかって聞いたことがあります」

「何か理由は言ってた？」

「その……確か、失恋したから、と」

「ええ？」

「し……しつれん!?」


その頃、紗雪はジョギングのような気軽さで山道を駆けていた。

幸生が管理する裏山の細い山道を一気に駆け上がり、天辺まで来たところで立ち止まって深呼吸をする。

さほど高くはない裏山は山頂まで木々に覆われ、上まで来ても空はあまり見えない。しかし子供の頃からここで遊んでいた紗雪は方向を見失うことも無く、少し休むと今度は山の反対側に向かって下り始めた。

地面を踏みしめ、一つ呼吸をする度に体中の細胞が目を覚ますようだと紗雪は思った。その感覚を懐かしみ、そして少しだけ過ぎ去った時間を寂しく思う。

都会に出たことに後悔はない。あの時はどうしてもそうしたかったからだ。

そこで得た出会いも、過ごした時間も、紗雪に沢山の新しい幸せを届けてくれた。それらはどれもかけがえのないもので、そうでない場合の今などとても考えられない。

けれど、若くて愚かだった自分が故郷の家族や友人を傷つけたことは確かで、それだけは申し訳なく思っていた。

紗雪はそんな気持ちを振り切るように勢い良く山を下り、道が切れた崖の縁から、沢沿いに見えた大きな木に向かって地を蹴った。

春先なので葉は少なく、木の幹がよく見える。真っ直ぐ飛び降りた先の太い幹に足を一瞬掛け、さらに上に跳ぶ。上にあった横向きに生えた枝に降り立つと、今度はそこから沢の対岸に向かって思い切り跳んだ。

「よっと！」

対岸に生えている木の枝に掴まり、くるりと一回転して少し下の枝に下りる。そこから今度は斜面に向かってまた跳び、足を着けるや否や崖のような急な坂を駆け上った。

「うん、まだそんなに、鈍ってなさそう」

は、と少しばかり息を吐き、道のなくなった山の中を走る。

まだ葉も下草も芽吹いたばかりだ。見通しの良い山を駆けるのは楽しかった。

米田家の裏山を抜け、奥の山に入ると途端にざわりと辺りの気配が騒がしくなった。

奥に行けば行くほど、虫や植物、爬虫類、動物などの種類も大きさも変わり、危険なものがぐっと増える。

しかし紗雪はさほど気にせず、足に噛みつこうとした植物の新芽をひょいと避け、時には踏みしだきながら目当てのものを探して走る。

この山は中腹の丘のような場所を越えると、その向こうに湧き水から成る池と沢がある。その周辺には蛙が多いと記憶している紗雪は、まずそこを目指していた。

「っと、危ない」

木に手を掛けたところで、上からシュッと太い蔓が下りてきた。下を通りがかった獲物を絡め取るつもりだったそれを紗雪はひょいと躱し、逆に掴んでぐいっと引っ張る。

「よい、しょっと！」

蔓は太く丈夫だったが思い切り引っ張り、蔓が抵抗して引いても延びなくなったところで紗雪はそれを掴んだまま、また地面を強く蹴った。

「あは、こういうの、久しぶりっ」

ちょうど崖のような急な下り坂だったため、蹴った反動で蔓は紗雪をぶら下げたままブランコのように大きく振れる。谷の上まで届いたその動きの最後で紗雪はパッと手を離し、そのまま重力に任せて谷間に飛び込んだ。やがて下に目当ての池が見えたところで紗雪は手足を引き寄せてくるりと回転し、体勢を整える。

「あ、ルミちゃんだ！　おーい！」

池の畔に見慣れた濃紺の巨大な蛙を見つけ、紗雪が声を掛ける。

すると蛙はぎょっとしたように声のした方を見上げ、それから潰れる寸前のような声を上げて大慌てでザブンと池に飛び込んだ。

紗雪は一瞬きょとんとしたが、地面はもうすぐそこだ。ルミがいた場所のすぐ隣辺りに飛び降りると、ズドン、と派手な音と共に地面が軽く揺れた。

「着地成功っと！　ルミちゃーん」

無事に着地を果たした紗雪は立ち上がり、池に向かって声を掛ける。

池はしばらくぶくぶくと泡立ちながらも沈黙していたが、やがてそこからザバリと水を割って黒髪の男が現れた。

水に濡れた髪が藻のように長身に纏わり付き、完全に見た目がホラーなのだが紗雪は気にした様子もない。

「ルミちゃん、久しぶり！　紗雪だよ」

「紗雪だよじゃないのよー！　貴女、山には来るなって伝言しておいたでしょう⁉」

「え、伝言？　聞いてないよ？」

紗雪が悪びれず首を傾げると、ルミはぐぬぬと低く呻いた。あんなに念押ししておいたのに、意図的にそれが伝えられなかったという事実に気がついたのだ。その理由を考え、ルミはハッと気付いて慌てて身を引いた。

「まっ、まさかまた私を狩ろうなんて言うんじゃ……!?」

「ううん、違うよ。蛙を狩ろうと思ってきたけど、ルミちゃんは色が子供向けじゃないから、他の蛙を狙うつもり。ルミちゃんにはただ会いに来たの。空が手紙に書いてたから、懐かしくなっちゃって」

紗雪のその言葉にルミは何とも複雑そうに顔を歪めた。

自分が狙われていないというのは嬉しいが、他に目当ての蛙がいるというのは何となく悔しいやら同族としてのわずかな罪悪感やらを抱いてしまう。会いに来てくれたのはちょっとだけ嬉しいが、嬉しく感じることがどこか悔しい。

複雑な乙女（?）心を抱え、ルミはブルブルと頭を大きく振って水気を飛ばし、黒い髪をかき上げて後ろに流した。

「蛙を前に別の蛙を狩りに来たとか、気遣いってもんがないの!?　ほんとにもう、いっつもそうなんだから！」

「えー、ルミちゃんは別の蛙を狩ってもあんまり気にしないじゃない？」

「いくら弱肉強食だって言っても、一応こっちにだって多少の仁義ってもんがあるのよ！　自分の縄張りの配下くらいは気に掛けるとか！」

ルミの言葉に紗雪はなるほどと頷き、池の周囲をぐるりと見回した。

すると二人のやり取りを息を潜めて見守っていた幾つかの気配が、ビクッとしたように一瞬揺れてそそくさと遠のく。水から出ていた目がピャッと引っ込み、周囲の茂みがわずかに揺れた。

「……びっくりさせちゃったみたいで、ごめんね？」

「ホントよもう！　もう結婚して子供もいるんでしょ？　お願いだからちょっとは落ち着いてよ……あと頼むからいきなり上から降ってこないで！」

子供時代から紗雪の行動力や、周囲の物を上手く使った謎の機動力にルミは何度も悩まされてきた。上から降ってこられるのはルミにとっては軽いトラウマなのだ。

「蛙だったら私の縄張りじゃなくて、苔山の方に行ってちょうだい！　あっちにも手頃な大きさのがいっぱいいるはずだから。あと、苔山のキノコを食べてるのもいるから、変わった色のがいるって言うわよ」

とりあえずルミは保身のために、自分の縄張り外の蛙をそっと売り渡すことにした。

「コケモリ様のとこね。ありがとう、後で行ってみるね。コケモリ様も元気かなぁ」

「干からびたって話は今のところ聞かないわね。それより、旦那や子供放ってこんなとこまで来ていいの？」

言外にさっさと帰れと滲ませながら、ルミは紗雪にそう聞いてみた。紗雪は気付かず笑顔のまま首を縦に振る。

「母さんたちが見てくれてるから大丈夫！　久しぶりに山歩きもしたかったしね」

「山歩きのついでに狩りね……蛙を狩ってどうするのよ？」

「子供たちの分の雨合羽を作ってもらおうと思って！」

やはり雨合羽にするのか、とルミはげんなりと肩を落とした。

村の人間は防水の効いた皮を手に入れるために時々蛙を狩りに来る。蛙は増えるのも比較的早いし山奥の個体は大きいし、あちこちの山にいるのでちょうど良いのだ。肉などもきちんと食用などに活用するので、弱肉強食という観点で見れば仕方のないことだとルミも理解している。

しかしそれと自分が狩られるのとは当然ながら別の話だ。幼い紗雪に散々追いかけ回されたルミにとって、雨合羽という単語は聞くのも嫌な言葉だった。

「子供の雨合羽ね……私が渋い色合いで良かった、というべきなのかしらね。子供って、空ちゃん？」

「ううん。空はもう持ってるから、他の子のね。私の子供は空の他に三人いるの」

「全部で四人……って、人間にしてはまあまあ多いんだっけ？」

「割と多いかな？　空が双子だったのよ」

四人で多いとか双子という言葉が蛙の身には馴染まないながらも、ルミはふぅんと頷いた。

「人間ってなかなか増えないから不便よね。貴女と仲の良かった村の巫女ちゃんも、まだ結婚してないんでしょ？」

「え……弥生？」

ルミの何気ない言葉に、紗雪はパッと顔を上げて驚いたように呟いた。

「そう、その子。蛙の噂ではそうだって聞いたけど……まだ会ってないの？」

紗雪と弥生は子供の頃から仲が良く、山歩きにも時々連れ立ってやってきたのをルミは憶えている。弥生の方はあまり山歩きが好きではなさそうだったが、紗雪と出かけるのが楽しい様子だった。

ルミはそれを思い出して何となく話題に出しただけだったのだが、紗雪は友人が結婚していない、ということにショックを受けたような顔を浮かべた。

「会ってない……え、本当に？　だって、私が村を出る少し前に二、三年したらアオギリ様と結婚するって……」

紗雪は雪乃に宛てた手紙に、弥生は元気か、もうアオギリ様と結婚したか、と以前書いて送った。そういえば、それに対する返事はその次に田舎から届いた手紙の中に書かれてはいなかった。そんなことを今更思い出して、紗雪は困ったように眉を下げた。

「私……私が、弥生の縁《よすが》になるって言ったのに、勝手に東京に行くって決めちゃって、誰か他の人にしてなんて言ったから……？」

「そこまでは知らないけど……気になるなら会いに行けば良いじゃない。ほら、もう今日は帰って会いに行ったら？　そういうのは早い方が良いわよ」

「うん……」

ルミはさっさと紗雪を山から追い出そうと、帰ったほうが良いとしきりに勧めた。紗雪はしばらく思い悩んでいたが、やがて顔を上げルミに礼を言った。

「ありがとう、ルミちゃん。私、帰ったらちゃんと弥生に会いに行ってくる」

決意を固めた表情でそう告げた紗雪に、ルミは笑顔で頷く。

「うんうん、それが良いわよ」

「あ、蛙は苔山で狩って帰るね！」

「そこは後回しにしないのね……」

当初の目的を、紗雪は忘れたりしないのだ。


空がおやつを食べている頃に、紗雪は家に帰ってきた。

出ていった時と同じ姿のままで、特に荷物を持っているとかそういうこともない。

「おかえりなさい。蛙は獲れた？」

「うん。ルミちゃんに教えてもらって苔山の方で二匹狩って、丸ごと伊山さんとこに置いてお願いしてきたわ。大きいから多分足りると思う」

「なら良かったわ。雨合羽を使う天気になるかどうかはわからないけど、一応あったら安心だし」

今のところ、ここ数日の天気は安定している。

「今回使わなくても、作っておけばまた来た時にも使えるものね」

また来た時、という言葉を近くで聞いていた空は何となく嬉しくなった。今皆とこうして楽しく遊んでいるのに、次はいつだろう、とふと考えてしまうことがどうしてもあるのだ。

夏とかお盆かな、それとも来年のお正月かなと。そんな先のことを考えるのは馬鹿馬鹿しいと思うのに、皆と遊ぶのが楽しいと思うほどそれが終わることがやはり寂しい。

空はそんな思いをきゅっと呑み込み、紗雪を笑顔で見上げた。

「まま、かえる、かわいいのいた？」

「うん、いたわよ！　苔山の方には何だか変わった大王アマガエルが色々いたわ。ベニテングタケみたいな模様のとかね！」

「あら、それは可愛いわね。良かったわ」

それは赤に白の斑点があるような蛙なんだろうか、と想像して空はちょっと遠い目をした。毒とかは無いのだろうかと思わず心配になる色柄だが、一応アマガエルらしいので大丈夫なのだろう。

「コケモリ様にも会ってきたの。空に手を貸してくれたお礼を言いにね」

ついでに空を水たまりに落としたことについても少々文句を言ってきたのだが、そのことはコケモリ様も謝ってくれた。

「それで、これから何度も村に帰ってくるなら、今度は夫と子供たちを連れてこいって」

「そう……ありがたいわね。春はまだ足元も悪いし、夏くらいに行ったらどうかしら？」

「そうね、そうしようかな」

「そんときは、ぼくもいく！」

「うん、空も一緒に行こうね」

人数が増えると必然的に雪乃や幸生も付いてくることになり、コケモリ様がビクビクするかもしれないがそれはまぁ仕方ない。それよりも次の季節の新しい約束ができたことが、空にはただ嬉しい。

先のことを考えて空がにこにこしていると、不意に紗雪が空を見下ろし、それからおもむろにしゃがみ込んで目線を合わせた。

「あのね、空……」

「うん？」

「その……空は、弥生とたまに会ったりするかしら」

紗雪は言いづらそうにもじもじした後、そう空に問いかけた。空はきょとんとしつつもその問いに素直に頷いた。

「やよいちゃん、おしょうがつにあって、おしゃべりしたよ。あとおやまにいったときにたすけてもらったから、おれいもいいにいったよ」

「そうなんだ……弥生、元気かしら？」

「うん！　おれいしにいったら、あたまがいたいっておさけのんで、やまとおにいちゃんにおこられてた！」

空はあの騒動の後で弥生の活躍について聞いてちょっと見直したのだが、その姿を見たことで大体それは帳消しになった。

そんなことは知らず、紗雪は弥生が元気だということにホッと息を吐く。それからしばらく考えるように顔を伏せた。

「ままはやよいちゃんに、あいにいかないの？　やよいちゃん、ままにあいたそうだったよ」

空が問いかけると紗雪はうん、と小さく頷き、それからぐっと顔を上げた。

「行くわ。弥生に会いに……明日！」

「あら、今日じゃないの？」

「ちょっと心の準備がいるの！　あと……お願い空、ちょっとママに付いてきて！」

「えぇ……？」

空が困った顔をすると紗雪は顔の前で拝むように手を合わせた。

「お願い！　久しぶり過ぎて何から話したらいいのかちょっとわからなくて……」

（……それは、何となくわかる気がする）

紗雪の必死な顔に、空はうん、と頷いた。ケンカというのは、時間が経てば経つほど仲直りが難しくなるものだ。それは大人でも変わらない……むしろ大人になればさらに難しいのかもしれない。

「ルミちゃんにね、弥生がまだ結婚してないって聞いたの……母さん、本当？」

「……ええ。弥生ちゃんは、まだアオギリ様の求婚を断り続けているわねぇ」

「何でかな……やっぱり、私のせいかな」

申し訳なさそうに眉を下げた紗雪に、雪乃は首を横に振った。

「それだけじゃないと思うわよ。色々、複雑なんでしょう」

「そうなのかな……」

「明日、行って聞いてらっしゃい。色んなこと全部ちゃんと話したら良いわ」

「うん……そうする」

空は手を伸ばして、不安そうな紗雪の手をきゅっと掴む。紗雪はその温かな小さな手を優しく握り返して微笑んだ。

次の日の午後。

空は昼食後に少しだけ昼寝をして、まだ陸が寝ている間に紗雪と二人で家を出た。

「空、足が速くなったねぇ」

「うん！」

空は紗雪にほめられて嬉しくて頷いた。明良や結衣の足の速さにはまだ全然敵わないのだが、それでも東京にいた頃と比べれば雲泥の差だ。すぐに体調を崩すために体力もなく、自分で歩くのはせいぜい家の中だけだったことを考えれば、空は見違えるほど育っている。

紗雪と手を繋いで歩けることが嬉しくて、空はスキップのように半ば弾みながら道を行く。

途中で疲れた頃に紗雪が背負ってくれて、久しぶりの母の背中も嬉しかった。

そんな楽しい道行きもあっという間に終わり、紗雪は緊張した面持ちで神社の鳥居をくぐり、社務所の前にやってきた。特に行事もない普通の日の昼間なので、境内は静かだ。

社務所の窓も閉まっていたが、中に人はいるらしい。紗雪は窓からちらりと中を覗くと、社務所の横に回って出入り用の扉をコンコンと叩いた。

「はぁい」

中から声が聞こえて、繋いだ手に少しだけ力が入る。

ガラ、と扉が開いて中から顔を出したのは、驚いた表情で固まった弥生だった。

「弥生、あの、ひ、久しぶり……」

「紗雪……うん、えっと、久しぶり」

二人はどこかぎこちなく挨拶を交わした。

空はそんな二人を下から見上げ、その顔を見比べた。

「やよいちゃん、こんにちは！」

わざと元気良く声を掛けると、弥生は空の存在に気付き、どこかホッとしたように息を吐いた。

「こんにちは、空くん。えっと、今ちょうど休憩だったの。良かったら、入って」

「ありがとう……お邪魔します」

弥生に招かれ、紗雪と空は社務所の中に入る。中は畳の小上がりになっていて、火鉢や座布団が置いてあった。

紗雪はどこか懐かしそうに中を見回し、招かれるままに座布団の一つに腰を下ろす。空もその隣にちょこんと座った。

「お茶で良い？」

「うん。あ、でもお構いなく……」

「構うわよ。構わせなさいよ」

遠慮がちに紗雪が答えると、弥生はきゅっと唇を尖らせてそう言い、さっさとお茶の用意をしていく。静かな空間にお茶を入れる音だけがして、やがて紗雪と空の目の前にお茶とお菓子が並んだ。

「どうぞ。空くん、お茶は熱いから気をつけてね」

「……ありがとう、いただきます」

「やよいちゃん、ありがとう！　いただきまっす！」

気まずい空気を何とかしようと空は元気良くお菓子に手を伸ばした。

出してくれたのは粒あんの最中だった。美味しいのだが雰囲気が張り詰めているので何だか味がよくわからない。空は口の中にペタペタ張り付く皮に苦労しながら一つ食べ終える。

しかし紗雪も弥生も未だ黙ったまま、僅かずつお茶を啜ってなかなか口を開こうとしない。空はそんな二人を交互に見やり、仕方ない、と覚悟を決めた。

「まま、あんね、やよいちゃん、ぼくをたすけてくれたとき、すごくかっこよかったんだって！」

空が話題を振ると、紗雪はハッと顔を上げた。そのことでまずお礼を言わなければならなかったと思いだしたからだ。紗雪は居住まいを正し、弥生に向かって深々と頭を下げた。

「弥生、その話、母さんから聞いたの……空を助けてくれて、本当にありがとう！」

「いや、止めてよ！　そんなの、当たり前の役目を果たしただけだし！　べ、別に空くんじゃなくたって、村の子なら誰でも助けたんだし！」

（おお……ツンデレだ）

その言葉は嘘ではないのだろうが、言い方があまりにもツンデレで、空はおかしなところで感心してしまった。

「でも、ありがとう……弥生じゃなきゃあんな人数を山奥に送るなんて無理だったって、母さんも言ってたわ」

「雪乃さんにそう言われるとちょっと嬉しいけど……でも、無事で良かったね」

「うん、本当にありがとう」

二人はようやくぎこちなく微笑み合った。

「紗雪も、その、おかえり。こっちには、家族全員で来たの？」

「ただいま……うん、皆で来たわ。夫と、子供たちがあと三人」

「四人もいるのかぁ……大変だった？」

「楽しかった、かな？　大変だったこともあったけど、もう忘れちゃった」

紗雪はそう言って空を見た。空が生まれてからのほうが、大変だったり心配したりと忙しかった気がする。けれど、こうして元気になった姿を見ればそんなことはもう遠い昔のようにも思えた。

紗雪は空の姿に勇気をもらい、一つ深呼吸をすると弥生に向き直る。

「弥生……あのね、弥生がまだアオギリ様と結婚してないって聞いたの。それは、やっぱり私のせい？」

真っ直ぐに切り込まれて、弥生が思わず息を呑む。

空もその直球過ぎる紗雪の言葉に思わずぎょっと目を見開いた。

（ママ、いきなり攻め過ぎ！　もうちょっと世間話とか近況報告とか、前置きってものがあるんじゃない⁉）

あまりにも真っ直ぐすぎて、フォローしたくても空も何を言ったらいいかわからない。

空が慌てる中、弥生は真っ直ぐに自分に向かう紗雪の眼差しから逃げるように一瞬目を伏せ、それから首を横に振った。

「違うわ。別に、紗雪のせいじゃない……私の……気が、変わっただけ」

「弥生……」

「べ、別に良いじゃない！　結婚なんかしなくても、ずっとここの巫女のままで！　跡継ぎなら大和が考えれば良いんだし、私は、別に」

「でも、弥生はあんなに、アオギリ様のこと想ってたじゃない！　私が、ここを出るって勝手に決めて、縁は他の子にしてなんて言ったから……」

「止めてよ！」

紗雪の言葉を振り切るように、弥生はそう言って何度も首を横に振った。今日は流したままの長い黒髪がバサバサと揺れる。

「違う……私は、紗雪が好きにしたみたいに、私だって、別の道があるって……だから別に」

けれど、そう言葉を紡ぐ弥生は辛そうだった。それを見る紗雪もまた、同じような顔をしている。

仲が良かったという二人に何があったのか空は知らない。ただ、二人ともお互いのことを思っていることだけは何となくわかる。

どうにか仲裁が出来ないかと空が考えていると、突然社務所の窓がコンコンと音を立てた。

「わ、なに？」

振り向けば、窓の外にチラチラと何か白いものが見える。

弥生が立ち上がって窓を開けると、それはパタパタと社務所の中に入り込んだ。

「つる？」

羽ばたきながら紗雪の元へ飛んで来たのは、白い折り鶴だった。

「母さんからだわ」

どうやらそれは雪乃が飛ばした手紙のようなものらしい。紗雪が手を伸ばすと折り鶴はそこにひらりと降り立った。そして、声が聞こえた。

『紗雪、陸が急にお腹が痛いって言って倒れたの。ちょっと帰って来れないかしら』

「りくが!?」

「え、大変!」

空も紗雪も、それを聞いて驚いて立ち上がった。窓辺に立っていた弥生も慌てて窓を閉めて戻ってくる。

「すぐ帰った方が良いわ。そういう時は母親が傍にいないと!」

「うん、そうする。弥生……また来るね。また、ちゃんと話そう?」

「……うん。またね」

「やよいちゃん、おかしごちそーさまでした!」

空が草鞋を履きながらそう言うと、弥生はくすりと笑って手を振った。

「空くんも、またね」

外に出ると紗雪はすぐに空を背負い、家へ向かって走り出す。

「しっかり掴まっててね!」

「うん!」

その背中を見送りながら、一人残された弥生はしばらくそこにぼんやりと立ち尽くしていた。

紗雪の足は速かった。

あっという間に神社が遠のき、景色がどんどん流れて行く。空は紗雪の背にしっかりしがみ付いて、東地区の家々がどんどん近くなってくるのを驚きと共に眺めた。走っていてもそれほど揺れないところもすごい。大した時間もかからず東地区に入ると、家まですぐだった。

「ただいま！」

紗雪は勢い良く玄関を開け、そのまま居間に走り込む。居間には心配そうな顔の樹と小雪、幸生がいて、廊下の方から、こっちだぞというヤナの声が聞こえた。

「こっちだ、紗雪。雪乃たちの寝室に寝かせておるのだぞ」

「ありがとう、陸の具合は？」

空を背負ったまま紗雪は奥の寝室に走る。寝室に入ると空がいつも寝ている布団が敷かれていて、そこに顔色の悪い陸が寝かされていた。部屋にはヤナの他に雪乃と隆之もいて、心配そうに陸の顔を見ていた。

「りく！」

「おかえりなさい。腹痛と熱があるみたい。どうもね、空のために避けておいたおやつをこっそり食べたらしいの」

「空の……じゃあ、魔素中毒？」

紗雪の言葉に雪乃は頷き、苦しそうな陸のお腹に手を当てた。

「すぐに体内の魔素を少し抜いたから、症状は重くないわ。でもしばらくは具合が悪いかもしれないわね」

紗雪は陸の傍に座り込み、空をそっと背中から下ろす。空は陸の枕元で、布団から出た手をきゅっと握った。

「りく……おなかいたいの？」

陸は苦しそうにうんうんと唸りながら、何故か首を横に振った。

「……へいき、いたくない、もん」

陸はそう言ってごろりと体の向きを変え、空から顔を隠すように布団に潜ってしまった。

空は心配そうに陸を見ていたが、出来ることがあるわけではない。

「空、おいで。空はあっちでおやつにするのだぞ」

「うん……」

空はヤナに手を引かれ、後ろ髪を引かれる思いで寝室を後にした。

台所には空の分のおやつが置いてあった。今日は串に刺したみたらし団子だ。

椅子に座って何本も皿に盛られたそれを見ると、一本だけ、三個刺してあるはずのお団子が一個だけになっている串があるのを見つけた。

「これ……りくがたべちゃったの？」

「うむ。子供たちにはちゃんとそれぞれに同じおやつを出したのだが……ヤナたちがその片付けをしていて目を離した隙に、陸は空の分をこっそり食べてしまったらしいのだぞ」

「まそちゅうどくって、どんなの？　くるしいの？」

魔素が足りないというのなら空はよく知っているが、魔素が多すぎるというのは全く知らない症状だ。ヤナは空の為にお茶を用意しながら、個人差はあるが、と前置きして教えてくれた。

「体には魔素を溜める器があるのだが……そこに入る量というのも大体決まっているのだぞ。魔素中毒というのは、その器に入る以上の魔素を取り込んでしまったということなのだ」

「それで、おなかいたくなっちゃう？」

「そうだな。過剰な魔素を排出しようと体が反応して、腹が痛くなったり、下したり、吐いたりすることもある。取り込んでしまった分は器への負担を減らすためか、体が勝手に魔力に変えるから、それが熱が出る原因になるらしい」

今の陸はその状態なのだ。もう少し大きかったら自分で魔法を使って余剰分を放出したりも出来るのだが、今の陸にはまだ難しかった。クマちゃんファイターのような魔力を込める玩具も、まだ陸は上手に動かすことが出来ていないのだ。

「この魔砕村は都会よりも遙かに魔素が多いのだぞ。それこそここの空気を吸うだけで、陸の器にはかなりの魔素が溜まっていたはずなのだ。そこに空の食べ物を食べてしまったから、器から溢れたのだろうな」

「そうなんだ……」

「時々こっちから送っていた野菜や果物も、送る前に雪乃が魔素を調整しておったのだぞ。こちらの魔素は穢れがなく綺麗だが、それでも多すぎれば体には良くないのだ」

毎回食事をきちんと取り分け、ヤナが魔素を抜いていたのは意味のあることだった。それを見ていたのにどうして陸は空のおやつを食べたのだろう。串に一つだけ残った団子を囓りながら、空は不思議に思った。

「雪乃が余分な魔素を抜いたから腹を下すのは止まったようなのだが、魔力になってしまった分は外からは上手く抜けぬのだ。それが落ち着くまで熱が出るだろうな」

「りく……だいじょぶかなぁ」

「そう心配しなくてよいのだぞ。熱が上がりすぎないよう、雪乃がちゃんと見ているからの」

ヤナの言葉に頷いたものの、空は心配そうに肩を落としながらもそもそとみたらし団子を食べた。空にとっては美味しい食べ物が、陸にとってはそうでないということが何だか少し悲しかった。


その日、夕飯の席に陸は並ばなかった。

夕飯は食べず、紗雪と雪乃が交代で様子を見ているがまだ熱があるらしい。

そのまま寝る時間になったが、結局陸はその晩雪乃に付き添われて下の部屋で眠ることになった。

一人減っただけなのに、空は広くなった布団を何となく寂しく感じながら紗雪に寄り添って眠りについた。


その次の日も、陸はまだ布団から出られなかった。

熱は少し下がったそうなのだが、まだ平熱よりは高いらしい。大事をとってもう一日寝ていてね、と雪乃に言われ、陸は残念そうに頷いた。

残念なのは空も一緒だ。陸と遊べる日が一日減ってしまった。

空は朝食が終わると陸の様子を見に、そっと寝室へと向かった。

「……りく？」

「あ、そら！」

そっと障子を開けて覗き込むと、陸は雪乃に水をもらって飲んでいたところだった。空の顔を見て目を輝かせる。

思ったより元気そうなその姿に空は安堵し、部屋に入って陸の傍に腰を下ろした。

フクちゃんも一緒に付いてきて、陸の布団の上をぽすぽす歩いて行く。陸は嬉しそうにその小さな体を捕まえ、空がよくそうしているようにもみもみと優しく揉んだ。

「空、ちょっと食器を片付けてくるから、ここにいてくれる？」

「うん」

陸が食べた朝食を片付けてくる、と雪乃は部屋を出て行った。

「ねぇりく、もうおなかいたくない？」

「うん！　へいき！」

陸は元気にそう答えたが、熱のせいかその頬は少しばかり赤い。手を伸ばして陸の額に触れると、やはりまだ少し熱い気がした。

「……ね、りく。なんでぼくのおやつ、たべちゃったの？」

空がそう聞くと陸は途端に表情を曇らせて黙り込んだ。

「ぼくのは、りくにはたべられないって、ヤナちゃんもばぁばもいってたでしょ。だめなんだよ」

「……だって、たべたかったんだもん」

陸は頬を膨らませて小さな声でそう答えた。

「たべたくても、おなかこわしたらだめだよ。ねつもでて……」

熱が出た時の辛さを空はよく知っている。そんな空に対して陸は、保育園に行っていてもあまり風邪も引かないような健康な子供だった。

「りくがねつだしたら、そとであそべないし。ぼく、かなしいよ」

空の言葉を聞きながら、陸はギュッと唇を引き結んで俯いた。

手の中のフクちゃんを握ってしまいそうで、そっと手を開く。フクちゃんは戸惑ったように陸の膝の上をうろつき、ホピピ、と鳴きながら心配そうに二人を見上げた。

「もうたべちゃだめだよ。ぼくの……」

「……んで」

「え？」

「なんでだめなの!?　ぼくだって、そらとおんなじのたべたいよ！」

陸は突然大きな声でそう叫んだ。

「えっ、でも、だから」

「ぼくとそら、おんなじだもん！　ぼくだってたべれる！　ぼくだって、ここにいられる！」

「りく……」

「ぼくだっておなじのたべて、つよくなって！　そんで、そんで、そらといっしょに、ほいくえんだってがっこうだって、いっしょ、に……」

不意に陸の目からぼろりと涙が零れた。

まだ上手く言葉に出来ない沢山の思いが溢れたように、陸の目から次々と大粒の涙が零れる。

陸はそれをぐいぐいと乱暴にパジャマの袖で拭うと、ガバッと布団を持ち上げてその中にすっぽりと身を隠した。

「あっちいって！」

「りく……りく」

「あっちいってってば！」

陸はギュッと布団を押さえて縮こまり、空を拒否して丸まった。

空はしばらく戸惑ったようにそれを見ていたが、ぽんぽんとその背を叩くとフクちゃんを拾い上げて立ち上がった。

「……またあとでくるね」

そう言って部屋を出る背に声は掛からず、布団の中からは押し殺したような泣き声が微かに漏れ聞こえていた。

# 七　迷うもの、導くもの

布団を被ったまま、陸はいつの間にか寝ていたらしい。

しばらく眠って目が覚めた陸は、布団の隙間からそっと顔を出した。

時間は結構経っているようで、周囲に雪乃やヤナはいなかった。その代わりすぐ隣を見て陸は目を見開いた。

陸の隣には空が布団を敷いて眠っていた。空は昼寝の時間を陸の隣で過ごすことにしたのだ。

すぅすぅと小さな寝息が聞こえて、それを聞いた陸はまた出そうになった涙をギュッと堪えた。

「そら……」

小さく呟いて俯くと、不意にその視界に緑色のものがぴょこりと割り込んだ。

その緑色の正体は、テルちゃんの帽子の先に付いた小さな葉っぱだった。テルちゃんはいつの間にか起きてきて、眠る二人の周りをうろうろしていたらしい。

テルちゃんはとことこと近寄ってきて、ぎゅっと顰《しか》めたままの陸の顔を覗き込むと可愛い声で話しかけた。

「リク、リク、マヨッテル？」

陸はその言葉の意味がわからず、きょとんと目を見開く。

「リク、マイゴ？」

「……ぼく、まいごじゃないよ？」

家にいるのに迷子だなんて、と陸はちょっと唇を尖らせる。しかしテルちゃんは悪びれず、体を捻るように首を傾げた。

「デモ、リク、マイゴ。リクノココロ、マヨッテル」

「こころ……？　こころがまいごって、どういうの？」

「リク、ココログチャグチャ。ココニイタイノニ、ミチガナイ。マヨッテルノ、チガウ？」

陸は言われた言葉についてゆっくりと考えて、それからうん、と頷いた。

確かに陸の心の中は、色々な思いをため込んでもうぐちゃぐちゃなのだ。少しでも外に吐き出せれば良いのだろうが、幼い陸はまだそれらを表現するだけの言葉を持っていない。

空と再会できた喜びや、一緒に遊ぶ楽しさがその心の多くを占めているのは間違いない。けれど一緒にいればいるほど、色んなことが少しずつ気になってしまう。

同じ物を食べられないこと。フクちゃんやテルちゃんという、陸の知らない存在が空の傍にいること。ここで出来た友達や幸生の友人たちに空が構われ、可愛がられていること。

ずっと一緒だったはずの空の周りには陸が知らないことが沢山増えていて、それが陸の中に少しずつ寂しさや不安になって降り積もる。

保育園も小学校も一緒に行けないのだと思うと、陸は地面に転がって嫌だと駄々をこねたい気持ちになるのだ。

けれど、東京にいた頃のように元気のない、痩せて小さいままの空をもう見たくない気持ちも確かにあって。

「ぼくも、ここにいたいのに……そらといっしょに、いたいのに」

同じ物を食べたなら少しは近くなるだろうかと思ったけれど、それは陸のお腹を痛くしただけだった。

それが悔しくて、そして空にまで否定されたことが悲しくて、けれどこうして隣にいてくれることが嬉しい。

陸は涙が零れないように必死で顔に力を入れて俯いた。

テルちゃんは手を伸ばし、俯く陸の膝をポンポンと小さな手で叩いた。

「テル、マイゴミチビク、トクイ！　リクニミチ、ミツケル！」

「みち……そんなの、あるの？」

「アル！　カモ？」

テルちゃんは丸っこい体をきゅっと捻って傾げると、ぴょんと布団から飛び降りて陸の傍でくるりと回った。

「テル、シッテル！　ヒトモ、キノエダイッパイモッテル。ソノサキ、キットイキタイトコ、ツナガッテル！」

そう言ってテルちゃんはくるりくるりと回る。やがてその体が少しずつ光を帯びて、陸は布団から出てテルちゃんを不思議そうに見つめた。

テルちゃんはチカチカと明滅を繰り返し、そして急にピタリと動きを止めると、ぴょんと跳ねて陸の胸に飛び込んだ。

「わっ⁉」

「ミチ、ミニイク！」

「えっ、え、ええ？」

次の瞬間、テルちゃんは一際強い光を発し、その白い光は陸の体も諸共に呑み込む。

そしてその光が消えた後には、陸の姿もテルちゃんの姿もなくなっていたのだった。


ちょうどその頃。

南地区の外れにある田亀家では、田亀が客を迎えたところだった。

「お、猫宮ちゃん」

「お邪魔するよ」

獣舎で動物の様子を見ていた田亀を訪ねてきたのは、村で冬を越している猫たちの長老、猫又の猫宮だった。今日もフクフクとした毛並みが美しい。猫宮は二本の尻尾を揺らしながら田亀の傍まで歩いてくると、行儀良くちょこんと座り込んだ。

「どうしたんだい？　あ、猫たちもそろそろ帰るのかな」

「そうなんだよ。まぁもう何日かはいるけれど、今のうちに挨拶をと思ってね」

猫宮はこの冬を矢田家で過ごしたが、矢田家では家守のウメが復活したのでもう守りは必要無い。それでも春までゆっくりしていってと言われたのでそのままのんびり過ごしていたが、そろそろ猫たちも山に帰る時期が近づいていた。

田亀の獣舎では、人間の傍をあまり好まない猫が何匹か世話になっていた。その様子見も兼ねて猫宮は挨拶に来たのだ。

「今年の冬はどうだった？」

「いつも通りだよ。まあまあ良い冬だったんじゃないかね？」

「なら良かった。猫居村の小屋の様子は後で見に行ってくるよ」

「いつも悪いねぇ」

猫居村には猫たちが雨風をしのぐための小屋が幾つも建っている。その手入れは村の人間が手分けをして行っているのだ。猫宮のような年経た猫は魔法でそれなりに何でもこなすが、建物の修復などの大がかりなことは人間の手を借りたほうが断然効率が良い。

山での案内や珍しい山の幸などと引き換えに、猫たちは時折そうした手伝いを人間に依頼していた。

「そういや、そろそろ村の若いのも連れてってていいかな？　小屋の修理とか周囲の点検とか、若いのにも憶えてもらわないと」

「あんまりうるさくないのなら構わないよ。ここの跡継ぎでも決めたのかい？」

猫宮の問いに田亀は困ったように笑い、首を横に振った。

「いや、そういうんじゃないよ。それとは無関係さ。うちはなぁ……魔狩村に親戚はいるんだが」

「跡継ぎにはならないのかい？」

「魔狩のはあっちに移ってもう結構になるからな。魔砕で暮らして、山にも入るってのはちと荷が重いって言ってなぁ」

「そうかい……残念だねぇ」

田亀に子供でもいれば、と猫宮は口には出さなかった。長い付き合いで、田亀の事情ももちろん知っているからだ。

「俺の後は、うちの村で継いでもいいって子がいないかのんびり探してみるつもりだよ。俺も引退するにはまだ大分早いからな」

「ああ、それが良いさね」

そう言って二人で頷き合った時、ふと猫宮はその細いヒゲをぴくりと震わせた。すっと立ち上がり、きょろりと辺りを見回して半歩下がる。

「どうしたね？」

その声には応えず、猫宮は宙空の一点を見つめた。

何かが来る、と身構えた次の瞬間、空気が音を立てて揺れ、パッと白い光が弾ける。

「ニャッ！」

「うわ、何だっ⁉」

強い光に目が眩み、二人は声を上げつつも反射的に身を低くして構える。

しかしその光はわずかな時間で消え失せた。二人は目に残った残像を消そうと瞬きをしながら光った場所を見て、そして目を見開いた。

光が消えた場所にいたのは、緑色の丸っこいものを胸に抱いた、パジャマ姿で裸足の子供だった。

「アンタは……」

「……空くん？」

名を呼ばれた子供は戸惑ったように周囲を見回し、そして首を横に振った。それから田亀を見て、その顔に見覚えがあると気付いたらしい。

「……ばすのおじさん？」

「空くん、じゃないのか。じゃあ、陸くんか」

「うん」

「アンタ、何だってこんなとこに急に現れたんだい？」

田亀に頷いた陸は、しかし猫宮に声を掛けられて目を丸くした。ぱくりと口を開きかけ、胸に抱いたテルちゃんをギュッと抱きしめる。テルちゃんは苦しいのか短い手足をもごもごと動かした。

「ねこ……しゃべった⁉」

「そりゃあここではね。アンタも、空と同じことで驚くんだねぇ」

「しゃべるんだ……そらとおんなじ……」

同じだと言われて、陸はホッとしたように体の力を抜き、小さく笑みを浮かべた。

その姿を上から下まで見下ろし、田亀はちょっと待ってなと獣舎の物置に走って行った。そしてすぐに木で出来た椅子を一脚持って戻ってくる。田亀は獣舎の隅に置いてある薪ストーブの近くにその椅子を置き、それからまた走ってきて陸を抱き上げるとそこに座らせてくれた。

「裸足じゃ冷たいだろ。寒いとか、痛いとか他にないか？」

「だいじょぶ……おじさん、ありがとう」

陸がお礼を言うと、田亀は安心させるように笑顔を見せた。

「それで、どうしてここに急に現れたのか、わかるかな？」

田亀が問うと、陸はまた首を横に振る。

「わかんないけど……テルちゃんのせい、かも？」

「テルちゃん？」

「そこのもごもごしてる精霊かい？」

「うん」

陸は下を見てハッとしたようにテルちゃんの体を離した。テルちゃんはやっと解放され、ぽひゅっとおかしな音を立てて息を吐くと、陸の膝の上でくるりと回り、自分を覗き込む田亀と猫宮を見回した。

「アンタがテルちゃんかい？」

「ソウダヨ、テルダヨ！」

「君は……空くんの精霊だって聞いてた気がするんだが、何だってこの子をここに連れてきたんだい？」

田亀が聞くとテルちゃんは少し考え、それから田亀をピッと指し示した。

「テルハ、リクノミチノサキヲ、サガシニキタヨ！」

「道の先？　ここがそうだってのかい？」

意味がわからなくて首を傾げる猫宮に、テルちゃんはそうだと頷いた。

「テルハ、マイゴニミチヲシメスノガ、オヤクメダヨ！　ココガ、リクノノゾムミライニ、イチバンチカイバショダヨ！」

「それは……俺が陸くんを家に送っていけば良いってことかな？」

「ゼンゼンチガウヨ！」

田亀と猫宮は困り果て、陸にも聞いてみることにした。

「ええと、陸くんは、迷子になってこの子に相談したのかい？」

陸は少し考え、首を縦に振る。

「まいごじゃないけど、そーだん、した、かも？　ぼく、どうしたらここにいられるか、そらといっしょにおおきくなれるか、しりたいっていったの」

「うーん……陸くんは、ここには短い間しかいられないんだよな？」

「うん……おなじものたべたらいいかなっておもったけど、おなかこわして、ねつがでちゃった……」

「なるほど、まだここの物は強すぎたんだね。で、それでなんでここに連れてきたのさね」

猫宮がテルちゃんにそう問うと、テルちゃんは短い手でピッと田亀を指さした。

「テル、リクノキノエダミタ！　イロンナミライニツヅクキノエダ！　ソノナカカラ、リクノネガイニ、イチバンチカイトコニ、コノヒトイタ！」

この人、と言われた田亀を猫宮が見れば、田亀もぽかんとして自分を指さしていた。

「……まさか、このちんまいのは未来視が出来るっていうのかい？」

「そんな能力、巫女の系譜にだって滅多に出ないやつじゃないか。精霊って言っても、木の精霊にそんな能力の前例は……」

二人が困惑した声でそう言うと、テルちゃんは誇らしげに丸い胸をきゅっと張った。

「テル、ソラニナマエモラッタ！　テルハ、テルタママヨヒコ！　マヨエルタマシイヲテラスチカラ、テニイレタ！」

「迷える魂を照らす……いや、それでなんでそうなるのかわからん」

「将来に迷ってれば、それも照らしてくれるってのかい？　どう拡大解釈したらそうなるのか、さっぱりだね」

しかし猫宮も田亀も、テルちゃんが語ったことを一応は理解できた。

迷いを抱える陸の心に応え、陸から広がる様々な可能性のうち、望む未来に一番近そうなものをテルちゃんが選んでここに連れてきた、ということを。

「つまり、この子がこの村にいられる未来に、寅治が関わってるって言うんだね？」

「ソウダヨ！」

「何でまた俺が……まさか、うちの跡継ぎってんじゃないだろう？　都会育ちの子には、魔獣使いは多分無理だろう……」

田亀が困ったように頭を掻く。

猫宮は少し考え、それからふと田亀の頭の上、肩の後ろ辺りに視線を向けた。

「もしかして……坊や、寅治の肩の上を見てご覧。あの辺に何か見えるかい？」

猫の前足が田亀の肩の上を指す。陸はその先に視線を向け、じっと見つめた。

最初は何も見えない、と思ったが、じっと見つめているとやがて白いもやがうっすらと見えた。

それに気がつき、そのもやをもっと見よう、と目を凝らして見つめていると段々とそれがはっきりしてくる。

「なんか……しろい、くも？　さんかくがふたつ……いぬさん？」

「おや。アンタも空とやっぱり兄弟なんだね。あの子も良い目を持ってるって聞いたけど、こっちもなかなかだ」

「まさか、シロが見えるのか……しかし、うーん……シロは気難しいからな」

「アンタが言い聞かせりゃどうにかなるんじゃないのかい？　もとより、シロだけはそのうち誰かに継がせたいんだろう？」

「そりゃあそうなんだが……」

田亀はしばらく唸って考えこみ、それから自分の肩の後ろを見た。田亀にはその白いもやの姿が生前の彼女とほとんど変わらずに見えている。犬居村の犬たちの長であるハチによく似た、強く美しい、田亀の相棒だ。

田亀はその姿をじっと見つめてからまた振り向き、それから陸の前にしゃがみ込んだ。

「陸くん。この俺の後ろにいるのは、シロって言って、俺の相棒だった犬だ」

「あいぼう……」

「俺が子供の頃に契約……ええと、ずっと一緒にいるって約束をして、大きくなって……そして、俺を守って死んじまった」

「しんじゃったの？」

陸はそれを聞いてもう一度その肩の上に視線を向け、わずかに瞳を潤ませた。

「力が強かったシロは、死んだ後も精霊みたいなものになって、ずっと俺の傍にいてくれるんだが……俺の守り神になったって言えばいいのか？　わかるかな」

「テルミタイナノニ、ナッタヨ！」

テルちゃんがそう言って手を上げると、陸は何となく理解したらしく頷いた。

「俺はそれが嬉しかったんだが……だが、このまま いくとな、俺がいつか年をとって死んだ時に、シロも一緒に消えちまうんだ」

「きえちゃうの……？」

田亀の後ろのシロは口をパクパクと開けて何かを言っている。田亀にはもちろんその声がよく聞こえていた。

『それで良いと言ってるのに！　寅治と一緒に逝って何が悪いのだ！』

「そうは言ってもなぁ、シロ……俺はお前を二度も死なせたくないんだよ。だが誰かに継いでもらおうにも、俺には子がいないし……」

『寅治……』

田亀は結婚していたが、その妻は若くして急な病で先立ってしまったのだ。二人の間には子供もいなかった。それっきり田亀は再婚することもなく、自分の両親と暮らしている。

「寅治は愛情深いが、その分切り替えるのも下手だからねぇ」

「……俺には、犬はシロだけ。女房はアイツだけでいいんだよ」

田亀が寂しそうに、けれど笑ってそう言うとシロは黙り込んだ。

昔、若かった田亀が仕事で山に入った際に思いがけない場所で強い魔獣と遭遇したことがあった。そのしばらく前に田亀は好き合って結婚した妻を突然亡くし、意気消沈して気力や体力を落としていた。そのせいで危機に瀕し、その時シロは田亀をかばって死んでしまったのだ。

シロはそれを後悔しなかったが、田亀がシロの死をどれだけ嘆いたかはよく知っている。妻に続いて相棒までも失った田亀は、しばらく立ち直れなかった。シロが守り神に昇格し田亀の傍にいるとわかるまで、日々の生活も危うかったほどだ。

だからこそ、二度も死なせたくないという田亀の言葉を否定することはシロにも出来なかった。

陸はよくわからないなりにそんな田亀とシロの姿をじっと見つめ、そして頷いた。

「ぼくが、シロとやくそくしたら、シロはきえない？　ぼくも、ここにいられるの？」

「どうだろうな……確かにシロは契約しているだけで多少の魔力を使うけどもなぁ。今は実体もないからその量は多くないが、契約に魔力を使われ続けるなら魔素を過剰に吸収しても大丈夫かもしれない。シロの力で強くもなれるだろうが……まだ陸くんは小さいから、そもそも契約がちょっとなぁ」

七歳までは人ならざるものとの契約はさせないのが、村のしきたりだ。

「なら、仮契約にしたら良いんじゃないかねぇ？」

「仮契約？」

「ああ、本契約は寅治から移さず、何かシロの一部を媒体として渡して、陸とも少しだけ絆を繋ぐのさ。相性が合うかどうかもある。そうやって時間を掛けて、七つまで馴染ませとけば良いさね」

田亀はその言葉について考えこみ、しばらくしてから顔を上げた。

「陸くん。あのな、そのやり方でも、君はすぐに村で暮らすことは出来ないんだよ。七歳になるまでは契約も出来ない。それは村の決まりだから、破ることは出来ないんだ」

「うん……」

「少しずつでも魔力を常に使うから、陸くんの魔力の量次第では大きな魔法は苦手になるかもしれない」

陸の持つ魔力量が大きくなっても増えなければ、その一部を常に使われているのなら、魔法が苦手になる可能性もあると田亀は考えていた。

しかし隣にいた猫宮は、首を横に振って田亀の話に割り込んだ。

「けど体は丈夫になるし強くなるさね。それに常に魔力を使ってれば魔素の器の成長も見込めるんじゃないかね？　魔素の器が大きくなれば魔力も自然と増える。増えれば、契約に使う分なんて問題にならなくなる。そうなれば、将来的にはこの村に移り住むだけの力を持てるかもしれないよ」

「ほんと⁉」

「猫宮ちゃん、そんな良いことばっかりじゃないかもだろう？」

「良いとこも言ってやらなきゃ公平じゃないよ。悪いことを良いことに変えるのは、この子の願いの強さと、努力次第さ」

猫宮はそう言うと尻尾をゆらりと揺らし、陸の前に立って真っ直ぐ顔を覗き込んだ。

「良いかい？　まず運動したりして、体を少しずつ鍛えなきゃならないよ。それからご飯を沢山食べてよく寝て、減っていく魔力を補充しなきゃならない。親の言うこともちゃんと聞くんだよ。食べちゃダメな物は、どうあったってまだダメなんだよ」

「うん！　ぼく、がんばる！」

「あぁ……猫宮ちゃん、そんなやる気にさせて……紗雪ちゃんにどう言えばいいんだよ」

「良いから、まずアンタはシロを説得しな！　もしかしたら将来の跡継ぎになってくれるかもしれないんだよ？」

「いやそこまでは考えてないから！　俺はシロを継いでくれればそれで……」

そこまで言いかけ田亀は口をつぐんだ。結局の所、田亀も誰かにシロとの契約をいつかは引き継いでもらいたいと思っているのだ。

『寅治……シロは、寅治と離れたくないよ。シロは寅治の相棒だ……なのに、この子にあげるって言うのかい？』

肩越しに覗き込むように相棒からそう語りかけられて、田亀はハッと振り向いた。

「俺は……俺の相棒は、お前だけだよ。だが、俺はお前を逝かせたくないんだ」

『寅治が一緒なら、どこだってシロは行きたいよ』

「シロ……それでも俺は」

『やだよぅ、寅治……』

「シロ……」

田亀とシロが悲しげな表情で見つめ合っていると、突然その間にぴゃっと猫宮がジャンプして割り込んだ。

田亀の肩に跳び乗ってその後ろ頭を二股の尻尾でパシリと叩き、シロの鼻面を前足で叩く。もちろん透けている体に当たりはしないが、シロはビックリしたように思わず身を引いた。

「だーっ！　湿っぽい！　湿っぽいんだよアンタたちは！」

「ね、猫宮ちゃん!?」

「ぐだぐだ先の無いことを言い合ってないで、今はピチピチの子供の将来を心配しな！」

猫宮のあまりの剣幕に、ビシッと前足で示された陸も固まっている。

「シロ！　アンタだって自分の不安定さは解ってんだろう!?　寅治の魔力じゃ今の幽霊みたいな姿が限界だって！」

『そ、それはそうだけど……』

田亀は元々そんなに魔力が多い方ではない。ただとても動物に好かれる血筋の生まれで、そのために魔力の負担をあまりせず、色々な魔獣と契約を交わすことが出来ていた。

しかし田亀の魔力では、精霊のような存在になったシロに実体を持たせることは出来なかった。

「二人分の魔力を貰えば、あるいはこの子がそのうち化ければ、アンタだって実体を取り戻せるかもしれないだろう？」

『実体……そしたら、寅治にまた撫でてもらえる……？』

「いや、確かにそうなりゃ嬉しいが……けど、俺の事情でこんな小さな子を利用するのはやっぱりちょっと……」

「利害が一致するんだから別に良いじゃないかね。仮契約ならいつだってこの子の側からも切ることが出来る。ちゃんと親の了解をとって、本人が望むならそれもありだよ！」

「アリダヨ！」

無責任な緑の丸いのがピコピコと手を振る。

「いいから、試しにシロの爪でも牙でも持っておいで！　どうせとってあるんだろう？」

「う、あ、ああ……」

田亀はビシリとまた叩かれ、バタバタと母屋の方へ走っていった。

猫宮はその肩からひらりと飛び降りると固まったままの陸の前に戻って、その手をサリ、と優しく舐めた。

「ねこさん……びっくりした」

「ごめんよ。うだうだ言うもんだから、イラッとしてね」

「ねこさん、じゃんぷすごいね。ぼくも、そんなふうになりたいな……」

「なれるさ。なりたいと願って、頑張ればね」

「ナレルヨ！」

自分の願いを肯定されて、陸はちょっと元気を取り戻して頷いた。

「ただし、今すぐは無理だよ。強くなるには順序よく訓練していかなきゃいけないからね」

「シロとやくそくしても、だめ？」

「ダメだよ。そうだね……積み木で何か作るとき、下にする分がきちんと並んで平らじゃなきゃ、上に何を乗せてもすぐ崩れちまうだろう？　何事も、しっかりした土台を作るのが大事なのさね」

「……うん。わかった。くんれんっていうの、がんばる！」

それは陸にも納得できる、とてもわかりやすい説明だった。

猫宮は良い子だ、と頷くとさらに続けた。

「それから、空とこの村で一緒にずっと暮らすのもすぐには無理だよ。それはちゃんと諦めなきゃいけない。今は、夏や正月にここに来て、会えるだけで我慢するんだ」

「うん……」

それは陸ももう理解している。小さな団子を二個食べただけであんなに苦しくなったのだ。ここの食べ物が今の陸に合わないことは、嫌と言うほどわかってしまった。

肩を落とした陸に、猫宮は優しく続けた。

「アンタが頑張れば、小学校の何年かぐらいは一緒に通えるかもしれないよ」

「ほんと？」

「ああ。それを目指して頑張って、会うたびに強くなって空をビックリさせてやるのも、きっと楽しいよ？」

「そらをびっくり……うん、いいかも！」

「だろう？　お、寅治が戻ってきたね。どれ、そろそろ迎えも来るだろうし……その前にちょっと試してみようかね？」


一方、陸が田亀と出会う、その少し前のこと。

空はその時、夢の中で庭を走り回って元気に遊んでいた。

兄弟や友達、フクちゃんやテルちゃんと一緒に走るのはとても楽しい。

沢山走っても夢の中は息が切れない。気が済むまで走って、笑って、そして立ち止まったとき、突然ぎゅるるるる、と空のお腹がすごい音で鳴った。

（お腹空いた……）

そろそろおやつの時間だろうか、とふと考えたが何だかまだ早いような気がする。さっきお昼ご飯を食べて、お昼寝して……今は何時だろう、と空が考えたとき、テルちゃんがトコトコと空の足下にやってきた。

「ソラ、ソラ！　マリョク、チョットモラウネ！」

「まりょく？　ぼくの？　なにするの？」

「テル、チョットオシゴトシテクルヨ！　マイゴノゴアンナイダヨ！」

テルちゃんはそう言ってピッと手を上げると、可愛くくるりと回った。

「そっかぁ。テルちゃんえらいね！　いってらっしゃい！　あ、どこいくの？」

「カメノトコ！　リクトイッテクルヨ！　ジャアネ！」

元気良くそう言うと、テルちゃんの姿はフッと消えてしまった。空はびっくりして周りを見回したが、もうその姿はどこにもない。

「かめ……？　りくといくの？」

どうして、と空が聞こうとした時、空はどこかから強い声で名を呼ばれた。

『空！　空、起きるのだぞ！』

「え？　ヤナちゃん？」

『空、空！』

声に驚き、次いでぐらぐらと体を揺すられて、周りの世界が急速に薄れて遠のく。空は強引に夢から引きずり出されるようにして、昼寝から目を覚ました。

「空、起きたか!?」

「ん……ヤナちゃん？　なぁに？」

目を擦りながらもそもそと動くと、ヤナが空を少々強引に布団から引っ張り出して体を起こさせた。

「空、陸が消えたのだぞ！　突然、何の前触れもなしにヤナの結界の中から消えたのだ！　何か異変はなかったか!?」

「りく？　いないの？」

「そうなのよ、空。どうにかしてすぐに探さないと……」

「一体どこに行っちゃったの？　どうして陸だけ？」

傍には雪乃や紗雪もいて、二人も焦ったように話し合っていた。視線を上げれば部屋の入り口には心配そうな樹と小雪、そしてオロオロしている隆之の姿も見える。幸生は庭にでも出たのか、姿は見えなかった。

空は目をぱちくりと瞬かせ、隣の布団を覗き込んだ。陸が寝ていたはずの布団は半分めくれていて、確かにそこに陸の姿はない。

空はぼんやりとその布団を見て、それからふと焦っていない自分に気がついた。

何故だろうと考え、そういえば、と夢の中で何か言われたことを思いだした。思い出すと途端にお腹が音を立てる。

そして空は気がついた。急にお腹が減ったのは、空の魔力を誰かが使ったからだと。

枕元を見ればフクちゃんはちゃんとそこにいて、小さい姿のままだ。皆の剣幕に戸惑ったようにうろうろしている。

となれば、犯人は一人（？）しかいない。思い返せば夢の中で事前に申告もしていた。

「テルちゃんが……ぼくのまりょくつかって、りくをつれていったのかも？」

「テルが⁉　そういえばおらぬが……テルにはそんな力があったのか⁉」

そう言われても、テルちゃんのことは空もまだよくわかっていないのだ。普段は一緒に遊ぶだけなので、テルちゃんに何が出来るのか、正確なところは把握していない。

「わかんない……でも、ゆめのなかで、まいごのごあんないしてくるっていってたよ」

「テルちゃんは他にどんなことを言っていたの？」

「ええと、ぼくのまりょくもらって、おしごとしてくるって。たしか、かめのとこに、りくといってくる……？」

亀と聞いてすぐに思い浮かぶのはキヨちゃんだ。となれば田亀の所だとすぐに見当が付く。雪乃と紗雪は顔を見合わせて立ち上がった。

「私、すぐに迎えに行ってくる！」

「紗雪、陸の上着と靴を持って行ってね」

「あ、まま、ぼくもいく！」

空はそう言って立ち上がったが、またお腹がきゅるきゅると大きく鳴いた。

「おなかへった……」

「魔力を使われたせいか？　すぐにおやつを食べるのだぞ！」

ヤナは空腹に弱い空の為に、慌てておやつを用意しに行った。

その間に服を着替えさせてもらい、支度が終わる頃にはヤナが走って戻ってきた。

「空、とりあえずおにぎりを食べるのだぞ。おやつには饅頭を蒸かそうと用意していたのだが……それは帰ってからにしような」

「ありがとう、ヤナちゃん！」

昼の残りご飯で手早く作ってくれたおにぎりを受け取り、空は喜んで頬張った。

食べやすいよう小さめにしたおにぎりを三つあっという間に平らげ、空は紗雪と一緒に草鞋を履いて外に出る。

その間に雪乃は田亀に連絡をして、確かに陸がそこにいるということを確認していた。

「田亀さんに聞いたら、突然陸とテルちゃんが現れたんですって。何か話があるらしいから、一緒に行くわ」

そう言って雪乃と、雪乃に呼ばれた隆之も上着を持って外に出てきた。

他の皆は留守番らしい。庭で陸を探していた幸生も戻ってきて、心配そうにしつつも家は任せろと言って見送ってくれた。


空は紗雪に背負われ、先日も訪ねた田亀家へと向かった。

「ぱぱ、がんばって！」

「う、うん！　だ、だいじょうぶ、だよ、ふぅ、はぁっ」

紗雪の背から、少し後ろを小走りで追いかけてくる隆之に手を振る。雪乃はそんな空を見て首を傾げた。

「空は、あんまり陸のこと心配してないのね？」

「うん！　りく、だいじょぶって、なんかわかるよ！」

テルちゃんがすぐ傍にいるせいか、双子はどこかで繋がっているせいか、空は陸が危険な目に遭っていないということが何となくわかっている。

「それなら良かったわ……あのね、陸が大丈夫でも、急にお家からいなくなるようなことをすると、ヤナがすっごく心配してその後落ち込むから、テルちゃんには後で言っておいてね？」

自分の結界内から庇護していたものが突然消えるというのは、家守にとってはものすごく驚く事なのだと雪乃は説明した。

普段のヤナは落ち込んだ様子など空には見せないが、空が水たまりに消えたときも、家から勝手に出て山に向かったときも後から随分落ち込んでいたらしい。

「ヤナちゃん、びっくりしてがっくりしたんだね……あとでテルちゃんには、ちゃんとめっていっておくね！」

空は自分のことも含めて、どうもヤナに心配を掛けすぎていると反省した。

そんな話をするうちにやがて四人は南地区を抜け、田亀家まで辿り着いた。隆之も息は荒いがちゃんと付いて来たので、門を抜けてそのまま獣舎の方へと進む。

するとその入り口に、見慣れた緑の丸いものがちょこんと立っていた。

「あ、テルちゃん！」

「ア、ソラ！」

空は紗雪に下ろしてもらうと、テルちゃんの所に走り寄った。

「テルちゃん、りくは？　りくどうしたの？」

「リクハ、ナカダヨ！」

悪びれず答える姿に、説教は後にしようと考えながら空は急いで獣舎の中に駆け込んだ。紗雪たちも後に続く。

「あ、いた！　りく！」

空は見回した獣舎の端に、椅子に座る陸とその傍に立つ田亀、そして猫宮の姿を見つけてすぐにそちらに走り、そして陸の少し手前で足を止めた。

「……りく？」

「あ、そら！」

陸は空の姿を見てブンブンと笑顔で手を振る。その姿は、朝と違って何だか思ったより元気そうだ。しかしそれにホッとすると同時に気になることがある。

空は足を止めたまま、陸の頭の上に視線を向け、思わず自分の目を擦った。だが今見えているものは消えないようだ。

「ええと、りく？　あの……それ、なに？」

陸の頭の上部、空より少し短い陸の茶色い髪の隙間から、見慣れないものがぴょこんと飛び出している。

少し短めだが、白くてほわほわと毛の生えたそれは、どう見ても犬の――

「これ？　これ、みみだよ！」

――やはり、耳のようだ。陸の頭になんと可愛らしい犬の耳が生えている。その下には人間の耳もちゃんとあるから、耳が二組あることになる。

「い、いぬみみ⁉　なんで⁉」

空が驚く姿を見ても、陸はにこにこしたままさらに告げる。

「ばすのおじさんと、おそろいだよ！」

え、と思って空が田亀の方を見ると、田亀はちょっと困ったような照れたような顔で頷き、いつも被っている作業帽をひょいと持ち上げた。

田亀のその短い髪の間から、確かに白い犬耳が二つぴょこりと出ている。陸の物より大きく立派な犬耳だ。空はそれを見てパカリと口を開いた。

「……だれとく⁉」

「だれとく？　どーいういみ？」

おじさんに犬の耳が付いているなんていう状況を、一体誰が喜ぶというのか。

驚きすぎて、思わず心の中の言葉を零してしまった空だった。


「……という訳でして、今の陸くんはシロとの仮契約という状態です」

皆の驚きが一段落した後、田亀は事の顛末を説明してくれた。

テルちゃんが突然陸を連れてきたこと、陸が抱いた願いと、それが叶う可能性。そして田亀とシロとの間に仮という形で入ることで起こると思われる変化。もちろん耳が生えたこともその一つだ。

「じゃあ、今陸が手に持っているシロの牙を手放せば、仮契約もその状態も、簡単に解消されるのね？」

雪乃の確認に田亀と、その後ろに浮かぶ少し姿がはっきりしたシロが頷いた。今は皆にも姿が見えるようにしているらしい。

「ああ。その耳も、シロの分体が陸くんと同化しているから生えた物で、実際にあるわけじゃないんだよ。シロ」

田亀がシロに呼びかけるとシロが頷く。次いで陸の体がほわりと一瞬白く光り、それが収まると頭の上の耳が消え、今度は陸の膝の上に半透明の子犬が姿を現した。

「これがシロの分体だ。ほんの一部で、力も弱い。見た目のままに何も出来ない子犬なんだよ」

ふくふくした子犬はふわりと浮き上がると、陸の肩にぴょんと乗っかった。

「仮契約している間は、多少魔素を多く摂取してもこの子が消費してくれる。魔力が増えすぎても余った分をシロに送ってくれるから熱を出すこともないだろう」

田亀の言葉に、紗雪と隆之はそれをどう判断したら良いのか、と悩むように顔を見合わせた。

空と一緒に保育園や学校に通い、一緒に大きくなりたい、という気持ちは痛いほどわかる。けれど、ならばここにこのまま住んでいいとは言えないのだ。手続きやら何やら、色々と難しい問題は他にも沢山ある。困ったような顔をする夫婦に、傍にいた猫宮が声を掛けた。

「そんなに心配しなくてもいいさね。坊やにはちゃんと、シロとは七つにならなきゃ契約は出来ないこと、仮契約してもすぐにはここに住めないことは説明して、納得しているよ。本契約が上手くいかない可能性についてもね」

「陸、そうなの？」

「うん……あんね、ぼく、おしえてもらったよ。うんどうして、いっぱいたべて、いっぱいねろって。うんとがんばったら、ぜんぶはむりでも、ちょっとはそらといっしょに、がっこういけるかもって」

陸は手振りを交えて、一生懸命紗雪たちに説明した。

「ぼく、どうしてもそらといっしょに、がっこういきたくて……でも、もっとまりょくがいっぱいになって、つよくならなきゃだめで、そんで、ぼくがつよくなるのを、ちっちゃいシロが、おうえんしてくれるって」

陸の気持ちを聞いて、空は何だか涙が出そうになったがぐっと堪えた。一昨日、良夫と和義の姿を見ていた陸の姿を思い出す。

あんなふうに強くなる自分がまだちっとも想像できないという空と同じ思いを、もしかしたらあの時の陸も抱いていたのかもしれない。

それでもどうにかしてここで一緒に暮らせたらと、陸はそんなことを考えて空の団子を食べたのだろう。

「媒体に渡したシロの牙を持っていれば、遠く離れても距離は関係なくなる。その分体の子犬に出来るのは、せいぜい陸くんの魔力をちょっとだけ分けてもらって、魔素の器や体の成長をわずかに助けることくらいだ。普段は媒体に隠れられるから、騒ぎになることもないだろう」

魔法に詳しく、田亀とシロの事情ももちろんよく知る雪乃はその言葉に頷き、そして問いかけた。

「田亀さん。貴方は、将来的にシロとの契約を、陸に譲るつもりなの？」

「……ああ。シロはまだ反対してるがな。俺もシロと離れたいわけじゃないが、二度も死なせたくない気持ちは強い……シロが新しい主を得て俺より長生きしてくれるなら、そんなに嬉しいことはない」

田亀の言葉にシロは悲しそうにキューンと小さな声を上げ、その鼻面《はなづら》を主の首元に擦り付けた。触れることも出来ないシロの首を撫でるように手を動かし、田亀は微笑んだ。

「陸くんがシロと契約出来るほどの力を付けるかはわからない。シロと結局合わずに、この話が立ち消えになることもあるかもしれない。それでも俺は……空くんの小さな精霊が示してくれた未来の可能性に、賭けてみたいと思ってるんだ」

空は田亀の言葉を聞いて、足元にいたテルちゃんをよいしょと持ち上げた。

テルちゃんは自分がしでかした事の結果などどうでも良いかのように、頭の上の葉をピコピコと揺らして素知らぬ顔だ。

(テルちゃんに名前を付けて、迷える魂を照らす、なんてとっさに言ったのは僕だけど……ホントにそんなすごい能力があるのかなぁ)

このぼんやりした可愛いだけの精霊が大事な弟の未来を見てここに連れてきたなんて、空には今ひとつピンと来ない。

それでも陸が泣き止んで元気を出しているのは確かで、それならまぁいいか、と空は考えた。

「まま、ぱぱ。ぼく、りくががんばるなら、おうえんしたい」

「そら……」

「でも、まだここには住めないし……東京は魔素が少ないから、消費が増えた陸が空みたいに具合を悪くしたら……」

「うん、体への影響が気になるかな……」

それさえ問題ないのなら、陸がシロと仮契約しても良いとは思っているのだ。

二人の心配に、雪乃は大丈夫よと言って微笑んだ。

「多分大した影響は出ないわ。こちらから送るお米や野菜を今まで通り少しずつ食べていれば、魔素は十分足りるはずよ。どうしても足りなさそうなら、何か魔素の強い素材を送るからそれを傍に置いておくと良いわ」

「そんなことで良いんですか？」

「ええ。以前空が送ったドングリとか、トンボの羽とか、そういうものを近くに置くだけでもいいんじゃないかしら……あら？　ひょっとして子供たちも隆之さんも、都会の人にしては魔力が多いのはそのせい……？」

首を傾げた雪乃の言葉に、紗雪たちはハッと顔を見合わせる。

確かに去年、隆之や子供たちは職場や学校での健康診断の際に、魔力が増えたんじゃないかとか、平均より多いようですね、とか言われたのだ。

「それならそういう物に囲まれていたら、もしかして空も東京で暮らせるんじゃ……」

紗雪はそう言って雪乃に縋るような視線を向けたが、雪乃は少し考え、眉を下げて首を横に振った。

「残念だけど、多分無理ね……空が必要とする魔素はかなり多いから、やっぱり足りなくなると思うわ」

「そっか……」

その返答に、紗雪は残念そうに肩を落とした。空が健康に成長するための魔素素材を傍に置くとなると、かなりの量か、相当の質の物が必要になる。そしてそんな物が常に近くにあれば、今度は隆之や他の子供たちが具合を悪くする可能性もあった。

「魔力って、僕のこの年でも増えるものなんですかね？」

「ええ。それなりに時間は掛かるけど、ちゃんと増えると思うわ」

「そうですか……」

隆之はしばらく考え、それから空と陸を順番に見た。同じ顔で、同じ思いを抱きながら、一緒に成長できない二人を。

そして隆之は強く頷いた。

「それなら、僕らもいつか、魔砕村は無理でもせめてここの県城《けんじょう》所在地辺りに住めるのを目指して、頑張ってみようか」

「えっ？　隆之、いいの⁉」

「うん。前から考えてはいたんだ……ただ、都会から田舎への本格的な移住はなかなか許可が下りないから悩んでてね。もし魔砕村が無理でも、せめてもう少し近くに移り住めたら空にももっと気軽に会いに来れるようになる」

もっと頻繁に、たとえば週末や連休がある時に会いに来ることが出来たら、空や陸の寂しさは減るだろう。そう考えて隆之は自分なりに体を鍛えたり、色々調べたりしていたのだ。

「すぐには無理だけど……陸、皆で一緒に頑張ってみるかい？」

「うん！　ぼく、がんばれるよ！」

陸は嬉しそうに何度も頷く。雪乃や紗雪もそれを見て微笑み、頷いた。

「県城のある辺りだったらここに比べれば大分人口も多いし拓けてるから、多分安全だし、都会の人でも暮らしやすいと思うわ」

「そうね。その辺にまず移って、そこからまた少しずつ慣らしていってもいいかも……隆之の仕事とか樹たちが転校に納得してくれるかとか、隆之のご両親のこととか……色々考えないとだけど」

「うちの親は、近くに兄や妹の家族も住んでるし、そんなに気にしなくても大丈夫だよ。仕事は……役場とかそういう系の仕事なら何とか探せると思うんだよ」

「あら、それなら仕事が見つかるまでは紗雪がここで狩りでもしたらいいわ。素材を街で売れば生活には困らないでしょう」

大人たちは明るい表情で、これから先のことをあれこれと話し合う。田亀や猫宮もそれを安心したように見つめ、時折会話に参加していた。

陸にはその内容はよくわからないが、とりあえず自分の願いや仮契約について許されたと感じたらしい。大人たちの表情を見ながら笑顔を浮かべている。

空は一人、顔に笑顔を貼り付けながら内心で首を傾げていた。

（……何か良い方向に話が進んでるのはいいんだけど……県城って、何だろう……）

どうやらこの日本には、まだ現役のお城があるようだ。

とりあえず陸についての話し合いは、しばらくはこのまま様子を見るということで一段落した。

田亀家からの帰り道はキヨが牽くバスで家まで送ってもらったのであっという間だ。途中の矢田家の前で猫宮と別れ、一行はようやく米田家に戻ってきた。

陸と空の二人で、心配を掛けたことをヤナや幸生らに詫び、皆が安心したところで揃っておやつを食べた。

それから大人たちはまた今後のことを話し合った。移住を目指すとなればいずれは転校しなければならない樹や小雪も交えて、居間は賑やかだ。

そんな中、空は陸とフクちゃんを連れてこっそり寝室に移動した。テルちゃんは大技を使って疲れたらしく、今は依り代の中で眠っている。

寝室に戻ると、まだ二人が使った布団が敷きっぱなしだった。

「そら？　なにするの？」

首を傾げた陸に、空はくふふと笑って、肩に乗せていたフクちゃんをむきゅっと掴んで差し出した。

「あんね、ぼくのひみつのあそび、りくにおしえてあげる！」

そう言って空は片方の掛け布団を大きくまくって外に避け、残った敷き布団の真ん中にフクちゃんを置いた。テルちゃんに使われた魔力も、おやつを沢山食べて補充してある。準備は万端だ。

「さ、フクちゃん、おねがい！　おっきくなって！」

「ホピ……ホピピ」

仕方ないなぁ、とでも言うように鳴いて、フクちゃんがもそもそと身じろぎをする。

すると次の瞬間、むくむくっとフクちゃんが一回り、二回りと大きくなった。

「もっともっと！　ぼくと、りくと、いっしょにかくれられるくらい！」

空がそう強請るとフクちゃんがさらに大きくなる。それを何回か繰り返し、あっという間にフクちゃんは二人が見上げるほど大きくなった。

「ふわぁ……おっきい！　すごーい！」

「りく、ほら！　これで、おふとんのうえに、こうして……」

大きくなったフクちゃんの足元の布団に、空は陸を引っ張ってごろりとうつ伏せに寝転がる。

陸は大きなフクちゃんに目を丸くしながら、招かれるままに同じように転がった。

「フクちゃん、いいよー！」

「ホピピ！」

空が合図すると、フクちゃんがゆっくりと足を折って、寝そべる二人の上にそっと座り込む。

途端、二人はふわふわの羽毛にふかりと包まれた。

「うわぁ……あったかぁい！　ふわふわ！」

「へへへ、すごいでしょ！」

フクちゃんの胸毛の下から顔を出し、二人は顔を見合わせてにこにこだ。フクちゃんは鳥らしく、羽毛の下は意外と筋肉質で硬いのだが、上手く包んでくれているようでほとんど気にならない。

それよりも顔や手足に当たる柔らかな羽毛が気持ちよくて暖かくて、陸はうっとりと目を閉じた。

空もその顔を見て、陸の元気が出たことを嬉しく思いつつ目を閉じる。

「きもちいいねぇ、そら」

「うん。ふわふわだね」

卵のように二人を抱えたフクちゃんは少々居心地が悪そうだが、それでも空の要望に応え、頑張って動かずにいてくれた。

「……ね、そら。あのね、ぼく、がんばるね」

「うん。ぼくも……すぐにはむりでも、ちょっとずつ、がんばる」

そうは言っても、本当はまだ何をどう頑張ったらいいかも、空にはよくわかっていない。

でも保育所に行って、村の子供たちに交じって過ごしたら少しずつでも強くなるかもしれない。

そうして皆で頑張っていたら、もしかしたらいつか家族皆でこの村で暮らせる日が来るかもしれない。

空と陸は、同じ思いを抱えてギュッと手を繋いだ。

「いっしょにがんばろうね！」

「うん！」

遠く離れても、同じ願いをいつか叶えるために。

「空、陸、ご飯よ……あら」

いつかのための大人たちの話し合いも終わり、空と陸を呼びに来た雪乃はくすりと笑って踵を返し、他の家族を呼びに行った。

「ねぇ、ほら見て、とっても可愛いわ」

「どうしたのだぞ？　お？」

「空と陸ったら……ふふ、フクちゃん、お布団になってくれてありがとね」

「ピルルッ！」

「よく寝てるね」

「うわ、すっごい気持ち良さそう。俺も入りたい……」

「私も！　あとで空にたのんでみようよ！」

皆は大きくなったフクちゃんの羽の下ですやすやと眠る二人を見つけて、その可愛い姿に笑顔を浮かべた。

まだ小さな空と陸がどんな未来を望むのか。先のことはここにいる誰にもわからない。

二人が大きくなって、いつか同じじゃなくていいと言い出す日が来るかもしれない。

けれどその日まで、できるだけこんなふうに過ごせるようそれぞれが出来ることをやろうという気持ちになるような優しい光景だった。

「さ、そろそろ起こして、ご飯にしないとね」

「……うむ」

二人の姿を見て天を仰いでいた幸生が上を向いたまま小さく返事をした。

こんな賑やかで優しい日々も、そろそろ終わりが近づいていた。

## 八　花が開く日

家族が帰る前日は、まるで天が空気を読んでくれたかのように晴天だった。

子供たちは朝早くに飛び起きるように目を覚まし、それからすぐに外を見て、顔を見合わせて全員が笑顔を浮かべた。そして我先にと階段を駆け下り、台所に走り込む。

「おてんきだよ！　おはなみいこ！」

そう言って真っ先に紗雪の脚に抱きついたのは陸だった。

明日は村の花見の日だ、と昨日寝る前に教えてもらい、皆で楽しみにしながら眠ったのだ。

「お祖母ちゃん、おはよー！　すっげー良い匂い！　あ、唐揚げ！」

匂いに釣られてテーブルの傍に走り寄り、大皿に山と盛られた唐揚げを見つけはしゃいだのは樹だ。

「おはよーございまーす！　ママ、お気に入りのワンピースどこ？　今日あれ着たいの！」

そう言って紗雪の手を引いたのは小雪。

「ヤナちゃん、おはよ……おなかすいた……」

きゅるきゅると鳴るお腹を押さえてしょぼしょぼとヤナに訴えたのは、もちろん空だ。

「唐揚げはお昼のお弁当だからあとでね。皆、まずは顔を洗ってらっしゃいな」

「小雪のワンピースは探しておくから。さ、陸、お花見は朝ご飯食べて、お昼のお弁当が出来てからよ」

「空、あーん」

「んむ……おいひぃ……」

空はヤナから煮物の中の芋を一つ貰い、美味しそうにもごもごと口を動かした。その顔はまだ眠そうだ。

「空も顔を洗ってくるのだぞ。ご飯はそれからだ」

「はぁい」

子供たちは大人しく洗面所に向かい、順番に顔を洗った。

空や陸には隆之が着いていって、タオルを渡したりと世話を焼く。それからそのまま二階に戻り、隆之と紗雪に手伝ってもらいながら全員着替えを済ませた。

そして今度は朝ご飯だ。

「いただきまーす！」

声を揃えて挨拶し、皆でご飯を食べる。

空は納豆をたっぷりかけた丼ご飯をスプーンで口に運んだ。子供たちも自分用に魔素を抜いてもらった納豆ご飯を受け取り、美味しそうに食べている。もう陸は、空のご飯を羨ましそうに見つめたりしなかった。

そんなふうに、いつもより少し早い朝食を賑やかに済ませたあと、雪乃が皆を見回して言った。

「今日はお天気だし、予定通りお花見が出来そうよ。今お弁当を作ってるから、出来るまで待っててね」

その言葉に子供たちは顔を見合わせる。そして、空がピッと手を上げた。

「ばぁば、ぼくも、おべんとうおてつだいしたい！」

「ぼくも！」

「俺もー！」

「私も！」

皆でお手伝いをしたら、きっと早く出来上がって早く出かけられる。四人の顔にはそう書いてある。

雪乃はくすりと笑って、それから皆を見回した。

「じゃあ、皆で作る？」

「うん！」

というわけで、米田家の居間と台所は急遽お弁当作りの会場に早変わりすることとなった。

台所で雪乃や紗雪がおかずを作り、出来上がったおかずが盛られた大皿を幸生が運ぶ。

それをヤナや隆之の監修のもと、子供たちが重箱にどんどん詰めて行く。

陸や空は零してしまいそうなので、重箱に仕切りを入れたりする係だ。

「唐揚げで一段とか……俺もうこれだけで良い！」

「皆のだからダメよ、お兄ちゃん！」

「陸、この板はそっちの箱の真ん中に入れるのだぞ」

「うん！」

唐揚げや肉団子、煮物と卵焼き、漬物やポテトサラダ。

子供たちが好きなものもそうでないものも色々だが、沢山のおかずが精一杯丁寧に重箱に詰められて行く。

台所で次々握られたおにぎりも、種類ごとに分けて綺麗に並べられた。

空と陸は、小さな手に熱を遮る魔法をかけてもらって、小さなおにぎりを一生懸命握った。それを重箱の隅にちょこんと並べて、沢山のお弁当がついに完成する。

「さて。お弁当も出来たし、ちょうど良い時間だから、そろそろ皆でお出かけしましょうね」

「わーい！」

お弁当が全て出来上がったのは十一時になろうかという時間だった。

子供たちは大喜びで上着を着込み、玄関に走る。

外に出ると、皆言いつけを守って門の内側からは出ずに行儀良く待つ。空が水たまりに落ちて遠くに飛ばされた話を子供たちは聞かされていて、一人では絶対門から出ないと決めてあるのだ。

やがて荷物を持った大人たちも揃い、全員が外に出ると最後にヤナが出てきて玄関にサッと手を翳した。するとカチャンと小さな音がして鍵が掛かる。

「ヤナちゃんもいっしょ？」

「うむ。せっかくだからヤナも参加したいと思ってな。さ、行くのだぞ」

「うん！」

全員揃って門を出て、ぞろぞろと道を歩く。

やがて道の先にお隣の矢田家が見え、その門の前で手を振る明良の姿も目に入った。

「おはよー！」

「アキちゃん、おはよー！」

明良の後ろにはウメや矢田家の家族が揃っている。

「おはよう米田さん。今日は花見日和だなぁ」

「うむ、おはよう。良い日だな」

「大勢だと良いわねぇ、雪乃ちゃん」

「ええ。美枝ちゃんちも、もうすぐ一人増えるわね」

わいわいと皆でお喋りしながら、そのまま一緒に北地区を流れる川の傍を目指した。その川の近くに桜の並木道があるのだ。

一行は杉山家の家族に合わせてゆっくりと歩き、やがて長く連なる土手が見えてきた。桜の木はその土手の下の道に沿って植えられている。

けれど紗雪を除いた杉山家の一家は、桜並木が近づくにつれ、全員が不思議そうに首を傾げた。

「……さくら、さいてないね？」

土手に沿うように植えられた桜は、まだどれも枯れ木のような有様だった。蕾も固く、花が開く様子もない。

しかし村人達は全く気にせず、桜の根元の草地に散らばり次々に敷布を敷いていく。

「さ、この辺にしましょ」

雪乃はそう言って広い場所を選ぶと、幸生と一緒に準備を始めた。

家族が十分座れるだけの枚数の敷布を敷き、幸生はさらにもう一枚取り出してその横に広げる。

「父さん、まだ敷くの？」

「善三が場所を取っていてくれと言っていた」

選んだ場所は広いので、矢田家も米田家のすぐ隣に敷布を敷く。

空が周りを見回せば、広い土手に等間隔に植えられた桜の木々の間に、沢山の家族が次々訪れ、同じように花見の準備をしていた。

空は視線を上に向けて、青空に揺れる桜の木を眺める。

「……さかなくても、いいのかな？」

気にせずに宴会をする風習なのだろうか、と不思議に思いつつ、空は呼ばれるままに敷布に座った。

「じゃあ、まずは乾杯ね」

雪乃がそう言って荷物から人数分のコップを出し、お酒やお茶、ジュースなどを次々取り出す。

子供たちのジュースは雪乃が去年漬けた梅シロップを水で割った物だ。

それらを配っているところに、善三が奥さんを連れて現れた。善三の奥さんは夫よりも少し若く見える、ほわっと柔らかい雰囲気の人だった。

「おう、邪魔するぞ」

「こんにちは」

「うむ。場所は取っておいた」

「ああ、ありがとよ」

善三とその妻の楓は皆に軽く挨拶をし、幸生が敷いた敷物の上に腰を下ろした。

「乾杯はまだか」

そう言って善三はふと上を見上げた。空も釣られて上を見たが、さっきと同じ景色のままだ。

「これからよ。さ、二人も良かったらお酒をどうぞ」

「あら、私も持ってきたのよ」

「それは後で頂きましょ。まずはこれで乾杯ね」

雪乃はそう言って座ったばかりの二人にお酒の入ったコップを渡す。

全員に飲み物が行き渡ったのを確かめ、雪乃はにこりと笑って幸生を見た。

「さ、幸生さん」

「……うむ。今年も、こうして無事に春を迎えられたことを祝い、乾杯！」

幸生がそう言って自分のコップを雪乃が持ったコップにカチンと当てる。

「乾杯！」

「かんぱーい！」

大人も声を揃えて隣の人と乾杯し、子供たちも口々に大人を真似てコップを掲げた。

空は陸の持つコップにそっと自分のコップをぶつけ、にっこり笑い合ってそれから口を付けた。

「ばぁばのうめじゅーす、おいしいね」

「うん！」

雪乃の梅ジュースは酸味が爽やかで、いくらでも飲めそうだ。

空はあっという間に一杯飲み干し、お代わりを貰おうかと振り向き——そして目を見開いた。

「ばぁば、おかわ……え、えええ!?」

「そら、どしたの？」

急に大きな声を上げた空に驚き、陸は不思議そうな顔で同じ方向に顔を向けた。

「わ、わ！　はなが……さくら、さいた!?」

「えっ!?　ほ、本当だ……」

「わぁ、すっげー！　何で？　さっきまで何にも無かったのに！」

「えー！　きれーい！」

何と、知らぬ間に空たちが座った場所の両脇の桜が、少しずつ薄紅色に染まりつつある。枝先の固かった蕾がどんどん伸びて膨らみ、早回しの映像のように解けて咲いてゆく。

木は下から上に波が打ち寄せるように色を変え、気付けばあっという間に二本の桜の木は満開になっていた。

杉山家の家族は皆、ぽかんと口を開けて美しい桜の花に見とれた。それを見て、紗雪はいたずらが成功したような顔でふふ、と笑う。

「びっくりした？　あのね、皆にお願いして黙っててもらったの。ここの桜は、花見桜って言って、木の下で皆が乾杯すると咲き始めるのよ」

「ふえぇ……すごい……へんなさくら」

初めて聞く桜の生態に、空は思わずそうこぼした。すると空の頭の上に、ポトンと何か落ちてくる。驚いて手を伸ばすと、それは一輪の桜の花だった。

すると空の胸のお守りが一瞬小さく光り、そこからしゅるりとテルちゃんが現れた。

「ソラ、ヘンジャナイッテ、サクラガモンクイッテルヨ！」

「うっ、そっか、ごめん……えっと、へんじゃなくって、きれいだよ！　ごめんね！」

テルちゃんは木の声が聞こえるようだ。空が慌てて謝ると、桜の枝が風も無いのにゆらりと揺れた気がした。

「イイッテ！」

「うん、ありがと……」

小さな花を指で摘まんでくるりと回すと、フードの中にいたフクちゃんがひょこりと出てきて肩の上で可愛い声で囀る。

「フクちゃん、ほしいの？」

何となくそんな気がしてフクちゃんの前に花を近づけると、フクちゃんはクチバシをひょいと伸ばしてその花びらを一枚ついばんだ。どうやら花を食べたいらしい。

「おいしいのかな……」

「ホピ！」

空はちょっと興味を抱きつつ、フクちゃんに花をあげた。フクちゃんは嬉しそうに一枚ずつ花びらをついばみ、気付けば茎まで残さずペロリと食べてしまった。

空は満足そうなフクちゃんを撫で、周りを見回した。

杉山家の家族はよほど驚いたのか、皆まだどこか呆然とした面持ちで花を見ている。

視線をさらに遠くに向けると、並木のあちこちでぽつりぽつりと桜が咲いていく様子が見えた。

腰を落ち着けて乾杯した人達の頭上で、まるで明かりが灯るように美しい花が咲いてゆく。

それは、何とも言えず幻想的な光景だった。

（……人と木が、乾杯してるみたい）

空がその景色に見とれていると、ヤナが近づいてきて、空におにぎりを一つ渡してくれた。

「驚いたか？　花見桜は宴会が大好きで、乾杯の声を聞かない限り決して咲かないのだぞ」

「そうなんだ……じゃあ、ずっとさかないきもあるの？」

「うーん、ないのではないか？　こやつらは、宴会に適した場所に勝手に移動してくるという話だぞ。だからたまに勝手に桜の並木や群生地を作ってしまうことがあるのだぞ」

ヤナがそう説明すると、その話を聞いていた美枝が頷いた。

「そうなのよ。他のことに使うための空き地を作ったら、そこに桜が勝手に植わっていた、何てこともあるのよね。移動してもらうための交渉も結構面倒だし、村ではこうして宴会に使える場所を用意して、そこ以外では遠慮してもらってるのよ」

美枝は植物と話が出来る能力の持ち主で、植物との交渉も慣れている。そのため桜の木との立ち退き交渉も何回も経験していた。

「た、たいへんなんだね……」

しかしその感想に、美枝は笑って首を横に振った。美枝は優しい顔で木々を見上げ、そして視線を下ろして空や陸を見る。

「時々は大変なこともあるけど、こんなに綺麗なんだもの。頑張る価値があると思わない？」

「……うん、おもう！」

「りくも、おもう！　おはな、すっごいきれい！」

陸がそう言うと、今度は陸の頭にポトンと花が一つ落ちてきた。

空がテルちゃんを見ると、テルちゃんはにっこりと笑う。

「サクラ、ウレシイッテ！」

陸の頭に落ちてきた花は、心なしか咲いている花より色が濃い気がした。


あちこちで乾杯の輪が広がり、花が大分咲きそろった頃。

美味しいお弁当をお腹いっぱい食べた陸が花を見上げながら一休みしていると、不意に陸の傍に善三がやって来た。

「おう、陸」

「んと、ぜんぞーさん？」

やはり陸も善三さんと憶えたらしい。善三は一つ頷くと、手に持っていた物を陸に差し出した。

「あ、シロのきば！」

善三が差し出した物は、昨日陸が田亀から貰ったシロの牙だった。

小さな牙は危なくないように先端を丸く削り、全体もつるりと磨かれている。さらに根元に小さな穴を空けて首にかけられるような紐を通し、その紐で半分ほどを編むように巻いてあった。

「これで首に掛けられるだろ」

「わぁ……かっこいい！　ありがとー！」

陸は大喜びでそれを受け取ると、紐に頭を通して首に掛けた。手で触ると、つるりとした感触が気持ちいい。

「ったく、昨日の夕方にいきなり幸生が来るから何だと思えば、これを加工しろとか……本当にアイツは面倒ばっかり持ち込んでどうしようもねぇ。ほら、ちっと後ろ向け」

善三はブツブツと愚痴を言いながら、陸には少し長かった紐を調節して、邪魔にならないようにしてくれた。

善三にそんなことを依頼した幸生はといえば、空が握った小さなおにぎりをじぃじの分だと皿に載せられ、感動してずっと上を向いたまま固まっている。

「こんくらいか？　長さは簡単に調節出来るから、次は紗雪か親父にやってもらえ」

「うん！」

「あと、お前から一度に取る魔力に上限を付けたし、万が一のための防御とか、無くさない機能とか色々あんだが……まぁ、いいか」

善三は何だかんだ言って子供には甘い。

陸はしばらくその牙を眺めたあと、ふとキョロキョロと辺りを見回した。

「どうした？」

「ん……あんね、ばすのおじさんにあいたいの。どこかにいないかなって」

田亀を探す陸に、善三は立ち上がって周囲を見てやった。すると少し離れた所に田亀とその両親の姿が見えた。

「ちっと待ってろ」

善三はそう言って田亀の元へ行き、声を掛けると連れて戻ってきた。

田亀は今日もいつもの作業帽を被っている。そして、その顔は心なしか嬉しそうだった。

「やぁ、こんにちは」

「あら、田亀さん」

「陸くんにちょっと呼ばれたらしいんだけど……何かな？」

田亀は周りの大人たちに挨拶し、陸の前まで行くとしゃがみ込んだ。

陸は田亀の顔を見て、そして自分の胸に揺れる牙を見る。そして田亀と、姿を消しているがその後ろにいるはずのシロに向かって、ぺこりと頭を下げた。

「あんね、ばすのおじさん。ぼくね、おじさんちのこに、なれないんだ」

「……うん。それは、わかってるよ」

それは、幼い陸が自分なりに一生懸命考えたことだった。陸は、田亀に子供がいないこと、その跡を継ぐ者がいないこと、だからこそ目の前に現れた陸に希望を託したのだということを、幼いながらに理解していた。

「でもね、ぼく、おじさんと、シロと、あと、おじさんちのどうぶつさんたちと、もっとなかよくなりたい。おじさんみたいに、いろいろまだできないけど……」

「陸くん……」

陸は昨日よりも大人びたような表情で、真っ直ぐに田亀を見つめた。

「おじさんのだいじな、だいじな、シロのきば……ぼくにくれて、ありがとう！　ぼく、うんとだいじにするね！　そんで、ここにきたら、おじさんとシロにあいにいくね！」

「……ああ。待ってるよ。シロと一緒に、いつでも待ってる。歓迎するよ」

田亀は目を瞑り、少しだけ顔を伏せた。

自分にもし子供がいたら、こんなふうにある日突然大きく成長したことに気付かされ、驚かされたりしたんだろうかと、そんなことを思う。

それは叶わなかったけれど、それでも不思議な縁で繋がった子供が自分に会いに行くと言ってくれたことが、田亀の胸を温める。

「君は……君たちは、可能性の塊なんだなぁ……」

まるで、乾杯の声を浴びて開くこの花のようだ。

ほんの瞬きの間に驚くような成長を遂げる若芽を見守っていきたい。田亀もシロも、そんな気持ちで陸と、そしてその隣で笑う空を見た。

子供たちは顔を見合わせて、そして満開の桜のように笑っていた。


道沿いの桜の花があらかた咲きそろい、賑やかな人々の声が風に乗って広がっていく。

そんな景色の中を、紗雪は懐かしい気持ちで歩いていた。座っている人達を順に眺めて目当ての家族を探しながら、ゆっくりと歩いて行く。

時折知り合いや友人に声を掛けられ軽く挨拶をして手を振って、やがて紗雪は少し先に探していた姿を見つけた。

「弥生」

桜の木の根元に座って花を眺めていた弥生は、紗雪の声に振り向いた。今日の弥生はいつもの巫女装束ではなく、控えめに桜の花が描かれた薄紅色の着物を着ている。

「……紗雪」

「ね、弥生。あっちで少し一緒に花を見ない？」

紗雪に誘われ、弥生は少し戸惑ったがそれでも頷いた。二人はそのまま連れだって土手の上へと登る。

土手から見下ろすと桜が咲きそろった美しい様がよく見える。紗雪はポケットに入れていた木綿の風呂敷を取り出すと、それを広げて土手の際に敷いた。

「ほら、弥生、ここ座って」

「いいのにそんなの」

「せっかく可愛い着物なのに、汚れたら嫌じゃない」

「普段着よ、こんなの」

そう言いつつ、弥生は紗雪の気遣いをありがたく受けとり風呂敷の上に腰を下ろした。

紗雪もその隣に座り、二人でまた景色を眺める。穏やかな春の風が心地良く二人の髪を揺らした。

しばらく黙って過ごしたあと、紗雪は不意にポケットに手を入れ、そこから石を一つ取りだした。

この間、空が見つけて紗雪にくれた、身化石だ。

「ね、弥生。この身化石、何になるかわかる？」

「身化石？　久しぶりね……」

弥生は受け取った石を持ち上げ、光に翳して覗き込む。石は半分ほどが琥珀色に透き通り、残りは白くさらりとした手触りだった。

「そうね……小さな蛇になりそう。金色の目に透き通った琥珀色の体の、ガラス細工みたいな綺麗な蛇に」

弥生はそう言って手を下ろし、透き通る部分を指で撫でる。

「運が良ければ、今年の夏に孵るわ。魔素が足りなかったら来年ね。はい」

差し出された石を受け取り、紗雪は懐かしそうに笑う。

「弥生にはやっぱりわかるのね。すごいなぁ」

「別に、こんなの何の役にも立たないわ」

つまらなそうにそう言って弥生はつんと顔を逸らす。その言葉も態度も昔と同じで、紗雪は思わず声を上げて笑ってしまった。

「あはは、弥生、昔と同じ！」

「昔と？　何よ、そんなに可笑しかった？」

「だって、子供の頃も身化石のことを聞かれる度に、そんな顔でプンってしてたわ」

「あれは……！　あれは、言いたくないのに、皆が聞くから！」

わずかに頬を赤らめた弥生に、紗雪はうん、と頷いた。

「弥生は……本当は、皆と一緒に知らないまま、ワクワクしたかったんだもんね」

「……別に、そんなんじゃ」

ない、という言葉は弥生の口から出てこなかった。

わかってしまうことはつまらなかった。皆と同じように知らないまま楽しみに出来ないことが、少しだけ寂しかった。子供の頃のそんな気持ちが甦り、弥生は思わず俯いた。

「私ね、それでも弥生に聞きたかったの。わかってたのに時々聞いて、ごめんね」

「……何で？」

身化石が何になるかなどわからないほうがきっと面白いのに何故聞くのかと、弥生はよく思っていた。

けれど教えると紗雪が嬉しそうにするから、弥生はいつも答えてしまっていたのだ。

今も、手の中の石が何になるか知った紗雪は嬉しそうにそれを眺めている。

「私ね、ワクワクしなくて良かったの。それよりもっと楽しいことがあったから」

「楽しいこと?」

「うん。だってね、何になるか当てられるのは、友達の中では弥生だけだった。弥生はすごい、かっこいい、そんなすごいとこもっと見せてほしいって、私、ずっと思ってたの」

紗雪の言葉に、弥生は目を見開いて動きを止めた。

「石が弥生の言ってた通りの姿で孵る度、私、すごく嬉しかった。弥生はやっぱりすごいって家で大喜びしてた。弥生はいつだって、私の一番すごい友達だったわ」

紗雪はそう言って真っ直ぐに弥生を見た。弥生はその視線と言葉を受け止め切れないのかしばらく固まっていたが、やがてじわじわとさらに赤くなる。

「なっ、ば、そっ……!」

弥生の口から切れ切れに漏れた音を聞いて、紗雪はまた声を上げて笑った。

何言ってるのよ馬鹿じゃないのそんな適当なこと言って!

ものすごく照れた時に、わけがわからなくなった弥生がいつも言っていた言葉だ。そんなことも紗雪はちゃんと憶えている。

気が強くて意地っ張りで、照れ屋で、優しい。

十年経ってもちっとも変わっていない大切な友達に、紗雪は昔と変わらない笑顔を向けた。

「ねぇ、弥生。私、またすぐ帰ってくるね。そしたら、またこうして話そう？　もっともっと、沢山、色んなこと」

「……うん」

弥生はぐっと奥歯を噛みしめると、小さく頷き膝を抱えて顔を伏せた。そして消え入りそうな声で、待ってる、と呟いた。

日差しは暖かく、緩やかな風が花の香りと賑やかな声を運んでくる。

長い冬が終わり、また巡ってきた優しい季節が、静かに並ぶ二人を包み込んでいた。

## エピローグ　いつかはすぐそこに

そして、次の日。

「またなるべく早く来るね」

今日は紗雪たちが、また東京に帰る日だ。

駅のホームで、空は名残を惜しむように紗雪にギュッと抱きついていた。

紗雪は家からのバスの中でもずっと空を抱いてここまで来た。空は紗雪の膝の上で、ここで皆と過ごせて楽しかったことをずっと思い返していた。

遠くから列車が走る音が微かに聞こえ、紗雪はベンチから立ち上がって、抱えた空の重さを確かめるように緩く揺らした。再会を待つ時間はあんなに長かったのに、別れの時間はあっという間にやってくる。

「つぎ、いつ？」

小さな声でそう聞かれ、紗雪は空の体をもう一度しっかりと抱きしめる。

「早ければ五月……でも、長くいられるのは夏かな……」

「うん……まってるね」

空はようやく顔を上げて、頑張って笑顔を見せた。

一年に比べれば、五月も夏もすぐそこだ。そう自分に言い聞かせ、ゴシゴシと顔を擦る。

紗雪は足元にいた陸を片手で持ち上げ、二人一緒に抱えてその顔を覗き込んだ。

「きっとすぐよ。また皆で来るね！」

「うん！」

「そら、りくもがんばるね！」

「うん、ぼくもがんばる！」

二人はそう言って笑い合い、紗雪に下ろしてもらった。するとそこに樹と小雪が近寄った。

「空、次は一緒にカブトムシ取ろうな！」

「ええ……んと、それはタケちゃんたちにたのんでみるね！」

「よろしくな！」

そう言って樹は片手を前に出して、手の平を空に向ける。空は一瞬考えたが、すぐに気付いてその手に自分の小さな手をパチンと合わせた。

そして、次は小雪の方を見る。

「空。次も、いっしょにいっぱいあそぼうね！」

「うん！」

「じゃあ、やくそく！」

そう言って小雪は小指を差し出した。空もそこに小指を絡めて、指切りを交わす。

向かい合った空の顔は、一年前に別れた時よりずっと小雪の近くにある。小雪はそれが何だかとても嬉しかった。

「空、父さんも頑張るな」

「うん！　おしごと、がんばってね！」

「ああ。お仕事も、体を鍛えるのも、全部頑張る。また、すぐ来られるように」

「……がんばりすぎないでね！」

空はちょっと心配になってそう付け加えた。過労で倒れたりしたら大変だ。何事もほどほどがいいと、空は身をもって知っている。

そんな空の頭を撫で、隆之は立ち上がると雪乃や幸生に深々と頭を下げた。

「お世話になりました。空をどうぞよろしくお願いします」

「ええ。また帰って来てくださいね。空と一緒に待ってるわ」

「うむ」

「はい！」

やがて列車が駅に到着し、一家は何度も手を振りながらそれに乗って帰って行った。

空は列車が見えなくなるまで手を振って見送り、今度は涙は流さなかった。

またきっとすぐに会いに来てくれると、もう知っているからだ。

いつかのその日は、きっともう以前のように遠くない。


列車の中では、杉山家の皆も明るい顔をしていた。

見違えるように元気になった空を見ることが出来たし、魔砕村は驚くことが多かったけれど、そう怖いところではないと知ることが出来た。

もちろんまだほんの一面しか知らないとわかっているが、それでもいつか家族で少しずつ近くに住めたら、という新しい希望も生まれた。

「ね、俺さ、剣術教室行きたい！　行ったらだめ？」

窓の外を見ていた樹が、不意に振り向いてそう言った。

「剣術教室？　習いたいの？」

「うん！　そんで、俺も絶対強くなるんだ！」

「あ、私も！　私も、魔法のじゅくに行きたい！」

次いで小雪が自分もと手を上げる。

今までそんなことを言ったことが無かったのに、と紗雪と隆之は顔を見合わせた。

「ぼくも！　ぼくも、けんとかまほーとか、ならいたい！」

陸までもが手を上げる。

二人はくすりと笑って、子供たちに頷いた。

「じゃあ、東京に帰ったら、通えそうな所を探してみようか」

「そうね。そういえば、ああいうのは結構相性があるから体験教室も沢山あるって、前に樹の友達のママから聞いたことがあるわ」

「じゃあまずは、それぞれに合ったところを探さないとだね。僕も大人向けの教室やジムを探してみるかな……」

「いいわね！　私も行こうかなー」

紗雪がそう言うと、皆は揃って首を横に振った。

「紗雪には必要ないんじゃないかな？」

「ママ、絶対止めた方が良いよ！」

「びっくりさせちゃうよね！」

「まま、おうちにいて！」

「えー、皆ひどくない？」

口を尖らせた紗雪に、皆が声を揃えて笑う。

その明るい笑いは、静かな列車の窓越しに、春の青空に溶けていった。

Boku wa Imasugu
Zense no Kioku wo Sutetai

おまけ

# 伊山良夫の当番日誌

「ただいまー……」

疲れたような声でそう言いながら、良夫は自宅を兼ねた店の戸を開けた。

その年季の入ったガラスの戸は、乱暴に扱ったわけでもないのにガラガラとうるさい音を立てる。

良夫の家は村で唯一の雑貨屋で、家も建物もそれなりに歴史がある……と言えば聞こえは良いが、要するに大分古くさいのだ。板戸の滑りが悪いから、下に砂か石でも挟まったのかもしれない。

「あとで掃除すっか……」

一度扉を外して掃除した方が早いかな、などと意外と真面目なことを考えながら、良夫は店の奥に向かった。

「おかえり、良夫」

店の奥の小上がりを覗くと、祖母のトワがお茶を飲んでいた。

今日の店番はトワだけで、祖父と両親は別の仕事をしているようだ。春はこの先の農繁期を見越して、仕入れや配達で店は案外忙しい。

「米田さんちの注文、どうなったね？」

「あー、どうもこうも……」

トワに聞かれて今日の出来事を思い出し、良夫は深いため息を吐いた。

良夫は頼まれた商品の配達で米田家を訪れただけだった。雨合羽の在庫を届けて、足りない分を特急で注文をするかどうか聞くだけだったはずなのに。

それが何故突然酔っ払いに絡まれ、和義と戦うことになったのか、未だに良夫にはよくわからない。

「何かあったのかい？」

「それが……酔っ払った田村さんに唐突に絡まれて、格好良さを賭けた謎の勝負を挑まれて模擬戦してきた」

「おやまぁ。勝敗は？」

「田村さんの武器が先に壊れたから、一応俺の勝ち」

そう言うとトワは嬉しそうににやりと笑い、よくやったねと褒めてくれた。

「模擬戦でもあの悪ガキに勝ったなんて言えば自慢出来るよ。流石だね！」

「……ん、ありがと」

トワは和義よりも大分年上だ。村にいるトワくらいの高齢者たちは口を揃えて、幸生と和義、善三の三人を悪ガキと呼んでいる。幾つになってもそうなのだからよほど色々な意味で有名だったらしいと、良夫のような若者たちでも知っていた。

良夫たち若い世代からすれば、化け物みたいに強くてどうあっても越えられそうにない壁に他ならないのだが。

「条件が良けりゃそれなりに戦えるってなら上出来だよ。もっと頑張んな！」

「ええ……そうは言ってもなぁ」

竹棒を折ったら負け、という条件で、しかも向こうは酔っ払いだ。良夫とて本気ではなかったが、戦っていても勝てる目は見えなかった。それを思うとあまり喜ぶ気にならない。

和義は頑強でパワーがあり、それでいてそこそこ素早く、その上に年相応の技術もあるのだ。良夫から見れば、あと二十年くらい立たないと勝負にならないのではという印象だ。

しかしトワはそんな良夫を手招き、労いのつもりか新しいお茶を入れてくれた。

「アンタたち最近の若い子に足りないのは、勢いとか思い切りとか、そういうのかもね」

「それはまぁ……わかるけど」

「ま、もう少し年を取ればまた変わってくるよ。ところで、そのあと注文の話は出たのかい？」

トワに促され、お茶を啜っていた良夫は顔を上げ頷いた。

「ああ。足りない分は特注したいって米田さんは言ってたんだけど……その、材料については紗雪さんが自分で狩ってきたいって」

「紗雪ちゃんが？　元気だったかね？」

「すごく。子供たちもいっぱいいて、何か良いお母さんって感じになってた」

紗雪は良夫にとっては少し年上の世代だ。十歳近く差があると近所でもない限り子供同士の付き合いはほとんどないが、それでも強い者は自然と名が知れる。

紗雪は幸生譲りの強さと、その行動力などで良夫の世代にも有名だった。

それに加えて家が雑貨屋である都合上、伊山家の人間は大抵の村人と面識くらいはある。

「紗雪ちゃんがねぇ……何で自分で狩りたいって？」

「俺たちの戦いを見て、自分が鈍ってるんじゃないかと心配になったらしいよ」

「ふぅん……アンタから見たら？」

その問いに良夫は少し考え、そして首を横に振った。

「動いてるとこ見たわけじゃないけど、立ってる姿も、纏ってる魔力も綺麗だった。多分、まだ普通に強いと思うけど」

「だろうね。ふむ……いつ狩りに行くって？」

「明日の朝。山に行って、良いのが狩れたらその足で持ち込むからよろしくってさ」

「なら鞣《なめ》しの準備を頼んどくかね」

山で獲れた生き物の解体や加工は、この雑貨屋ではやっていない。そういうことは村でそれを生業にしている家に頼むのだ。

一応基本的な解体などは良夫も子供のうちから習ったが、どうせなら専門業者に頼んだ方が安心だ。

「後で連絡しとく」

「頼むよ」

良夫がそう言って頷くと、トワも頷き、そして少し考える様子を見せた。

「良夫、アンタ明日は怪異当番だったね？」

「ん？　ああ、うん」

「また千里《ちさと》ちゃん達と一緒かい？」

「多分」

怪異当番とは、村に異変が無いかを詰め所で見張り、何かあったら出動して対処する仕事だ。主に村の若者が請け負う仕事で、良夫は年の近い幼馴染みたちと組んで仕事をすることが多い。

「なら、千里ちゃんに頼んで、遠見で紗雪ちゃんの狩りを見せてもらいな。多分面白いよ」

「遠見で？　でもあれ人に見せると、すごい疲れるって聞いたけど」

良夫が首を横に振ると、トワは立ち上がって店の方に歩いて行く。そして奥まった場所にある棚の所でしばらくごそごそとした後、何か大きな丸いお盆のような物を持って戻ってきた。

「ほら、これを使いな」

そう言って渡されたのは、大きな金属の鏡だった。大きめのお盆くらいある物で、鏡の面が盛り上がる様に緩く湾曲している。裏返すとそちら側には何か複雑な模様が浮き出ていた。片側には小さな輪っかが飛び出ていて、そこに朱色の組み紐が結ばれている。

「鏡……にしてはすごく曇ってるけど」

良夫の感想通り、肝心の鏡面は白く濁り、良夫が顔を近づけてもその姿はおぼろげにしか映らなかった。しかしトワは気にせず、その曇った鏡面を綺麗な布でサッと拭いた。

「これは遠見の術専用の鏡だよ。それ以外には役に立たない代物さ」

トワは鏡が一応綺麗になったことを確かめると、次にその朱色の紐の端を手に取り何事かを小さく呟いた。するとその鏡がわずかに光り、霧が晴れるように曇った面に何かが映った。

「あ、何か映った。学校？」

「試しに適当なとこを映しただけだよ。うん、問題なさそうだね」

鏡に映ったのはすぐ近くにある小学校で、子供たちが校庭で遊んでいる姿がはっきりと見える。

トワはちゃんと映ることを確かめると紐から手を離した。途端に鏡に映った映像も消え失せる。

「使い方は、今みたいに遠見の術を使うときに紐を握るだけで良いよ。それでアンタたちも千里ちゃんが見てるものが見られるはずさ」

「へぇ、面白いんだな。これ、怪異当番の詰め所にあったら便利そうなのに」

「昔は置いてあったんだけどね。何も起こらなくて暇だからって、遠見担当に見せろ見せろってうるさく言う馬鹿が結構いてね。多少でも魔力の負担は増えるし、娯楽じゃ無いんだからってことで撤去したのさ」

今は必要になった場合だけ、トワが持ち出して走るということになっているらしい。

そんな話は初めて聞いた良夫は目を見開いた。

「奥の棚の一番下に入れてあるからね。何か必要なことがあったら、アンタなら持ち出してもいいよ」

「……わかったよ」

トワの声音には、どことなく良夫への信頼が滲んでいた。良夫はちゃんと憶えておこうと、しまってある場所を確かめて鏡を手に取った。


次の日の朝、良夫は怪異当番のために早朝に家を出た。手にはトワが持たせてくれた風呂敷包みがぶら下げられている。中身はトワお手製のおやつと昨日の鏡だ。

良夫は半分寝ぼけたような顔で、それを持って役場の二階にある怪異当番の詰め所へと向かった。

「はよ……」

「あ、ヨッシーおはよー！」

覇気《はき》の無い良夫の挨拶に、元気良く応えたのは遠山千里。

「おはよう。良い朝だな」

口ではそう言いつつ、死体のように畳の上にぐったりとうつ伏せで転がっているのは、木ノ下菫《きのしたすみれ》。

二人とも良夫と一番仲が良い幼馴染みたちだ。

「ヨッシー、今日のおやつなーに？」

「知らねぇ……ほら」

朝はぼんやりしている良夫は、手にした風呂敷包みをそのまま千里に渡した。千里はさっそく中を開き、重箱に入った稲荷寿司に大喜びし、そしてその下にあった鏡を見て首を傾げた。

「やった！　トワさんお手製の稲荷寿司～！　と、何これ？　鉄の盾？」

「いや、鏡だって。遠見用の」

「ほう、遠見鏡か。話に聞いたことがあるぞ」

「スミ、お前、そういうことは起き上がって言えよ」

口は挟むのに横たわったまま、菫は顔を上げもしない。

良夫は小上がりに上がると、菫の隣に座って千里が持っている鏡を指さした。

「何か、遠見中に鏡に付いている赤い紐を握ると、千里が見てるもんが映るんだってさ。それで、今日山に行くって言ってた米田さんちの紗雪さんを見ておけって、うちのばあさんが言ってた」

「紗雪さん……って、あの紗雪さん？」

「米田家の……帰ってきてるのか」

千里も菫もやはり紗雪のことを知っていたらしい。

「子供連れて、今里帰り中だって。それで、今日は朝から蛙狩りに行くんだってさ」

「へ～、それは確かに、見る価値ありそう！」

「面白そうだな」

千里は手を叩いて喜び、菫も寝転んだまま同意を示した。

話が決まると、じゃあさっそくと言って千里は自分の顔に掛かっている白い紙に指先で触れた。

千里はこの当番の時はいつも顔に白い紙を貼り付けている。口元は出ているが、鼻から上はそれに隠れて見えていない。顔の上半分を隠す白い紙には、朱で大きな一つ目が描かれていた。

それを術の媒介にして、千里はここに居ながらこの村のあちこちを見ているのだ。

千里がくるりと体を回して米田家がある方角に顔を向けると、それに釣られて明るい茶色の長い髪がさらりと揺れた。

「えーと、米田さんちね。鏡、どこ？」

米田家を見つけたらしい千里の手が、床に置いた鏡を探して彷徨う。

「ほら、ここ。これ持って」

良夫は鏡を手にとって、そこに結ばれた紐の端を千里に渡した。千里がそれを握るとすぐに鏡はキラリと光り、霧が晴れるように端から鮮明になって、千里が見ている景色を映し出した。

「どーお？　見えてる？」

「ああ、よく見えてる」

「ほう、すごいなこれは」

いつの間にか菫も起き上がり、良夫が手に持つ鏡を覗き込んでいる。

鏡の中には米田家の玄関と、ちょうど紗雪が手を振って出かける姿が鮮明に写っていた。

「音は聞こえないねー」

「俺は聞こえてるぞ」

そう言う菫は両耳にそれぞれお札を貼り付けている。割と強面でがっしりした体型の男なのだが、その姿は何だか少しばかり滑稽だ。しかし菫はそのお札を使った術で、様々な音や気配を察知し、村で起こる出来事を把握するという役目を果たしている。

「スミはそっちより、村の中の警戒を頼むよ。鏡は見てて良いけど」

「了解だ」

三人が当番の時、千里が目なら菫は耳、そして良夫は有事の際は現場に駆けつける手足の役目なのだ。

「うわ、ちょっと待って、紗雪さんすっごい速い。何か跳んだし！」

千里の声を聞いて鏡を見れば、山を走って登った紗雪が今度は崖から飛び降り、下にあった木の幹を踏み台に、さらに跳んだところだった。

「……何か、猿みたいだな」

「いや、猿も逃げ出すやつだろう」

ひどい言われようだが、紗雪はあっという間に次の山を駆け上り、襲ってきた首吊り藤を逆に絡め取って引っ張り、ぶら下がって地を蹴った。

「げ、また跳んだ……というか、平気で崖に飛び込んだし！」

「すっげぇ身体強化……」

「落ちてもびくともしてないな」

その後紗雪は池の畔で蛙としばらく話をした後、今度は別の方角に向かって走り始めた。

「あの蛙じゃ気に入らなかったのかな？」

「あー、何か、子供のために可愛い色の皮が欲しいって言ってた」

「可愛い皮とは一体……？」

こっそりと見つめる三人の困惑などつゆ知らず、紗雪はまた文字通り飛ぶように山を越えて行く。

あっという間に今度はキノコがいっぱいの苔山に辿り着いた。

「苔山かぁ。ここに可愛い蛙なんていうのがいるのかなぁ」

「どうだろ……」

苔山に着くと、紗雪は色とりどりのキノコが増え始める辺りをうろうろと歩き回った。その間に何匹かの大王アマガエルを見つけているが、色が気に入らないのか狩る様子はない。時折巨大なカマキリなどの傍を通るが、どうやっているのか紗雪は見つかる気配もなくすり抜けていた。

「えー、意外……すっごい力押しの人だって聞いてたのに、ああいうのも出来るんだ」

「そうなのか？」

千里の呟きに良夫が顔を上げると、千里はわずかに頷いた。

「年上の人とか、お姉ちゃんがいる子とかから、女の子同士のお喋りで聞いただけだけどね。紗雪さんって強いんだけどあんまり細かい事気にしない性格だって。大体何でも力押しで済ませちゃうから、同い年くらいの子だと付いていけなくて、そのせいでちょっと浮いてたって話」

「ありそうな話だな。何といっても米田さんとこの人だからな」

「そうだな……本人はあまり気にしてなさそうだけど」

多分そういう感じの人だろう、というのが良夫の印象だ。

画面の中の紗雪は楽しそうにカラフルなキノコを眺め……そして不意に姿を消した。

「あっ⁉」

「どこ行った？」

「えっと、木の上！　急だったからびっくりしたぁ」

千里の視界が切り替わり、太い木の枝に立つ紗雪を映し出す。紗雪は鋭い眼差しで少し先の大きなキノコの陰を睨んでいた。千里がそちらに意識を向けると、キノコに隠れた一匹の巨大な蛙の姿が見えた。

「うぇ、何だあの模様……赤に白い斑点？」

「ベニテングタケ柄か。派手だな」

良夫は嫌そうな表情を浮かべ、菫は首を捻った。しかしどうやら紗雪はその派手な蛙に狙いを定めたらしい。音も立てずにさらに木を登ると、隣の木にふわりと飛び移った。

「跳び下りて強襲かな。基本だけど……紗雪さんって武器は何を使うんだろ」

「さて。小太刀か、鉈か……米田さんと同じなら、斧とか？」

「何だろうねー。あ、動くよ！」

三人は紗雪が木の上で体勢を整えてから、武器を取り出して蛙を襲うのだろうと思っていた。

けれど紗雪は獲物との距離を測ると一つ頷き、そしてそのまま何も持たずに飛び降りた。

「えっ」

漏れた声は誰のものだったのか。あるいは全員だったのかもしれない。

見つめる先で紗雪は体重を感じさせない動きでふわりと舞い降り——ヒュッ、と目に見えない速度で振られた右の拳が、蛙の脳天に突き刺さった。

音が聞こえていたら、ドゴンとかズドンとか聞こえていそうな鋭い一撃だった。

一見華奢にさえ見えるその拳の一撃で蛙は地に突っ伏し、泡を吹いてそれっきり動かなくなった。

よく見れば頭の天辺がぼこりと不自然にへこんでいる。

「拳ぃ……」

「流石は米田さんの娘さんだ……」

「……強すぎだろ⁉」

口々に呟く三人をよそに、紗雪は嬉しそうに蛙を魔法鞄に詰めている。

アレがここに届くのかと思うと、良夫は何だか頭を抱えたい気分になった。今見たものが現実だったと信じたくないのに、その証拠が届いてしまうのだ。

「何かへこむ……あれでこっちの山行くの十年ぶりとか言ってるんだぜ……」

「うっそぉ……それはへこむわー」

「いや、アレは特殊な例だと思うべきだ」

三人は自分たちが紗雪に殴られたような気分で、がっくりと項垂れた。

その後紗雪はもう一匹、薄青の細い縞模様の蛙を見つけ、それも同じように瞬殺していた。

「確かに、勢いはある……思い切りもありすぎ……でも、全然参考にならねぇ！」

良い狩りが出来て嬉しそうに山を下りる紗雪を眺めながら、良夫はトワの言葉を思い出してぼやいた。

精神的に疲れたのか、後を追う千里の視界もぶれ気味だ。

そのぶれた視界の端にちらりと何かが映り、ふと菫が千里を止めた。

「何、何かあった？」

「少し左に戻してくれ。今何か大きなものが映った……もう少し、いた！」

「あ……」

「うわぁ」

紗雪が下りている山の中腹にいたのは巨大な熊……などではなく、なんと幸生だった。

大きな木の陰に隠れ、走ってゆく紗雪の後ろ姿を見つめている。

「これはあれだね、親ばかってやつだね？」

「多分な……ずっと付いてきてたのかな」

「全然気付かれないんだな」

ここからではわからないが、多分幸生は綺麗に気配を消して紗雪の後を尾けているのだろう。

その強面からは想像できない親ばかぶりに三人が呆れつつも和んだ、次の瞬間――

「ひっ⁉」

――千里が息を呑み、良夫と菫もビクリと体を震わせた。

鏡の中の幸生が、フッと振り返ってこちらを仰ぎ見たのだ。バチリと音が立ちそうな気がしたくらい真っ直ぐに視線が合ったように見えた。

千里の遠見の魔術はかなりの腕前で、使っていることがバレたことはほとんどない。しかもかなり上から見ていたのだ。

幸生は術の向こう側の三人が見えているかのようにしばらくこちらを見上げていたが、やがて視線を外して何事も無かったかのように歩いて行った。

「……こわぁ」

千里が思わず零した言葉は、三人共通の思いだった。

米田家は絶対敵に回さないと心に誓い、それ以上何事も無かったその日。

三人ともそれなりに思うところがあったのか、残った勤務時間でせっせとそれぞれの修行に励んだのだった。

Boku wa Imasugu
Zense no Kioku wo Sutetai

おまけ

# とある細工師の災難五

細工師、竹川善三の春は忙しい。

村人が使う様々な竹製品の修繕や、新造の仕事が次々に舞い込むからだ。

大抵のお客は秋の終わりや冬の間に注文してきて、その場合はゆっくり作業できる。だが春先に道具の点検をして慌てて持ち込む客もそれなりにいる。

そのため毎年春は忙しいのだが、今年の善三はそれに輪を掛けて忙しかった。

「はぁ……終わらねぇ……」

二つ折りに出来るよう細工された板を広げ、その四隅に魔石をはめ込みながら善三は深々とため息を吐いた。

手にした板は表にも裏にも緻密《ちみつ》な魔法陣が彫り込まれていた。善三はその魔法陣が正しく機能することを確かめながら、複雑な魔法を付与した魔石を真ん中に一つ、四隅に一つずつはめ込んでいく。

その作業は石を用意したくぼみにただはめ込み貼り付けているように見えるが、魔石に込められている魔法と板の魔法陣を正しく繋ぎながらの作業だ。どうしても微調整が必要な工程なので一つはめ込むだけでも気を使う。

善三がぶつぶつとぼやきながら一つ作り上げて完成品置き場にそれを重ねると、ちょうど作業場にやって来た妻の楓が呆れたように声を掛けた。

「また文句を言ってるの?」

「言いたくもなるっつーの！　一体、これで何台目なんだこのクマちゃんファイターとやらは！」

善三は思わず声を荒げて床をバンと叩いた。

しかしその癇癪《かんしゃく》を気にもせず、楓はお盆に載せていたお茶を反対側にそっと置いた。

「さ、とりあえず休憩してくださいな。甘い物を食べて、元気出してちょうだい」

「……おう、ありがとよ」

出されたお茶菓子は善三が好きな栗羊羹だ。それを見ただけで何となく善三の機嫌は大分上向いた。

善三はまずお茶を手に取り、湯呑みを通した熱で手をじんわりと温める。

それから、ず、とお茶を少し啜り、またそれをお盆に戻すといそいそと栗羊羹の皿を手に取った。

「……うん、美味い」

厚めに切られた栗羊羹を一口切り取り口に運ぶと、善三の眉間のシワが途端に緩む。

栗羊羹が口の中から無くならないうちにまたお茶を飲むと、ほぅと思わず息が零れた。

楓は好物によって夫の機嫌がわかりやすく上向いていく様を眺め、嬉しそうにくすりと笑った。

栗羊羹を二切れ食べ、お茶のお代わりを飲み干したところで、善三はようやく肩の力が抜けたような表情を浮かべる。それを見て楓はこのところ忙しすぎる夫に声を掛けた。

「貴方、ちょっと根を詰めすぎよ。もう少し受ける仕事を減らすか、納期を遅らせたらどうなんです？」

「う……そりゃあ、できるもんならそうしてぇが……」

「その遊戯盤は後回しにしてもいいんじゃないですか？　それより優先するべきものが他にあるでしょう？　春は忙しいんだから後回しだってはっきりお断りできないの？」

「それは……ほら、子供の訓練になるって言われりゃ、まぁその……」

それを言われると少しばかりバツが悪い。善三はごにょごにょと視線を逸らして言葉を濁した。

確かにクマちゃんファイターはいわば玩具だ。保育所や小学校、各地区の集会所などに配備され、子供たちの遊びを兼ねた魔力制御の訓練用に使われると言っても、それはどうしても急がなければいけない訳ではない。農作業用の魔法籠に比べたら優先度は低いのだ。

なのに愚痴を言いつつもそれを作っているのは善三の判断だ。と言うことは、それにも理由があるに違いない。楓はにこりと笑って、善三に問いかけた。

「貴方……何を受け取ったの？」

「うっ……いや、べ、別に」

言いよどむ善三に、楓の視線がちらりと作業場の隅に置いてある道具入れに向かう。普段は大きめの道具を入れてある蓋付きの木箱だ。

「あ、よせ、楓！」

善三の制止も聞かず、楓はサッと立ち上がって道具入れの前まで素早く移動し、その蓋をぱかりと開く。そして、中にずらりと並んだ大小様々な酒瓶を見つけて目を細めた。

「こんなに沢山……貴方？」

「うっ、いや、その、それはほらあれだ、つ、付き合いってもんがな……」

善三は普段はとても真面目な職人なのだが、酒には少々弱いという欠点がある。

それをよく知る幼馴染みや雑貨屋の店主、村の世話役などから珍しい酒を手土産に頼まれると、ついつい急ぎの仕事を安請け合いしてしまうことがあるのだ。

「忙しいのも自業自得じゃないですか！」

「うっ、す、すまん！」

そして酒以上に弱いのが、妻の楓なのだ。


結局その後、善三は酒の大半を没収され、楓が代わりに再交渉してまとめてきた納期の順番で仕事をすることになった。クマちゃんファイターの大半は後回しになり、農具の注文が優先された。

しかし残念ながら、その間にも時々幸生が顔を出しては、ちょくちょくと余計な仕事を増やしていくのだが。

「……くれよん？　絵を描く道具か？　で……これ全部に持ち手を付けろって⁉」

「うむ、頼む」

「二十四本⁉　面倒くせぇ……！」

善三は忙しい時期に持ち込まれた細かい作業に難色を示したが、意外にも楓は受けてやったらどうだと言ってきた。

「誕生日のプレゼントを握りつぶしてしまったなんて、それは泣いちゃうわね……貴方、受けてあげたら？」

「……お前がそう言うなら仕方ねぇな」

善三は何だかんだ言いつつ空には甘い。

仕方なく善三は、力加減を誤ってもクレヨンの形をどうにか保つ特殊なホルダーを二十四本も作った。

それからしばらくした後、まだまだ忙しい最中に幸生が持ち込んだのは、草鞋の材料と注文だった。

「あん？　草鞋？　誰の分だ？　紗雪の家族の分……大人一人に、子供三人!?　多いんだよ！　しかも付与が多い！」

東京から里帰りする紗雪の家族に、それぞれ草鞋を作ってくれという注文だった。しかも完全防御などの安全に配慮した魔法を付与してくれと言うのだ。

そのための素材である山奥で採れた茅の葉や、丈夫な蔓などは幸生が持ち込んだが、それでも全員分となると作業が多い。春先の仕事は今が佳境で、善三は毎日とても忙しいのだ。

それを知っている幸生は申し訳なさそうに頭を下げた。

「すまん……しかし、紗雪の旦那や孫たちは東京育ちだ。万が一があったらと思うと、お前の草鞋でなければ安心できない」

「くっ……しかしだな、今は籠の修繕がかなり詰まってるんだぞ？　そんな暇はねぇんだ。楓も反対するだろうし……」

しかし何故かこれにも楓はあっさりと許可を出した。

「貴方、受けてあげなさいな。籠の修繕は私ももっと手伝うから。紗雪ちゃんの家族じゃないの。東京育ちの子供たちが危ない目にあったらどうするの？」

それを言われると善三は弱い。そもそも善三も楓も、紗雪の成長を子供の頃から見守り、大切にしてきたのだ。その紗雪の子供たちに甘いのも当然だった。

「紗雪の子供か……まぁ、俺らにとっても孫みたいなもんだからな」

「そうよ。丈夫で防御力が高いのを作ってあげてね」

「ああ。完全防御は当然だが……東京育ちなら魔素の調整機能とかもいるか？　あとは気候耐性が良いか、速度増加がいいか……どうせだから、紗雪のも作るか」

しかし幸生はそれには首を横に振った。紗雪は素の防御力が高いので、村に里帰りする程度なら別に必要ないからだ。

「紗雪のは別に無くてもいいぞ」

「馬鹿野郎、紗雪だぞ？　いつ山に行ってくるとか言って飛び出すかわからねぇだろうが」

「そうね、紗雪ちゃんだもんね」

紗雪への理解度が高い二人は、その非常に行動力溢れた性格もよく知っていた。

「どうせこれからも何度も帰ってくるんだろうが。ついでだから作っとくよ」

「……感謝する」

そんな訳で善三はどうにか仕事をやりくりして隙間を作り、紗雪たち一家の分の、五足の最終装備的な草鞋を作り上げたのだ。

日々はそんなふうに忙しく過ぎ、やがて村にも本格的に春が訪れた。

春休みに帰省した紗雪とその家族に、善三は和義と共にさっそく会いに行った。

久しぶりに会う紗雪は変わらず元気で、善三が密かに胸を撫で下ろし、わずかに目尻を拭ったことは誰も知らぬ秘密だ。

紗雪の子供たちも皆元気で可愛く、善三は気のないフリをしつつも孫を見る様な目で子供たちを見守った。

その席で酒をご馳走になった善三は少々酔っ払い、孫たちへのお土産にクマちゃんファイターを一台作ってほしいと幸生に頼まれ、任せとけとつい安請け合いをしてしまったのだが。

素面になってから楓に怒られて後悔したが、その後雪乃が取りなしてくれて、空が今持っている物を兄弟たちに譲り、空には新しい物を後日また作るということでどうにか決着した。


そして、紗雪たちもそろそろ帰る日が近づいた、花見の前日のこと。

「頼む」

「だから、お前は……！　いつもいつも急なんだよ！」

夕方頃、幸生がいきなりやって来て持ち込んだのは、三センチほどの大きさの牙だった。

これに魔法を付与し、陸のお守りにしたいのだと幸生は言った。

事情を聞けば、田亀がかつて契約していた、シロの牙だというではないか。

「シロって言えば、ハチの子で犬神の一族じゃねぇか。この牙もまだかなりの力があるし……これを陸に？　空じゃなくてか？」

「ああ。故に、陸から魔力を吸い過ぎないとか、軽い防御とか、無くさないとか、そういう機能をだな」

「だから注文が多いんだよ！」

いつも思うが、幸生はどんな難しい魔法でも善三が簡単に付与していると思っている節がある。

その土台となる素材によっては非常に困難であることも多いのに、絶対わかっていない気がする、と善三は眉間に皺を寄せた。

「お前なぁ、いっつもさらっと三重付与とか頼んでくるが、そんな簡単なもんだと思われちゃ迷惑なんだよ！」

善三が苦虫を噛み潰したような顔でそう言うと、しかし幸生は首を横に振った。

「簡単な訳がない。お前なら出来ると知っているから頼むんだ」

「ぐっ⁉　いやそういうことじゃなくてだな……！」

「俺は簡単な付与の一つすら自分では出来ん。お前なら安心して任せられると思っているんだが……確かに忙しい時期にすまん。迷惑なら、他に頼むが」

そう言われると善三の眉間にますます皺が寄った。

「他だと⁉　俺以上の職人がいるわけねぇだろうが！」

すると、不意にすぐ後ろからくすくすと笑い声が聞こえた。

「楓……笑うな！」

「ごめんなさいね。本当に貴方ったら、時々素直じゃなくて面倒くさい人で、つい可笑しくなっちゃって」

楓は悪びれもせずそう言うと、傍にやって来て幸生にスッと手を差し出した。

「貸してちょうだいな。私が研磨して穴を空けて、仕上げの付与をこの人に頼めば負担も小さいわ」

「……すまん。よろしく頼む」

楓もまた、長年善三の手伝いや独自の仕事をしている職人だ。付与魔法では善三に遠く及ばないが、石や骨などの硬い素材を研磨したり、形を加工したりといった魔法が上手い。付与魔法の土台となる物作りの方が得意なのだ。

「明日のお花見の時には渡せると思うわ。ね、貴方？」

「仕方ねぇなぁ……わかったよ」

「ありがとう。明日は、料理と酒を用意しておく」

「ええ、雪乃さんのお料理、楽しみにしてるわ」

ちゃんとした礼はまた後日、と言い残して幸生は帰っていった。

その姿を見送ると、楓はさっそく牙を観察し、いくつかの魔法を掛けていく。

「子供が持つなら、先端は丸く、全体は滑らかじゃないとね。あんまり良い物だって思われないように、光沢は控えめが良いかしら」

そう言って楓は牙を自分の目の前の宙空に浮かせたまま くるくると回す。回る度に牙は僅かずつ丸く削れ、表面が滑らかに変わっていった。

善三はいつもながら手際の良い妻の作業を眺め、何となく首を捻った。

「お前も、何だかんだ言って幸生のとこには甘くねぇか？」

最近の楓は納期や作業の順番に大変厳しいのだが、幸生からの注文だけは何故か受けてやればと言ってくる気がして、善三は少し気になっていた。

「だって、幸生さんの注文を断ったら、貴方ずっと気にするじゃない。どうにかねじ込んで受けてやれば良かったかって、口には出さないけどすぐにうじうじしちゃうの、気付いてないの？」

「……そうだったか？」

「そうよ。大事なお友達だからでしょうね。さ、出来た。後は付与ね。牙の根元に小さいけれど品質のいい魔石を埋め込んでおいたわ。それを付与の土台にしてね。牙自体に付与を重ねると、本体との繋がりが薄くなっちゃうかもしれないから」

「おう……わかった」

いつの間に、と驚くほどあっという間に楓の作業は終わってしまった。

牙は子供が持っても怪我が無いような形に磨かれ、根元に小さな魔石がはめ込まれている。紐を通せる様に小さな穴も開いていた。

「流石だな。綺麗な仕上がりだ」

「うふふ。私、硬いものを丸くするのは得意なの」

善三は楓の丁寧な仕事に敬意を表して、気合いを入れて付与を施した。


そして翌日。

善三と楓は連れだって花見のために家を出た。

酒や料理はお礼を兼ねて米田家で用意してくれるという話だったが、楓は何本か善三が好きな銘柄の酒を用意してくれた。

それが入った包みを持って、桜並木へと向かう。

春の仕事も徐々に落ち着き、少し余裕が出てきた頃合いだ。今日は心から楽しめそうだと善三はホッとした気持ちで歩いて行く。

仕事が落ち着いてきたせいか、楓もここ数日機嫌が良い……と考えて、善三はふと横を見た。

今日の楓は袖や裾に桜の花が描かれた、上品な淡い紫色の付け下げの着物を纏っている。

この季節にも、花見の席にも良く似合う……が、一つ気になることがある。

「なぁ楓……お前、そんな着物持っていたか?」

「あら、これ？　ええ、持っていましたよ。花見の日に着ようと思っていたとっておきなの」

「そうか……」

本当に持っていただろうか、と記憶を漁ったがよくわからない。だが本人は上機嫌だし、妻が美しいならいいか、と善三は納得することにした。

善三は、着物のことなどよく知らない。

雪乃が着物に詳しく、仕事で行った色々な地域の良い職人に幾つもの伝手を持っていることも、そこから手に入れた良い反物を、時折幸生の望みのために使っていることなど知るよしもない。

「貴方も、今日は沢山飲んでも良いですよ」

「お、本当か？　よし！」

途端に機嫌良く鼻歌を歌いながら歩き出した善三に、楓はにこりと微笑んだ。

硬いものを転がして丸くするなど、楓にとっては毎日やっているごく簡単なことなのだ。

# あとがき

こんにちは、旭です。

五巻を手に取ってくださって、どうもありがとうございます！

少しお待たせしてしまいましたが、またこうしてお届けできて嬉しい限りです。

魔砕村に来てようやく季節が一巡し、待ちに待った家族の再会を書くことができました。私自身もすごく待っていたので、やっと実現したという気持ちです。

家族が再会したわいわいしたやり取りや、いつも通り食べる事には全力の空を書くことが出来て楽しかったです。

しかし書いていて、兄弟の数を四人にしたのは多かったか……とちょっと後悔しました。人が増えると、田舎の子供たちも混ざってセリフなどの書き分けが大変で。

あと校正するときに平仮名が全部引っかかるんですよね。その上今回からはテルちゃんも加わってるので、今度はカタカナも全部引っかかってしまい……。

もうそのセリフ部分は多少間違ってても、子供だから！　で押し通したいところです。

今回は皆で一緒に過ごす楽しい時間の中に、陸が先を考えて思い悩む姿も描きました。

私の姪っ子がちょうど四歳で同じ年頃なのですが、子供というのは大人が思うよりもずっと色々なことをよく見て、考えてるなと感心することが多いんですよね。呆れたり困らされたりもしますが、本人はいたって真剣で。

大人には些細なことでも、子供から見れば大きな困難や実現しそうにない願いだと感じることも多いのかもしれません。空や陸がそんな思いを抱えながらも、ゆっくりと歩いて行く姿を描けたらと思っています。紗雪や弥生の過去やその道の先なんかも、子供の成長と一緒に書いていきたいですね。


それから今回も、本当に素敵な表紙と挿絵を描いて下さったスズキイオリ先生に感謝を！

出版のペースをちょっと調整したいという希望を聞いて下さった担当さんも、どうもありがとうございました。いつも相談に乗ってくださって感謝しています！


最後になりましたが、この巻の校正などの作業中に石川で大きな地震がありました。

このあとがきを書いている今もまだ混乱の最中で、甚大な被害に何をすることも出来ず心苦しい気持ちです。この本が発売される頃には少し落ち着いていると良いのですが。

私に出来そうなのは、日々をいつもの通りに過ごし、こうして楽しい事を詰め込んだ話を書き、それをお届けすることくらいです。あとはその結果を寄付などに出来ればと考えています。

どうか、一人でも多くの方が早く日常を取り戻しますように。

そして私の書く物語が、わずかでも誰かの心を温める一助となりますよう。

Boku wa Imasugu
Zense no Kioku wo Sutetai
コミカライズ
第四話 試し読み
漫画 大島つむぎ
原作 星畑旭
キャラクター原案 スズキイオリ

特別急行列車をご利用いただきありがとうございました
乗り換えのお客様は審査ゲートへお進みください
第4話
空よく寝てるわね
俺が抱えて行こう
ん…うん…

あら 起きた？
ここ どこ？
県境にある駅よ
ここで関所を通って
乗り換えるの
関所…
はっ
地方の小さめの
新幹線駅っぽい
感じだけど…

改札じゃない…
もしかしてあれが関所？
関所っていうより
空港の入国審査？っぽい
ライセンスを拝見します
はい
ぎょっ

ゴ〜ルド
ライセンス
初めて見た…
スッ
はい ありがとうございます…
そちらのお子さんは？
孫です
魔素欠乏症で田舎での療養が必要と診断されて
預かることになったの
これが書類です

はい
確かに
治療とはいえ
魔砕《まさい》村にこんな
小さな子が…
特一級ライセンスの
おふたりが保護者なら
安全かと思いますが…
1週間以内に
お住まいの地域の
役場にも届け出を
お願いします
……
わかりました
ありがとう
お大事に
今…
マサイって
言った？

やっぱりここ
ほんとは
日本じゃないの⁉
とりあえず
わからないことは
ばぁばに
聞いてみよう！
ねぇ ばぁば
らいせんす
ってなーに？
ライセンスって
いうのはねぇ
得意なことか
行ける場所とか
そういうのが
書かれた
カードのことよ
これが
ばぁばのなの
特一級限定解除許可
氏名 米田雪乃 昭和
2001年00月00日まで有効
戦技／魔法：甲／氷雪：極
特殊／魔法医療：甲
ファンタジーだ…

なんて
かいてあるの？
ばぁばの
得意なことと
他にはばぁばが
魔法を使ったり
誰かのケガを
治すのが得意
だってこととかね
この国で一番危ない
とこにも行けますって
ことが書いてあるの
そんなこと
できるの？
ばぁばすごい！
そうよ～
ばぁば
すごいのよ！
でもばぁばたちの
村の人はみんな
すごいから
おもしろいわよ
得意なことも
色々だし
ということは
つまり

ドォォォーン
これから行くのは
この国で一番の
危険地帯かもなの…？
空もいずれ
取るといいわ
もうすぐ二級まで
あれば村の出入りは
自由になるし
…とれないと
はいれないの？
ぎゅ…
入れないって
ことはないけど
戦闘能力審査とか
身元引受人の
確認とか色々
あるから…
取ったほうが
便利ってことよ

ままももってる？
紗雪は…
持ってるけど魔力が足りなくて二級までしか取れなかったの
それを気にして村を飛び出しちゃったのよ
あの子の歳ならまだ伸びたかもしれないし
私たちと住むならそれでも十分だったのに…
……
続きはコロナEXでお楽しみください！

星畑旭
Aschi Hoshihata
イラスト
スズキイオリ
Iori Suzuki
僕は今すぐ前世の記憶を捨てたい。
~憧れの田舎は人外魔境でした~
6
二〇二四年発売予定!

ぼくも連れてって！
あっちに活きのいいのがいるぞ？
去年行けなかった
波乱のタケノコ狩りも、
ドキドキ初観戦！？
臆病少年の命がけ(?)ほのぼのファンタジー、
成長を見せる第6弾!

# 僕は今すぐ前世の記憶を捨てたい。5
## ～憧れの田舎は人外魔境でした～

2024年3月1日　第1刷発行

著　者　星畑旭

発行者　本田武市

発行所　TOブックス
〒150-0002
東京都渋谷区渋谷三丁目1番1号　PMO渋谷Ⅱ　11階
TEL 0120-933-772（営業フリーダイヤル）
FAX 050-3156-0508

印刷・製本　中央精版印刷株式会社



ISBN978-4-86794-107-2